Knaur.

Die Autorin im Gespräch:

Was hat Sie dazu gebracht, Ihren Schauplatz nach Berlin zu legen?
Ich habe selbst zwei Jahre in Berlin gelebt, und der Puls der Stadt hat es mir einfach angetan. Heute ist nichts so wie gestern und morgen ist sowieso wieder alles ganz anders. Berlin erfindet sich jeden Tag neu, ist irgendwie ruhelos. Das gefällt mir.

Ihre Protagonistinnen sind in der Regel freiheitsliebend und unabhängig. Was reizt Sie an diesem Frauentyp?
Die Zerrissenheit, die diese Lebensweise mit sich bringt, glaube ich. Meine Frauen sind frei und stolz auf ihre Unabhängigkeit. Andererseits sehnen sie sich nach Partnerschaft und Liebe, was aber nicht so recht ins Konzept passt. Bis dann irgendwann der Richtige auftaucht. Und da stellen sie sich die Frage: Sollen sie für ihn ihr Leben ändern? Übrigens sehr berechtigt, finde ich.

Bei Ihren Männerfiguren ist vom eigensinnigen Künstler bis zum konservativen Unternehmer so ziemlich alles vertreten. Ist das glaubwürdig?
Absolut. Ich wähle bewusst so vollkommen verschiedene Charaktere aus, denn damit kann ich zeigen: Erotik ist eine gemeinsame Sprache, die wir alle sprechen, Erotik überwindet innere Grenzen. Im Augenblick der Intimität verblassen Gegensätze und Vorurteile, wir geben uns der gemeinsamen Lust hin. Wunderbar.

Über die Autorin:
Fiona Mitchell studierte Kommunikationsdesign, bevor sie ihre Leidenschaft fürs Schreiben entdeckte. Die begeisterte Wahlhamburgerin arbeitet als freie Reisejournalistin und lässt sich für ihre Bücher vom Rhythmus der Metropolen inspirieren. *Feuerwellen* ist ihr erster erotischer Roman.

Fiona Mitchell

Feuerwellen

Ein erotischer Roman

KNAUR TASCHENBUCH VERLAG

Besuchen Sie uns im Internet:
www.knaur.de

Sagen Sie uns Ihre Meinung zu diesem Buch:
leidenschaft@droemer-knaur.de

Originalausgabe März 2010

Redaktion: Susanne Bartel
Umschlaggestaltung: ZERO Werbeagentur, München
Umschlagabbildung: Gettyimages/photonica/Barnaby Hall
Satz: Adobe InDesign im Verlag
Druck und Bindung: CPI – Clausen & Bosse, Leck
Printed in Germany
ISBN 978-3-426-50536-6

2 4 5 3 1

Merci, Jamal.

Eins

Der Mann sah sich um, nahm Anlauf und sprang in die Tiefe. Sein geschmeidiger Körper streckte sich im Sprung wie der eines Gepards im Angriff, auch wenn er es bei diesem Katz-und-Maus-Spiel auf den Dächern der alten Stadt war, der gejagt wurde. Er keuchte vor Anstrengung, als seine Füße auf den Dachziegeln endlich wieder Halt gefunden hatten. Selbst in diesem Moment sah er noch hinreißend aus. Phoebe erschauerte. Kurz überließ sie den Helden auf der Leinwand seinem Schicksal und schloss die Augen. Ihre Lider flatterten wie zarte Schmetterlingsflügel. Sie machte leise, schnurrende Geräusche und schob sich noch weiter den streichelnden Fingern, die an ihren Strumpfrändern nestelten, entgegen. Sie stöhnte kaum hörbar auf, spürte Dariusz dicht neben sich, roch sein Haarwachs. Er atmete genauso heftig wie sie, schien den Augenblick genauso zu genießen. Er machte sie unsagbar an. Phoebe spürte, wie sich ein leichter Schweißfilm auf ihrer Oberlippe bildete. Gleich würde sie anfangen zu schwitzen. Sie spürte, dass sich ihre Säfte bereits sammelten. Und Dariusz wusste es auch. Für einen Moment hielt er inne, beugte sich zu ihr und presste ihr einen Kuss ins Haar. Ein leichter Schmerz durchzog sie. Das alles ging viel zu tief. Sie war nicht mehr die unabhängige Singlefrau, die sie ihm gegenüber spielte – unabhängig, frech, charmant, eine Prise zu egoistisch und immer für ein erotisches Abenteuer zu haben. Nein … Phoebe wand sich unter seinen suchenden

Fingern. Nein, sie war bis über beide Ohren verliebt, und das Letzte, was sie wollte, war, dass Dariusz es je erfuhr.

Inzwischen setzte der Held seine Flucht auf einem Motorrad fort. Der laute Motorenlärm und das Crescendo der Musik ließen den kleinen Kinosaal erbeben, so dass Phoebe so laut sein konnte, wie sie wollte. Sie liebte es sehr laut.

Ihre Waden ruhten scheinbar züchtig nebeneinander und nur eine Winzigkeit gespreizt auf seinem rechten Bein. Seit Beginn der Vorstellung bot sie ihm in dieser Position alle Möglichkeiten, mit seinen schlanken Fingern den Weg zu ihr zu finden und in ihren Honigtopf der Lust einzudringen. Als sie die Augen wieder öffnete, stellte sie fest, dass es nicht wirklich dunkel im Kino war. Ein aufmerksamer Beobachter hätte schnell bemerkt, dass Dariusz inzwischen ihren Rock so weit hochgeschoben hatte, dass man den Rand ihrer halterlosen Strümpfe sehen konnte. Zärtlich glitt sein Daumen an der Innenseite ihres Schenkels hinauf, fuhr sanft die Leistenbeuge hoch und verharrte für einen Moment auf dem Venushügel, bevor er den Kopf herumwarf und seine schwarzen Augen im sanften Halbdunkel aufblitzten. Endlich hatte er bemerkt, dass sie kein Höschen trug, endlich wusste er, was sie von ihm wollte. Sie schob sich noch tiefer in den Kinosessel hinein. Hinter ihr knackten Chips, raschelten Popcorntüten. Die Zuschauer goutierten die Aktionen des Helden, johlten und klatschten Beifall. Phoebes Lider flatterten erneut, als Dariusz seine Suche wieder aufnahm. Langsam schob er ihren Rock bis zum Nabel hoch und hauchte einen Kuss auf ihre glatte Scham. Als sie ihn ansah, waren ihre Blicke voller Lust. Dariusz war wunderbar. Intuitiv wusste er, was sie brauchte. Sie stöhnte auf. Lauter diesmal. Sein Daumen strich über ihre geschlossenen Lippen, öffnete sie, nahm den Zeigefinger dazu und streichelte um den Kitzler herum, glitt an den zarten Hautfalten ihrer Vagina entlang und spürte die samtige Nässe darin. Sein Daumen umkreiste sie noch immer, ohne jedoch der Feuchtigkeit zu folgen. Phoebe verspürte den unbändigen Wunsch, sich auf diesen Daumen zu setzen, und rutschte unruhig hin und her. Auch Dariusz atmete jetzt schwer. Wie zur Beruhigung legte sie sanft ihre Hand auf seinen Schoß. Er schluckte. Hart, dachte Phoebe, er ist steinhart ... Was sollte ihnen schon passieren? Außer Hausverbot? Als hätte Dariusz ihre Gedanken gelesen, zog er sie etwas an sich heran, um tiefer in sie eindringen zu können. Mit Daumen und Zeigefinger erkundete er sie, machte sie weich und weit. Ohne großes Interesse beobachtete Phoebe den Helden, der noch immer auf der Flucht war. Sein Hemd war inzwischen ganz dunkel von Schmutz und Blut, sein Gesicht schien wie im Zorn gefroren, allein seine hellen Gletscheraugen strahlten wie Aquamarine im Sonnenlicht. So ein Idiot, dachte sie. Wenn auch ein äußerst attraktiver.

Dariusz hatte jetzt den Mittelfinger dazugenommen. Wenn er sich in ihr bewegte, konnte sie es hören. Noch jemand?, fragte sich Phoebe und schloss die Augen.

»Ich will dich, Baby, hörst du?« Dariusz war wieder ganz nahe. Sie kannte niemanden, der »B-a-b-y« so betörend aussprechen konnte wie dieser junge Kerl mit den langen schwarzen Haaren und den ebenso dunklen Augen, die in den Momenten der Lust wie Kohlen glühten.

»Baby.«

Seine Zunge umtanzte zart ihr Ohr, und als sie seinen Schwanz zur Antwort drückte, stöhnte er wie unter Schmerzen auf.

Noch ein Finger. Sein Daumen drückte auf die empfindliche Stelle oberhalb ihres Schambeins und entlockte ihr einen stummen Schrei. Es war so gut. So unendlich gut. Seine Finger spielten mit ihren Säften, glitten in sie hinein und wieder heraus und verteilten ihren Duft im Kinosaal. Phoebes Lider flatterten, ihr Atem wurde schneller. Dariusz' Finger berührten mit schnellen Stößen den Uterusmund und zogen sich zurück, nur um sich ihr sofort wieder zu widmen. Phoebe wusste nicht mehr, wohin mit ihrer Lust. Seinen Schwanz hielt sie mit ihrer linken Hand fest umklammert, wohl wissend, ihm im Moment keine gute Gespielin zu sein. Ihr einziger Trost war, dass es ihn unsagbar erregte, wenn sie kam. Jetzt.

»Sag, wenn du kommst, Baby. Sag es mir.« Phoebe hörte seine Stimme wie aus weiter Ferne. Irgendwo da vorne war eine Leinwand. Der Held war inzwischen in Sicherheit und küsste ein Mädchen. Küsse … Der Gedanke an Dariusz' Küsse gab ihr den letzten Kick. In ihr hatte sich etwas angestaut, was jetzt wie eine rote Welle über sie rollte, sie ausfüllte, erfüllte … Der Orgasmus kam näher, schwappend, gurgelnd, unentrinnbar und brach endlich über ihr zusammen, begrub sie unter sich. Die Muskeln ihrer Vagina klammerten sich saugend um Dariusz' Finger, als wollten sie sie für immer festhalten. Alles war rot. Heiß wie Feuer. Phoebes Welt war eine einzige rote, heiße Welle, in der nichts anderes Platz hatte. Und dann, eine kleine Ewigkeit später, spürte sie seinen Kuss an ihrem Hals. Seine Stimme war heiser vor Erregung. Bevor er etwas sagte, wusste sie schon, was er wollte.

»Lass uns nach Hause gehen, Baby. Ich möchte dich schreien hören.«

»Das gefällt mir nicht.« Phoebe blickte aus dem Fenster und sah einen grauen Himmel über grauen, nichtssagenden Häuserfassaden. Dazu Straßen, asphaltgrau. Berlin ist ein einziges Grau, dachte sie, zumindest am Tag. Als sie an sich hinunterschaute, musste sie unwillkürlich schmunzeln. Natürlich grauer Nadelstreifen mit Kreidestrich, sehr eng, sehr weiblich. Und irgendwie ungezogen, denn außer einem bei jeder Bewegung hervorblitzenden BH aus Voile trug sie nichts unter dem Jackett. Phoebe trat vom Fenster zurück und nahm eine Position ein, wie ihn ein Besucher beim Eintritt in die Galerie beziehen würde. Der Gast würde hereinkommen, den Künstler begrüßen, einen Drink nehmen und dann, nach ein paar netten, belanglosen, an die Hausherrin gerichteten Worten, in den großen, fast quadratischen Raum eintreten. Mit einem imaginären Sektglas in der Hand schlenderte die Galeristin von dem Eingangsbereich in den Ausstellungssaal und klemmte sich eine vorwitzige dunkle Locke entschieden hinter ihr rechtes Ohr. Vor gut hundert Jahren waren hier Pianos hergestellt worden; die alten Stahlpfeiler, die in regelmäßigen Abständen die Halle vom Boden zur Decke durchbrachen, hatte sie bei der Renovierung der Etage vor fünf Jahren unangetastet gelassen. Die aufwendig gearbeiteten Kapitelle erinnerten an romanische Säulenarchitektur, wenn auch zugegebenermaßen sehr frei interpretiert. Phoebe wusste, dass den Besuchern das nicht weiter auffiel. Sie registrierten lediglich die vielen trotz ihres Materials grazil wirkenden Säulen, die sich zur Decke hin in Ornamenten und Verzierungen verbreiterten, wie um den Raum besser zu stützen. Phoebe betrachtete die alte Stahlkonstruktion mit dem zufriedenen Gefühl, das Richtige getan zu haben. Auf ihre Anweisung hin war die Patina der Industriezeit nicht entfernt worden. Rost und Vergänglichkeit waren in ihr Raumkonzept integriert worden. Die Säulen waren ihre einzigen Konstanten in dem geometrischen Gebilde der Galerie. In ihrem regelmäßigen Gitternetz ließen sich je nach Vorliebe Wände hochziehen, Leintücher spannen und Skulpturen plazieren – die den Raum erst zu dem machten, was er nun war: ein lebendiger, organischer Ort für die Kunst, die sie verkaufte.

»Was gefällt dir nicht?«

Sie hatte Dariusz nicht kommen hören. Wie lange er sie wohl schon hier beobachtet hatte? Sie wandte sich um und trat intuitiv einen Schritt zurück, um ihn nicht unabsichtlich zu berühren. Das hier war Arbeit, kein Vergnügen. Er lächelte schief und ging ebenfalls auf Abstand. Sie betrachtete ihn aus den Augenwinkeln, und was sie sah, gefiel ihr sehr. Seine Haarpracht hatte er mit einem kleinen orangefarbenen Seidentuch tief im Nacken zusammengebunden, so dass sie ihm in einem schweren blauschwarzen Strang auf den Rücken fiel. Ansonsten trug er das, was er immer trug, wenn er im Dienst war, wie Dariusz gern mit aufgesetztem Pathos zu sagen pflegte: ein schwarzes langes Hemd ohne Kragen, das wie ein orientalischer Kaftan geschnitten war, und darunter eine ebenso schwarze Hose, weit und lässig, aber doch eng genug, um seine langen Beine zur Geltung zu bringen. Seine Füße waren nackt. Schöne Füße, registrierte Phoebe.

»Was gefällt dir nicht?«

Phoebe zuckte zusammen. Sie verhielt sich total unprofessionell. Es wurde Zeit – und zwar höchste Zeit –, dass Dariusz samt seiner Kunst von der Welt da draußen entdeckt wurde. Es konnte schließlich nicht für immer so weitergehen. Bei aller Lust zermürbte sie die Situation.

Als sie antwortete, versuchte sie, ihrer Stimme einen sachlichen Ton zu verleihen: »Es ist das Triptychon, Dariusz. Ich war fest davon überzeugt, dass wir es in der Mitte aufstellen sollten, aber jetzt, mit den Wänden, habe ich das Gefühl, dass alles viel zu eng ist.«

»Eng.« Dariusz nickte, als würde er ihr zustimmen. Phoebe sah ihn fragend an, als er sie auch schon gepackt hatte und an sich zog. »Ich mag es eng, sehr eng. Und wer wüsste das besser als du?« Er gab ihr einen verlangenden Kuss und umfing sie noch fester. »Ich habe noch etwas gut bei dir, liebe Phoebe.«

Mit einem lauten Klaps auf ihren Po ließ er sie los. Bevor sie noch etwas sagen konnte, hatte er sich bereits umgedreht und ging wie auf einer imaginären Linie balancierend auf den Ausgang zu.

»Ich will dich, Phoebe, und das weißt du«, murmelte er leise, ohne sie noch einmal anzusehen, dann zog er die Tür der Galerie hinter sich zu. Seine Schuhe standen noch an demselben Platz, an dem er sie eben ausgezogen hatte.

»Sag mir bitte nicht andauernd, was ich machen soll, Paps.« Phoebe stand auf ihrem Balkon, während unter ihr das Leben der Hauptstadt rauschte. Von ihrem Appartement in der Mollstraße aus konnte sie den Alex mit dem Fernsehturm sehen. Die Riesenbaustelle war noch immer nicht abgeschlossen. Wie eine klaffende Wunde erschien ihr das Durcheinander aus Umleitungen, provisorischen Straßenführungen und den vielen Menschen mittendrin, die sich auf zwei Beinen oder zwei und mehr Rädern durch das nächtliche Chaos drängten. Und über allem, vor einem nachtroten Himmel, der Fernsehturm. Ganz dunkel wurde es hier nie.

Phoebe hasste die Telefonate. Als ihr Vater ihr die Galerie vor fünf Jahren übergeben hatte, war das in der Absicht geschehen, sie zur Nachfolgerin zu machen. Die Galerie trug den Familiennamen Friedewald und galt in der Kunstwelt schon länger als gesetzte Größe für die Connaissance von Werken des frühen Impressionismus. Matthew Friedewald hatte es schon immer vermocht, mit schlafwandlerischer Sicherheit die Spreu vom Weizen zu trennen, und genoss den Ruf, einer der renommiertesten Kunstkenner und -händler in Europa zu sein.

Es war nicht leicht für sie gewesen. Obwohl Phoebe von Kunst umgeben aufgewachsen war, hatte sie sich erst nach ihrem Studium zum ersten Mal ernsthaft mit dem Kunstbetrieb auseinandergesetzt. Und immer, wenn sie mit ihrem Vater stritt, fiel ihr der denkwürdige Tag vor mehr als acht Jahren ein. Als frischgebackene Meeresbiologin hatte sie ihren ersten Forschungsauftrag erhalten. Zum Marianengraben sollte es gehen. Nichts hatte sie sich mehr gewünscht. Sie hatte ihre Reisetasche bereits gepackt und wollte zum Flughafen fahren, als sie der Anruf aus dem London Central Hospital erreichte. Ihr Vater hatte einen Herzinfarkt erlitten, war jedoch wohlauf. Er hatte gar nicht erst gefragt, ob sie ihn vertreten wolle, sondern ihr Einverständnis einfach vorausgesetzt. Nach diesem Telefonat hatte Phoebe sich von ihren Träumen verabschiedet und den Wunsch begraben, jemals roséfarbene Ohrenquallen zu beobachten. Sie war in ihren alten Polo gestiegen und von Kiel nach Berlin gefahren. Den Moment, in dem sie zum ersten Mal den Ring entlanggefahren war und zu ihrer Rechten das rote Glühen des sich verdunkelnden Himmels gesehen hatte, würde sie nie vergessen. Das war Berlin. Von jetzt an ihre Stadt.

Matthew war nicht damit einverstanden gewesen, dass sie die Impressionisten zugunsten unbekannter Künstler aus der Galerie verbannte; er sprach von einem offenen Affront, aber Phoebe, die ebenso starrköpfig wie ihr Vater war, verfolgte ihr Ziel, ohne sich um seine Einwände zu kümmern.

Sie war mit Kunstschätzen groß geworden. In den Wohnungen der Familien ihrer Freundinnen hingen Posterdrucke von Picasso und David Hockney an der Wand, bei ihr daheim Rötelzeichnungen von Seurat und Aquarelle von Degas. Sie konnte nichts damit anfangen, aber das hatte nichts mit Rebellion zu tun, wie ihr Vater ihr heute noch unterstellte. Der Grund war ganz simpel: Das alles war ihr zu dekorativ gewesen. Sie hatte nach dem Sinn gesucht, nach dem Ursprung, nach dem Warum – vielleicht war es der Wissenschaftler in ihr, der zu dieser Zeit kurz aufgelebt war.

»Gute Nacht, Paps. – Ja. Du auch.«

Die Lichter der Stadt verschwammen vor ihren Augen. Phoebe fröstelte. Sie zog sich die Strickjacke enger um die Schultern, drückte ihre Zigarette im leeren Blumenkasten aus und ging zurück ins Wohnzimmer. Als sie die Balkontür geschlossen und damit endlich eine Grenze zwischen sich und der Welt da draußen errichtet hatte, schluchzte sie laut auf. Tränen liefen ihr über die Wangen, tropften auf die groben Maschen der Jacke. Für ihren Vater war es noch immer ein Leichtes, sie zu verletzen. Und das nach all den Jahren.

»Bleib so. Nicht bewegen.«

Dariusz hielt sie auf seinen Schenkeln und wiegte sie vorsichtig auf und ab. Auf und ab. Sie spürte nur seine Eichel, mehr nicht. Er drang nicht in sie ein, er hielt sie hin. Phoebe suchte seinen Blick. Sie ertrank in den dunklen Tiefen seiner Iris, verlor sich in seinen mandelförmigen Augen, die seinem Gesicht eine leicht asiatische Anmutung gaben. Ihr Blick wanderte zur Seite. Das Abendessen stand in Alufolie verpackt noch immer auf dem Küchentisch. Gebackenes Hühnchen in einer süßsauren Spezialsauce. Schön scharf und mit einer Extraportion Reis. Dariusz hatte sie überrascht, um nicht zu sagen überrumpelt. In den letzten Tagen hatte sie sich ihm entzogen. Die ständigen Auseinandersetzungen mit ihrem Vater und die bevorstehende Vernissage, die Dariusz den Durchbruch bringen sollte, zehrten an ihr. So als würde ein kleines Packman-Monster all ihre Energiereserven fressen.

»Bleib so, Baby. Wehr dich nicht ...«

Dariusz war wunderschön. Er hatte den perfekten Körper eines Mannes, für den Sport einfach nur Lust bedeutet. Sie liebte das Spiel seiner harten Muskeln, die sich unter seiner weichen Haut abzeichneten. Sie betrachtete seine Arme; es musste ihn viel Kraft kosten, sie so auf sich zu halten, aber ihm war die Anstrengung nicht anzumerken. Unter ihrem Nabel begann es sanft zu pochen. Bald würde sie wieder so weit sein, und sie konnte nichts dagegen tun.

»Nimm mich doch endlich«, flehte sie leise, »komm zu mir, ich bitte dich, ich will dich, ich will dich so sehr ...«

»Ich will dich auch, Baby.« Seine Stimme war wie Samt, der über nackte Haut strich. Phoebe versuchte, sich aus seinem Griff zu lösen und sich auf ihn zu setzen. Wenigstens beim Höhepunkt wollte sie mit ihm vereint sein.

»So nicht, meine Liebe.«

Vorsichtig hob Dariusz sie von seinem Schoß hinunter und zog sie mit sich hoch, während er aufstand. Dann trat er einen Schritt zurück und betrachtete sie. Phoebe war verwirrt. Sie wusste, wie verschwollen und erhitzt sie aussehen musste. Ein Schauer durchlief sie. Sie hatten eine stillschweigende Abmachung, und die hieß: Lust gegen Lust. Quid pro quo. Das hier verstieß gegen jede Regel. Unter ihrem Nabel zuckte es schmerzhaft. Was zum Teufel wollte er damit bezwecken? Phoebe spürte, wie sich ihre Augen mit Tränen füllten. Wenn das hier ein Spiel sein sollte, dann hatte sie genug davon. Dariusz schwieg. Sein Gesichtsausdruck war ihr fremd, und das verunsicherte sie. Endlich zog er sie an sich und hob ihr Kinn, um ihr in die Augen zu sehen. Mit einer herausfordernden Geste nahm er ihre Hand. Phoebe wurde heiß. Sie versuchte ein Lächeln und küsste zärtlich seinen Mund. Er schien wirklich spielen zu wollen. Ihr ganzer Körper pochte und schrie nach Erlösung.

»Was willst du von mir?«, flüsterte sie heiser. Noch ein Kuss auf seinen Mund. Zur Antwort strich seine Zunge langsam über ihren Hals. Phoebe stöhnte auf. Dariusz hielt sie umschlungen, bedeckte ihr Gesicht mit zarten Küssen und vergrub es in ihren kurzen Locken. Sie fühlte seinen Herzschlag und spürte ihr eigenes Herz wie ein Echo. Innigkeit, dachte sie. Das hier war pure Innigkeit.

Dariusz hielt sie noch immer, machte mit ihr ein paar Schritte durch den Raum, bevor er sie losließ. Ganz sanft lockerte er seinen Griff, und sie entglitt seinen Armen. Bereits im Fallen wusste Phoebe, dass sie auf ihrem Bett landen würde.

»Was willst du von mir?«, wiederholte sie leise. In ihrem Schoß zuckte es. Das Spiel schien ihr gegen ihren Willen zu gefallen.

»Ich will dich, Phoebe.« Dariusz hatte sich über sie gebeugt, so dass sie seinen Atem an ihrer Schläfe spürte, als er sprach. Seine Worte waren völlig emotionslos, fast sachlich.

»Du hast mich doch«, hauchte Phoebe und spürte, wie er sich auf sie legte.

»Ich hab dich nicht, und das weißt du«, raunte Dariusz leise, strich mit seinem Daumen über ihre Augenbrauen und küsste ihre Wangenknochen. Phoebe zitterte vor Anspannung. Normalerweise konnte sie von seinem Vorspiel nie genug bekommen, aber heute übertrieb er es. Wenn er sich nicht bald mit seinen kräftigen, erbarmungslosen Stößen um sie kümmern würde, wäre es zu spät. Ihr Orgasmus würde innerlich verpuffen, sich auflösen, und sie würde nichts dagegen tun können.

»Bitte.« Phoebe schluckte.

»Was denn?« Seine Stimme klang kontrolliert, beinahe amüsiert. Dann leckte er nochmals langsam über ihren Hals und entlockte ihr einen hohen, spitzen Schrei.

»Was willst du von mir?« Phoebes Stimme zitterte. Sie war es nicht gewohnt, dass Dariusz die Initiative ergriff. Bislang hatte die Rollenverteilung im Bett ihrer beider Alltag entsprochen: Phoebe sagte, wo es langging. Sie hörte Dariusz tief atmen, dann spürte sie, wie er sich zurückzog. Als sie die Augen öffnete, sah sie, dass er sie betrachtete, als hätte er alle Zeit der Welt. Zwischen ihren schweißglänzenden Schenkeln kniend blickte er auf ihren erregten Schoß, als wolle er sich jeden Leberfleck und jede Hautfalte für immer einprägen. Er atmete schwer, und seine Augen leuchteten wie Kohlen. Schmerz lag darin und Stolz. Er berührte sein Glied und glitt an dessen Schaft entlang, als müsse er die Härte überprüfen. Phoebe holte tief Luft, sog das Aroma ihrer beiden Körper in sich ein. Das Zimmer war voll vom Duft ihrer Lust. Über ihr kniete der schönste Mann der Welt und knetete seinen Schwanz. Sie fühlte sich gelähmt, unfähig zu reagieren.

»Was-willst-du-von-mir?« Sie stieß die Worte im Stakkato aus. Dariusz hatte sich über ihr aufgerichtet und massierte noch immer seinen Schaft. Der Ausdruck seiner Augen war nicht zu deuten.

»Du nimmst ihn«, sagte er mit einer Bestimmtheit, die sie von ihm nicht kannte, »lutschst ihn und schluckst alles, was ich für dich habe, und dann – wenn ich noch Lust darauf habe – werde ich mich um dich kümmern.«

Ohne eine Antwort abzuwarten, drängte er zwischen ihre Schenkel, griff nach ihren Knien und drückte sie auseinander, bis sie die Bettdecke berührten. Phoebe entfuhr ein Geräusch des Erstaunens, doch Dariusz ignorierte es. Er hatte sich über sie geschoben, hielt ihre Beine mit seinen fest, senkte sich langsam auf sie und bot ihr seinen Schwanz dar. Phoebe grinste. Wenn sie sich auf einen Teil seines Körpers hätte festlegen müssen, dann auf diesen hier. Sie öffnete ihren Mund und spürte, wie sich sein Schaft in sie hineinschob. Als sie begann, ihn mit der Zunge zu reizen, stöhnte Dariusz auf. Sie kannte seine empfindlichen Stellen, und wie zur Bestätigung wurde er in ihrem Mund noch größer. Er begann zu stoßen, sich in ihrem Mund zu bewegen. Phoebe wusste, dass er gleich kommen würde. Sie hörte auf, ihn zu lutschen, und ließ den Kiefer locker. Seine Stöße wurden tiefer, langsamer, bis er plötzlich still in ihr verharrte. Sein Körper war starr vor Erregung, ein zarter Schweißfilm legte sich über seine Muskeln. Phoebe hatte die Augen geschlossen und konzentrierte sich ganz auf den Moment, in dem er sich in ihr ergießen würde, als Dariusz plötzlich zurückwich. Irritiert suchte sie seinen Blick. Es war ein wirklich seltsames Spiel, das er da trieb. Er gab ihre Beine frei und glitt langsam an ihr herunter. Langsam küsste er ihren schweißnassen Bauch, leckte über ihre Scham bis hinunter zwischen die Lippen, die sich ihm weit geöffnet darboten, und drang dann mit der Zunge in sie ein. Der unverhoffte Genuss trieb Phoebes Becken nach vorn, so dass sie sich Dariusz wimmernd entgegenwarf. Er saugte an ihr, zog mit den Zähnen vorsichtig an den Schamlippen und griff fest in ihre Pobacken. Mit seinem Zeigefinger glitt er in ihre Vagina, und wieder heraus und weiter zwischen ihre Backen. Vorsichtig drückte er gegen ihren Muskel, küsste sie dort, war auf einmal mit seinem Finger in ihr. Als er einen zweiten dazunahm, gab Phoebe nach. Sie mochte es, so berührt zu werden, es machte sie sogar unglaublich an. Aber es war neu, dass Dariusz sich ihrer so selbstverständlich bediente. Er fand es ebenso erotisch wie sie, das wusste sie, aber bis heute hatte er immer auf ihre Erlaubnis gewartet.

Ihre Gedanken vernebelten sich, wurden zur Nebensache. Sie wollte ihn in sich haben, ob von vorn oder von hinten war ihr vollkommen gleichgültig. Hauptsache, sie würde ihn endlich spüren, ihn riechen, sich riechen … Phoebe bemerkte, wie ihre Beine unkontrolliert zu zittern begannen. Ihre Lust war so groß, dass sie kurz davor stand, in Tränen auszubrechen, wie immer, wenn sie kein Ventil für ihre Empfindungen fand.

»Baby.« Dariusz' Stimme klang wie aus weiter Ferne zu ihr. Er sollte jetzt nicht reden, er sollte in sie eindringen und sie stoßen, bis ihr der Atem wegblieb. Aber bitte keine Worte mehr.

»Baby.« Dariusz leckte ihren Kitzler.

»Was willst du von mir?« Seine Antwort war ein langes, träges Lecken.

»Sag mir, dass du mich willst. Nur mich.«

»Ich will dich ... nur dich«, keuchte Phoebe.

»Auch nach der Vernissage. Für immer.« Dariusz biss zart in ihre Lippen, während er mit seinem Daumen tief in sie eindrang. Phoebe hätte schreien können.

»Auch nach der Vernissage.« Sie konnte vor Erregung kaum sprechen.

»Und für immer.«

»Für immer.« Phoebe schluchzte vor Lust.

»Braves Mädchen.« Dariusz setzte sich auf und zog Phoebes Schenkel auf seine Schultern. Mit seiner Eichel fuhr er leicht an ihrem Kitzler entlang und hielt eine Sekunde lang inne, um den Moment vor dem Eindringen zu genießen. Seine Hände griffen ihre Pobacken und zogen sie auseinander, so dass sein Schwanz tief in die delikate Enge eindringen konnte. Er kam, kaum dass er in ihr war. Phoebe spürte das Pulsieren, die Härte, dann den heißen Erguss, wie er sich in ihr verteilte. Trotzdem stieß er sie noch immer, schien von ihr nicht genug bekommen zu können. Phoebes Hand glitt zwischen ihre nassen Lippen und berührte ganz leicht ihre Vagina. Dann ließ sie sich mit einem spitzen, kurzen Schrei fallen. In ein Meer aus Feuerwellen.

Zwei

»Ist die Situation so ernst?« Amelie legte ihrer Freundin mitfühlend den Arm um die Schulter. Phoebe hatte sie bereits am Morgen angerufen und um ein Treffen gebeten. Jetzt saßen sie in einem der unzähligen Coffeeshops, die rund um den Gendarmenmarkt seit Jahren wie Unkraut aus dem Boden schossen, und rührten in ihren Bechern herum. Phoebe nickte. Ihr Vater hatte am Vorabend angerufen und ihr unmissverständlich klargemacht, dass er die Leitung der Galerie an einen seiner Londoner Mitarbeiter übergeben werde, sollten sich Dariusz' Exponate nicht verkaufen.

»Er hat dir also eine Frist gesetzt? Und bis wann?« Amelie nagte an ihrem riesigen Cookie, während Phoebe das leere Zuckerpäckchen zerriss und resigniert mit den Schultern zuckte.

»Bis Ende September.« Sie schluckte ihre aufsteigenden Tränen hinunter, bevor sie ihren Becher energisch zur Seite schob, als habe sie gerade einen Entschluss gefasst.

»Aber das sind ja keine fünf Monate mehr.« Amelie klang entsetzt. »Und was willst du jetzt machen?«

»Die Sache durchziehen natürlich. Ich glaube an Dariusz. Schon seit drei Jahren.« Sie knuffte ihre Freundin in die Seite, als sie deren breites Grinsen sah. »Und seine Installationen sind das Interessanteste, was der Markt momentan zu bieten hat.«

Amelie nickte. »Und der Künstler selbst ist ja auch ein Hingucker. Das sollte helfen.«

»Bestimmt.« Jetzt war es Phoebe, die grinste. Ja, Dariusz war in der Tat ein Hingucker, ein wunderbarer Liebhaber und noch viel mehr. Vielleicht sollte sie der Beziehung mit ihm eine Chance geben. Eine echte Chance …

»Phoebe?« Amelies Stimme hörte sich auf einmal eilig an. »Ich muss wieder los … Mein Kurs beginnt in ein paar Minuten.«

»Können die alten Wohlstandsschachteln denn nicht mal eine einzige dieser Yogafiguren ohne dich turnen?«

Statt einer Antwort seufzte Amelie nur. Sie wusste, dass Phoebe nicht viel für ihren Nebenjob übrig hatte und es für ausgekochten Blödsinn hielt, rundum erneuerten Mitfünfzigerinnen innere Ruhe nahebringen zu wollen. Aber sie hatte keine andere Wahl. Von ihrem Honorar als Gesangslehrerin konnte sie zwar die Miete bezahlen, doch dann war auch schon Feierabend. Und im Gegensatz zu Phoebe hatte sie keinen Vater, der selbstverliebt mit dem Scheckbuch winkte.

»Okay.« Phoebe hakte sich bei Amelie unter. »Dann lass uns gehen. Mal schauen, was der Tag noch so für uns bereithält.«

Phoebe genoss den Fußweg zur Galerie. Vom Gendarmenmarkt bis zur Gipsstraße waren es gut zwanzig Minuten. Sie ließ sich im Strom der Touristen treiben und spürte die warme Frühlingsluft wie zarte Küsse auf ihrer Haut. Noch ein paar Tage, dann würde es endlich Sommer werden. Sommer … Letztes Jahr hatte es um diese Zeit nur Dariusz für sie gegeben. Wochenlang hatte die Hitze die Stadt gelähmt, und sie beide hatten sich auf ihren Balkon zurückgezogen, die Füße in Eiswasser gesteckt und Gin Tonic getrunken. Dann hatten sie sich geliebt, stundenlang …

Phoebe hing noch ihren Erinnerungen nach, als sie einen Mann am Eingang ihrer Galerie stehen sah. Er trug einen hellen Sommeranzug, seine zurückgegelten blondgrauen Haare waren fast schulterlang. Es dauerte einen Moment, bis sie realisierte, wer da auf sie wartete. Falk Schumann, der unbestritten einflussreichste Kunsthändler von Berlin.

Dass er ein Liebling der Medien war, erschien bei seinem Lebenslauf und Aussehen fast zwingend. Seit ihrem ersten Tag in der Galerie baggerte Falk an ihr herum, obwohl sie ihm mit ebensolcher Beharrlichkeit einen Korb nach dem anderen gab. Das Ganze war zu einer Art Sport geworden. Phoebe seufzte. Heute hatte sie dafür nichts übrig. Sie nahm ihre Sonnenbrille ab und reichte ihm die Hand.

»Falk. Was kann ich für dich tun?«

»Oje, da hat aber jemand schlechte Laune.« Der Kunsthändler deutete einen Handkuss an und neigte den Kopf schief.

Phoebe verzog das Gesicht. Wenn sie eins nicht ausstehen konnte, dann alberne Männer. Betont sachlich sagte sie: »Was möchtest du?« Sie machte keinerlei Anstalten, ihn in die Galerie zu bitten, und drehte ihre Sonnenbrille ungeduldig zwischen den Fingern hin und her.

Falk räusperte sich. »Natürlich können wir das Thema auch auf deinem Fußabtreter besprechen, ich bin da nicht festgelegt.« Seine Stimme klang auf einmal geschäftsmäßig. Abwartend räusperte er sich ein zweites Mal, aber Phoebe schwieg.

»Ich möchte dir einen Deal vorschlagen, meine Liebe.«

»Ja?« Phoebe versuchte, möglichst uninteressiert zu

klingen, doch sie witterte schlechte Neuigkeiten. Nervös steckte sie sich ihre Sonnenbrille ins Haar.

»Sehr hübsch«, bemerkte Falk, aber es klang boshaft.

Als Phoebe nicht reagierte, schüttelte er den Kopf, als sei sie ein unartiges Mädchen, mit dem man Nachsicht haben musste. Dann sagte er beiläufig: »Lassen wir die Faxen, Phoebe. Dein Shootingstar ist gut, sogar sehr gut, das wissen wir beide. Du wohl besser als ich, schließlich hast du ihn ja an deinem Busen genährt ...« Er fing ihren entrüsteten Blick auf und lachte leise. »Wie auch immer, der Junge ist eine Nummer zu groß für dich. Ich könnte ihn dir mit Leichtigkeit ausspannen, aber ich will fair sein: Ich kaufe ihn aus deinem Vertrag raus. Dann kannst du deinem Vater geben, was er will – Geld –, und ich habe das, was ich will: Publicity. Ach, und wenn du auf mein Angebot nicht eingehen willst, Phoebe, dann werde ich Dariusz so viel bieten, dass er gar nicht anders kann als zu wechseln, du verstehst? Ich rate dir, kooperativ zu sein, dann profitieren wir alle davon. Meine Telefonnummer hast du ja. Guten Tag.«

Mit zitternden Fingern schloss Phoebe die Tür auf und ließ sich auf den nächstbesten Stuhl fallen. Sie hasste Falk. Sie hasste, dass er so arrogant war und so selbstherrlich. Und dass er recht hatte. Intuitiv wählte sie Dariusz' Nummer. Sie musste mit ihm reden. Und zwar sofort. Als er sich nicht meldete, hinterließ sie eine Nachricht auf seiner Mailbox: »Hi ... hier ist Phoebe. Kannst du bitte in die Galerie kommen? Ich muss mit dir sprechen. Es ist wichtig.« Kaum hatte sie das Handy zur Seite gelegt, um ihre Post durchzusehen, blinkte auch schon das Display auf. Eine SMS: *Bin auf dem Weg zu Schumann. Melde mich.*

Falk genoss die Fahrt durch das nächtliche Berlin. Damit meinte er den Westen – was sonst. Sein Kiez waren die kleinen Straßen rund um den Savignyplatz. Direkt unter den S-Bahn-Bögen an der Ecke zur Knesebeckstraße lag die Galerie *Factory W.*, die er als Hommage an Andy Warhol so genannt hatte. Entspannt und zufrieden lenkte er den Wagen stadtauswärts. Das nachmittägliche Gespräch mit Dariusz hatte genau den Verlauf genommen, den er sich erhofft hatte. Der junge Künstler hatte bei dem »unmoralischen Angebot«, wie Falk es ihm gegenüber unumwunden genannt hatte, sichtbar erschrocken reagiert. Falk suchte im Handschuhfach nach Zigaretten, fand keine und fluchte leise. Unmoralisch, nun gut, aber was bitteschön hatte Kunst denn auch mit Moral zu tun? Kunst, vor allem moderne Kunst, war ein knallhartes Geschäft, bei dem mit harten Bandagen gekämpft wurde. Und es passierte nicht alle Tage, dass ein Goldjunge wie dieser langmähnige Pole daherkam, und nicht wusste, wie gut er war. Je naiver, desto besser. Wenn Künstler erst einmal ihren Marktwert entdeckten, wurden sie äußerst anstrengend. Und eine selbsternannte Galeristin wie Phoebe würde kaum in der Lage sein, ihn professionell zu vermarkten, geschweige denn sein Selbstwertgefühl in einer publikumstauglichen Balance zu halten. Er hatte wirklich recht, Phoebe den Braten abzujagen, und war dabei heute ein gutes Stück vorangekommen. Falks alter Jaguar schnurrte leise über den hellerleuchteten Ku'damm Richtung Halensee. Links und rechts wetteiferten die Luxusboutiquen um die Aufmerksamkeit der Flaneure, die zu der späten Stunde noch unterwegs waren. Er legte die CD eines 80er-Jahre-Live-Konzerts der Rolling Stones ein. Bei dem Titel *Sympathy for the Devil* drückte er auf den Repeat-Button.

Als er in die Einfahrt zu seinem Grundstück einbog, brannte im oberen Stock der Villa noch Licht. Falk brummte unwillig und fuhr in die Garage. Es wurde endlich Zeit, dass er Nadeshna den Haustürschlüssel abnahm. Zwar war er ein Mann, der schlecht allein sein konnte (oder besser gesagt: Er konnte in Gesellschaft besser allein sein als ohne), aber dieses hergelaufene Hühnchen schien allen Ernstes zu meinen, die Frau an seiner Seite zu sein, und diesen Zahn würde er ihr heute Abend ziehen. Mit schnellen Schritten nahm er die Stufen zum Eingang. Noch während er nach seinem Schlüssel suchte, öffnete sich die schwere Eichentür. Ein Grinsen huschte über Falks Gesicht und verlieh ihm ein jungenhaftes Aussehen. Er strich sich mit beiden Händen durch die Haare und trat ein. Nadeshna schloss die Tür hinter ihnen und zog ihn wortlos die geschwungene Treppe hinauf, wobei sie aufreizend langsam vor ihm herging, damit er jede ihrer Bewegungen genießen konnte. Sie wusste, dass ihn nur das erregte, was seinen Augen gefiel. Und das hier gefiel ihm sichtlich.

»Bleib stehen. Beweg dich nicht.« Seine Stimme klang heiser. Diese Frau war wirklich ein Biest. Aus irgendeinem Grund schien sie ihm immer zuvorzukommen, wenn er mit ihr über das Ende ihrer ausnahmslos horizontalen Aktivitäten sprechen wollte.

»Ich sagte: stehen bleiben. Genau so.« Er atmete tief ein. Wieder betrachtete er ihre Silhouette im Halbdunkel des Treppenhauses. Er mochte Nadeshna nicht wirklich. Sie war immer eine Spur zu laut, eine Nuance zu aufdringlich, trotzdem war sie die attraktivste Frau, die er je kennengelernt hatte. Sie schien ausschließlich aus Lust und warmer, weicher Haut zu bestehen. Wenn sie ihn berührte – sie hatte diese Art, ihn scheinbar unabsichtlich zu touchieren –, fühlte er das ungebremste Verlangen, sie ganz und gar zu besitzen. Aber in all der Zeit, und war eine Nacht auch noch so lang gewesen, war sie ihm fremd geblieben.

»Gefällt es dir so, Falk?« Sie wiegte sich provozierend in den Hüften und warf ihre langen blonden Haare in den Nacken. Über die Schulter blickte sie sich nach ihm um. Ihre Augen waren groß und unergründlich. Falk spürte, wie ihn die Hitze der Erregung überwältigte. Ohne zu antworten, öffnete er seine Hose, ließ sie fallen, schlüpfte aus seinen Schuhen und zog seine Strümpfe aus. Zwei Treppenstufen über ihm sah Nadeshna ihm teilnahmslos zu. Falk nahm eine weitere Stufe und knöpfte sein Hemd auf. Er konnte sich kaum an ihr sattsehen. Sie war das perfekte Abbild eines Models von Helmut Newton, vollkommen nackt bis auf ein Paar sündhaft teurer Schuhe mit leuchtend roten Sohlen, die sie ihm neulich auf ihre kokette Art abgeschwatzt hatte. Die hohen Absätze betonten ihre ohnehin schon langen Beine, die sie inzwischen leicht gespreizt hatte. Sie beugte sich vor und streifte mit ihren Pobacken seinen Bauch. Er nahm die Einladung dankend an, griff ihr in den Nacken und zwang sie sanft in die Hocke. Seine Hände glitten durch ihr Haar und umfingen ihre Hüften, bevor er ihre Oberschenkel streichelte, die inzwischen vor Anspannung zitterten.

»Ja, es gefällt mir«, raunte er ihr leise ins Ohr und zog ihren Kopf zu sich heran. Als er ihr einen hungrigen Kuss gab, ärgerte er sich im selben Moment darüber. Er war es, der diese Frau hätte beherrschen sollen, aber wenn hier einer beherrscht wurde, dann er. Langsam drehte sich Nadeshna zu ihm um, ohne den Kuss zu unterbrechen. Sie legte seine Hände auf ihre großen Brüste und zog ihn zu sich. Falk spürte, wie ihre langen, harten Fingernägel über seinen Bauch glitten und dann den Rand seiner Shorts berührten. Sie kratzten mehr als dass sie streichelten, und er zuckte wie in Erwartung eines Schmerzes zusammen, als sie nach seinem Schwanz griff. Ihre Nägel wanderten den Schaft hinunter bis zur Wurzel, und er seufzte vor Erleichterung, als sich ihre Hand fest um ihn schloss und zu reiben begann. So mochte er Nadeshna. Spontan und gierig. Er war sich sicher, dass er – von seinem Bankkonto einmal abgesehen – für sie genauso wenig die Idealbesetzung war wie umgekehrt. Falk stöhnte auf, als sie ihm mit der anderen Hand die Shorts hinunterzog, ohne von seinem Schwanz abzulassen. Sie war wirklich begabt, die kleine blonde Schlange. Den Schlüssel würde er ihr auch morgen noch abnehmen können. Falk genoss den Anblick, wie Nadeshna mit weit geöffneten Beinen vor ihm auf der Treppe Platz nahm. Er zog sie an den Oberschenkeln weiter zu sich und hob ihr Becken an. Ihre Scham war vor Lust angeschwollen, glänzte feucht. Mit der Zunge fuhr er zwischen ihren Schamlippen hin und her und entlockte ihr gurrende Seufzer der Erregung, die von tiefen Atemzügen unterbrochen wurden. Er konnte schmecken, wie nass sie war, und er wusste, was sie wollte. Abrupt stand er auf und zog sie zu sich hoch. Mit ihren hochhackigen Schuhen ragte sie fast zu ihm auf. Sie warf ihre Haare in den Nacken und blickte ihn so uninteressiert an, als hätte es das Treppenintermezzo gerade eben nicht gegeben. Er grinste. Es hatte lange gedauert, bis ihm klargeworden war, dass so etwas zu ihrem Spiel dazugehörte. Mochte sie auch noch so erregt sein – nach außen war und blieb sie ein emotionsloser Eisklotz. Wortlos schob er sie vor sich her, die Treppe hinauf. Weil seine Finger in ihr waren, konnte er die warmen Muskeln ihrer Vagina bei jedem

Schritt spüren. Sie ging extra langsam, um die intimen Berührungen auszukosten, das wusste er. Auf der Galerie angekommen, drängte er sie mit dem Rücken zu sich an das Treppengeländer. Sie stöhnte leise auf und bog den Rücken durch. Er griff in ihre Pobacken und drängte sich dazwischen, tauchte mit den Fingern in die heiße, feuchte Enge, um sie zu weiten. Nadeshna zitterte, dann fuhr ihre Hand zurück und zog seinen Schaft zwischen ihre Schenkel. Als er seine Finger aus ihr zurückzog, ließ sie seinen Schwanz in sich hineingleiten. In dieser Position verharrten sie fast regungslos bis auf ein paar kleine Bewegungen, dann wurde Nadeshnas Körper von einem Schauer geschüttelt. Das war das Zeichen. Falk löste sich aus ihr und drehte sie zu sich herum. Ihr Gesicht war heiß, und endlich lag ein Ausdruck in ihren Augen, der so etwas wie Sehnsucht erahnen ließ. Langsam glitt er zu Boden und zog sie auf sich. Es brauchte nur wenige tiefe Stöße, bis sie kam. Auch wenn er sie nicht sonderlich mochte, liebte er diesen Moment. Keine Frau hatte sich in seiner Umarmung so gehen lassen wie Nadeshna. Er betrachtete ihren schweißnassen Bauch, griff nach ihren Brüsten, suchte ihren Kuss. Schade, Nadeshna, dachte Falk, bevor er von seinem Orgasmus fast zerrissen wurde.

Fassungslos klappte Phoebe ihr Laptop zu. Ihr Vater hatte seinen letzten Anruf noch einmal schriftlich bestätigt. Bis Ende September musste sie Dariusz' Arbeiten verkaufen – zumindest eine gewisse Anzahl davon –, oder Matthew würde die Galerie schließen und unter neuer Leitung und mit einem neuen Portfolio an Künstlern wiedereröffnen. Sie atmete tief durch. Sein Verhalten war ein einziger Affront. Weder hatte ihr Vater es finanziell nötig, noch gab es einen anderen plausiblen Grund für sein Ultimatum. Matthew kannte Dariusz und wusste um dessen Begabung. Er wusste, dass seine Tochter seit drei Jahren dabei war, ihn zu fördern. Phoebe blickte sich um. Sie musste sich beeilen. Eine Vernissage im August würde viel zu spät sein. Sie würde die Ausstellung im Juli eröffnen müssen, mitten in den Sommerferien, wenn die meisten Leute verreist waren, aber das war die einzige Möglichkeit, um bis Ende September ein paar Verkäufe sicherzustellen. Zu mehr würde es kaum reichen, da war sich Phoebe sicher. Dariusz war neu auf dem Markt, das Geld der Sammler saß seit dem Bankencrash im letzten Herbst nicht mehr so locker, und Erfolg war im Moment mehr eine Frage des richtigen Auftritts als des Talents. Vielleicht sollte sie sich doch mit Falk unterhalten? Sie selber konnte Dariusz nicht dieselben Medienkontakte bieten wie er. Falk pflegte seit mehr als zwanzig Jahren sein Image als Haudegen mit goldenem Herzen und intellektuellem Hintergrund. Seine Skandale mit Starlets, Go-go-Girls und Damen vom Straßenstrich sorgten in regelmäßigen Abständen für seitenlange Artikel in der Boulevardpresse. Interviews am heimischen Kamin, bei denen er sich und die Reporter von halbnackten Nymphen mit Weintrauben füttern ließ, rundeten das Bild vom dekadenten Lebemann ab. Er war nicht beliebt, aber bekannt. Und genau das wollte er. Ja, dachte Phoebe, und auf alle, die sich in seinem Dunstkreis bewegen, färbt seine Bekanntheit ab. Auch ohne Weintrauben.

»Baby.«

Erschrocken blickte Phoebe hoch. Vor ihr stand Dariusz. Die Tulpe in seiner Hand war genauso schwarz wie sein Haar. Sorgenvoll zog er die Augenbrauen hoch, bevor er lachte.

»Danke.« Phoebe stand auf und ging auf ihn zu. Sie

sah auf seine Füße. Nackt, wie immer, weshalb sie ihn so gut wie nie kommen hörte. Sie lächelte matt und nahm die Blume entgegen.

»Willst du nicht doch zu Falk wechseln? Sein Angebot ist großartig, und er kann dir – objektiv betrachtet – die besseren Kontakte bieten. Leider.«

»Baby.« Dariusz nahm ihr die Blume wieder ab und legte sie auf den Schreibtisch. Dann zog er Phoebe fest an sich heran und küsste sie.

»Wir schaffen das.«

Phoebe löste sich aus der Umarmung. »Wenn ich bis Ende September nichts von dir verkauft habe, macht mein Vater die Galerie dicht.« Sie schluckte.

Dariusz hob ihr Kinn und strich ihr eine Locke hinters Ohr. Dann sagte er schelmisch: »Na und? Dann kannst du endlich nach Quallen tauchen. Nach rosa Quallen, wenn ich mich richtig erinnere.«

»Und?« Ungehalten stampfte sie mit dem Fuß auf. »Meinst du, das alles hier war nur Spaß? Du bist ein Riesentalent, ich begleite dich seit drei Jahren, und da glaubst du, ich lasse mir so kurz vor dem Ziel alles kaputt machen?«

»Ach, so ist das. Du willst dir nicht alles kaputt machen lassen. Hm. Ich dachte immer, wir wären ein Team?« Dariusz blickte sie kühl an.

»Sind wir ja auch«, sagte Phoebe beschwichtigend. »Sind wir ja auch …«

»Das sehe ich anders«, erwiderte Dariusz. »Vielleicht ist deine Idee mit Schumann doch nicht so schlecht. Er ist zwar ein unangenehmer Zeitgenosse, aber im Gegensatz zu dir scheint er wenigstens ehrlich zu sein.«

»Du meinst, ich belüge dich?«

»Genau. Du sprichst von uns und meinst dich. Wie

dein Vater, merkst du das nicht? Es geht immer nur um dich.« Die letzten Worte hatte er ihr leise ins Ohr gezischt, bevor er sich abrupt umdrehte und auf die Eingangstür zuging.

»Dariusz!« Phoebe lief ihm nach. Sie wollte sich nicht mit ihm streiten, nicht jetzt. Sie berührte seinen Rücken, doch er schlüpfte schnell durch die Tür. Phoebe beobachtete durch die Glasscheibe, wie er sich seine Schuhe anzog. Dann erhob er sich langsam und ging davon, ohne sich noch einmal umzusehen.

Phoebe genoss die kühle Abendluft auf ihrem Balkon. Sie hatte sich einen dicken Pullover übergezogen, eine Flasche Rotwein geöffnet und gab sich nun dem Rauschen der Großstadt hin, wie sie es nannte. Galerie hin oder her, zu den rosa Quallen führte kein Weg zurück. Sie musste sich eingestehen, dass sie sich in diesem Leben mit der Kunst sehr wohl fühlte. Die Galerie war zu ihrem Lebensinhalt geworden, und dann war da ja auch noch Dariusz ... Sie schüttelte ihren Kopf. Das heute war ihr erster richtiger Streit gewesen, und er berührte sie stärker, als sie geglaubt hatte. Vielleicht nahm er mehr Platz in ihrem Herzen ein, als ihr bewusst war. Seit drei Jahren war er – von ihrem Vater einmal abgesehen – der wichtigste Mensch in ihrem Leben gewesen. Seit fast zwei Jahren ihr Liebhaber. Nein, er war mehr als das. Er war ihr vertraut. Aber wollte sie das? Und falls nicht, warum? Und warum musste immer alles so kompliziert sein? Und warum konnte dieser Schumann sie nicht einfach in Ruhe lassen? Sie nahm einen tiefen Schluck. Der Fernsehturm hob sich majestätisch vor einem diffusen rotschwarzen Himmel ab. Die Menschen unter ihr waren klein wie Ameisen, bewegten sich schnell und wie fremdgesteuert in den breiten Straßen, die von Edelsteinketten beleuchtet wurden. Phoebe seufzte. Berlin war ein Moloch, aber sie liebte es. Und weil sie diese Stadt liebte, konnte sie die Kunst von Dariusz verstehen, seine großartigen Installationen voller Verletzlichkeit und Wahrheit. Dariusz war schonungslos in seiner Kunst. Er hielt den Menschen einen Spiegel vor, hasste alles Dekorative im Kunstbetrieb ebenso wie sie. Er war ein Kämpfer, nein, ein Missionar. Und ein wunderschöner noch dazu, mit seinen langen schwarzen Haaren … Sie fuhr aus ihren Gedanken hoch. Die Türklingel.

»Neuer Versuch.«

Dariusz stand in der Tür, dieses Mal mit einem Strauß Mohn. Er grinste und drückte ihr die Blumen in die Hand. Phoebe trat wortlos zur Seite und blickte zu Boden, damit er nicht sehen konnte, wie sehr sie sich über seinen späten Besuch freute. Ohne Aufforderung ging er auf den Balkon und griff nach ihrem Weinglas. Während er trank, sah er sie unverhohlen an, dann stellte er das Glas ab und ging auf sie zu. Phoebe hielt noch immer den Mohn in der Hand.

»Du musst ihnen schnell Wasser geben, sonst sind sie nicht mehr zu retten«, sagte er leise. Phoebe lächelte und verschwand in der Küche. Als sie auf den Balkon zurückkam, hatte sie ein zweites Glas dabei, das ihr Dariusz sofort abnahm. Dann legte er seine Hände auf ihre Schultern und sah sie herausfordernd an.

»Hast du mir nichts zu sagen, Frau Galeristin?« Er hauchte ihr einen zarten Kuss auf die Nase.

»Es tut mir leid«, flüsterte Phoebe.

Dariusz gab ihr noch einen Kuss, diesmal auf den Mund.

»Das wollte ich gar nicht hören«, murmelte er.

»Was denn dann?« Phoebe spürte, dass ihre Stimme hoch und piepsig klang.

»Wie wäre es mit: ›Ich habe dich vermisst.‹ Oder: ›Ich habe Lust auf dich.‹ Oder: ›Ich will dich.‹« Er nahm sie in den Arm und küsste sie fordernd. Ihr Körper reagierte sofort. Jede Berührung von ihm war wie ein zarter elektrischer Schlag. Sie sah in seine schwarzen leuchtenden Augen.

»Nimm mich«, flüsterte sie und wunderte sich über die Selbstverständlichkeit, mit der ihr die Worte über die Lippen kamen. Er nickte. Sein Blick war ernst.

»Zieh dich aus, Phoebe. Deine Jeans.«

»Hier? Auf dem Balkon?«

Dariusz nickte. »Auf dem Balkon.«

Sie nestelte noch an ihrem Pullover herum, da war Dariusz schon bei ihr. »Ich sagte: die Jeans. Den Pullover kannst du anlassen.«

Phoebe gehorchte. Schon zum zweiten Mal verhielt sich Dariusz so dominant. Eine Hitzewelle durchlief sie. Die Art gefiel ihr, das musste sie zugeben. Sie zog ihre Jeans aus und warf sie achtlos zur Seite. Sie fror. Der Abend, obwohl es schon Ende Mai war, war noch ziemlich frisch.

»Das Höschen, Phoebe.«

Sie spürte seine Augen auf ihrem Körper, als sie den String langsam auszog. Hörte seinen lauten Atem. Dann sah sie, wie er seine Hose öffnete.

»Komm zu mir, meine Schöne«, sagte er leise und mit seiner rauhen Stimme, die er immer hatte, wenn er erregt war. Phoebe trat ihm entgegen, und er zog sie an sich heran, ließ sich auf einen der Gartenstühle sinken und hob sie auf seinen Schoß. Sofort verschmolzen ihre

Körper miteinander; sie küssten sich nicht, sie streichelten sich nicht, sie bewegten sich ausschließlich ruhig im Takt ihrer Stöße und sahen einander an. Dariusz hielt sie in der Taille und kontrollierte die Tiefe ihrer Bewegungen. Er kannte Phoebes Hunger nach Sex und wusste, wie er sie anmachte, aber er wollte nicht, dass sie jetzt schon kam. Er wollte, dass sie ihn um den Höhepunkt anbettelte.

Phoebe genoss es, Dariusz zu reiten, sich in seinen schwarzen Haaren festzukrallen, ihn in seiner Lust anzusehen. Er verstand es wunderbar, sich in ihr zu bewegen. Sie spürte das Spiel seiner Muskeln und betrachtete sein Gesicht, das feucht glänzte. Gleich hatte er sie. Nur noch wenige tiefe und langsame Stöße, und sie würde …

»Baby, steig mal ab.«

Verwirrt blickte sie Dariusz an. Es war untypisch für ihn, mittendrin aufzuhören, um die Position zu wechseln. Zwischen ihren Schenkeln klopfte es heiß, als sie sich von ihm löste. Dariusz erhob sich wortlos, zog seine Hose wieder hoch und schloss den Gürtel. Dann nahm er ihre Hand, verließ mit ihr den Balkon und steuerte auf das Schlafzimmer zu. Sanft schloss er die Tür und legte eine CD ein. Das Licht dimmte er, bis nur noch ein matter Schein den Raum erhellte. Er nahm etwas aus seiner Hosentasche, dann ließ er sich mit Phoebe im Arm auf das Bett fallen. Er rutschte an ihr hinunter, bis er mit dem Mund ihren Nabel berühren konnte, während seine Hände die Innenseiten ihrer Schenkel hinabstrichen. Dann griff er in die Kniekehlen. Phoebe stöhnte auf. Sie mochte es sehr, dort angefasst zu werden. Allmählich baute sich ihre Erregung wieder auf; die Unterbrechung eben auf dem Balkon hatte dem Auflodern ihrer Feuerwelle einen Dämpfer verpasst, aber nun war alles wieder gut. Dariusz lag zwischen ihren Schenkeln, verwöhnte sie mit Küssen und Fingerspitzen, fuhr mit der Zungenspitze an ihren Schamlippen auf und ab und brachte sie inwendig zum Kochen. Ihr war so heiß. Sie hob die Hände über ihren Kopf und wollte sich den Pullover ausziehen.

»Lass das«, flüsterte Dariusz, dann griff er neben das Bett und holte etwas hervor. Mit geübten Bewegungen schlang er das Band erst um ihre Gelenke, dann um ein Metallrohr im Kopfteil des Bettes. Ohne den Blick von ihr zu lassen, schob er seine Hände unter ihren Pullover und ertastete den BH, den sie heute trug. Er war aus blauer Spitze, das wusste er. Seine Finger fuhren leicht über den dünnen Stoff, über ihre Brustwarzen. Hart wie Kirschkerne hoben sie sich ihm entgegen. Er kniff sie vorsichtig, aber fest genug, um Phoebe einen lustvollen kleinen Schrei zu entlocken. Er küsste sie kurz und zart auf den Mund, dann widmete er sich wieder ihrem Nabel. Phoebe versuchte sich loszumachen, aber die Knoten waren wirklich fest. Er hatte sie tatsächlich an das Bett gebunden.

»Was soll das?«, fauchte sie. Der Gedanke, ihm in ihrer Lust so ausgeliefert zu sein, erregte sie und machte ihr gleichzeitig Angst. Dariusz setzte sich zwischen ihren Schenkeln auf und umfuhr mit seinem Daumen ihren Kitzler, als er sachlich erwiderte: »Ich möchte, dass du Lust hast. Auf mich. Ich möchte, dass du nach mir schreist, Phoebe.«

»Ich weiß nicht, was das soll, aber es macht mir keinen Spaß. Hör auf damit, Dariusz. Sofort!« Phoebe wollte sich seinem Blick entziehen, aber es gelang ihr nicht. Seine Augen ruhten auf ihr und verfolgten jede ihrer Bewegungen, währenddessen ihr seine Hände so viel Lust bereiteten, dass sie ständig kurz vor dem Orgasmus war. Doch er kannte sie zu gut, um nicht zu wissen, wann er Pausen einlegen oder den Rhythmus ändern musste.

»Warum soll ich aufhören, wenn es dir gefällt? Hör nur mal, wie nass du bist.« Er hatte sich neben sie gelegt und zog mit der einen Hand vorsichtig an ihren Lippen, die schmatzende Geräusche von sich gaben. Mit der anderen strich er ihr eine Locke hinter das Ohr.

»Du willst mich, Phoebe. Gib's doch endlich zu.« Er küsste sie zart auf den Mund.

»Nein.« Phoebe erschauerte unter seinen Berührungen.

»Nein?«, fragte Dariusz scheinbar belustigt. »Bist du dir da sicher?«

»Allerdings.«

»Schade.« Er stand auf, zog sich langsam aus, legte sich neben Phoebe und kuschelte sich unter die Bettdecke. Seine Hand legte er auf ihren Bauch, wie immer, wenn sie miteinander einschliefen.

»Sag, dass du mich willst«, flüsterte er leise an ihrem Ohr, »sofort.«

»Nein«, hauchte Phoebe und streckte sich seiner Hand entgegen, die vom Nabel aus schon wieder Richtung Venushügel wanderte.

»Nein?«, fragte Dariusz und glitt mit seinem Zeigefinger tief in sie hinein. Die Antwort war ein Kopfschütteln. Er nahm einen zweiten Finger dazu und strich an der Vorderseite der Vagina zäh und langsam auf und ab. Reflexartig zog Phoebe die Beine an vor Lust. Ihre Schenkel zitterten. Sie wand sich unter seinen Berührungen, stöhnte laut auf, wenn er genau den richtigen Punkt traf, und ihr Körper wurde ganz steif, bevor sie sich wieder für einen Moment entspannte.

»Dariusz, bitte nicht, bitte nicht … so.« Ihre Stimme war leise.

»Wie dann?«, fragte er, während er ihre Hände löste. »Wie willst du es dann, meine Schöne?«

»Ich will dich, ganz tief … so tief«, stammelte Phoebe, während sie ihn auf sich zog. Mit seinem ersten Stoß kam die Feuerwelle über sie und begrub sie in einem Meer aus pulsierender Lust.

Drei

Sportliches Timing«, bemerkte Amelie anerkennend und leckte genüsslich ihren Macchiato-Löffel ab. Dann stützte sie sich mit beiden Händen am Tresen des Coffeeshops ab, von dem man einen wunderbaren Blick auf den Gendarmenmarkt hatte, und erhob sich. Phoebe nickte. In der letzten Woche hatte sie jeden Tag bis in die frühen Morgenstunden in der Galerie verbracht und die Vernissage geplant. Eigentlich war es mehr das gesamte Drumherum gewesen, das sie ausgelaugt hatte. Pressemitteilungen, Einladungen an ausgewählte Journalisten, Erstellung einer Gästeliste, Gestaltung und Produktion der Einladung. Und nun gab es kein Zurück mehr. Amelie klopfte ihr aufmunternd auf die Schulter, nahm ihre Tasche und gab das Zeichen zum Aufbruch. Während sie die Friedrichstraße hinauf zu der *Galeries Lafayette* schlenderten, hakte sich Phoebe bei ihrer Freundin ein. Sie hatte ein wenig Nähe dringend nötig; seit der letzten heftigen Begegnung in ihrer Wohnung hatte sie Dariusz nicht mehr zu Gesicht bekommen. Er hatte sich in seinem Atelier in Kreuzberg verschanzt, wie er ihr per SMS mitgeteilt hatte, und wollte die verbleibenden vier Wochen bis zur Vernissage in der ersten Juliwoche nutzen, um eine weitere Installation zu fertigen. Auch von Falk hatte sie nichts mehr gehört, seitdem er sie vor der Galerie abgepasst hatte. Das Unbehagen machte sich in ihr immer breiter. Amelie spürte, dass ihre Freundin etwas bedrückte.

»Ich traue mich kaum, es auszusprechen, aber ich

habe das Gefühl, dass Dariusz noch immer mit Falk verhandelt. Oder umgekehrt. Von beiden habe ich längere Zeit nichts mehr gehört und gesehen, einfach merkwürdig. Dabei habe ich Dariusz ganz klar gesagt, dass ich ihm keine Steine in den Weg legen werde, wenn er zum guten alten Schumann wechselt.« Sie lächelte gequält.

Amelie drückte ihren Arm und blickte auf ihre Uhr. Erschrocken sah sie Phoebe an. Diese winkte ab.

»Ist schon gut, Amelie, geh schon. Wir telefonieren.«

Amelie drückte ihr einen Kuss auf die Wange und bahnte sich im nächsten Augenblick schon ihren Weg durch den mittäglichen Stau der Autos. Phoebe sah ihr nach, bis sie im Eingang zur U-Bahn verschwand. Unentschlossen stand sie vor der *Galeries Lafayette.* Plötzlich kam ihr eine Idee. Schwungvoll stieß sie die breite Glastür auf und betrat den Shoppingtempel.

Falk drehte die Einladung zwischen seinen gepflegten Fingern hin und her und ärgerte sich. Zum einen darüber, dass er es immer noch nicht fertiggebracht hatte, Nadeshna vor die Tür zu setzen, zum anderen, weil ihm diese kleine braungelockte Engländerin anscheinend wirklich ans Bein pinkeln wollte. Natürlich hatte es Klasse, ihn einzuladen, aber dann würde er gute Miene zum bösen Spiel machen müssen. Er hatte die Galeristin unterschätzt, so viel musste er sich eingestehen. Das Beste wäre es wohl, er würde sich mit ihr verabreden und Ursachenforschung betreiben. Die so plötzlich angesetzte Vernissage musste einen anderen Grund haben als den, dass die Welt nicht mehr länger auf Dariusz Badz warten konnte. Er zündete sich eine Zigarette an und blickte nachdenklich aus dem Fenster. Die S-Bahn, die über seine Galerie in den S-Bahn-Bögen fuhr, ließ alles um ihn herum vibrieren. Sein Telefon klingelte. Er sah auf das Display: Nadeshna. Kurzentschlossen drückte er das Gespräch weg und wählte Phoebes Nummer.

Das Geräusch war ohrenbetäubend und erinnerte mehr an eine Sirene als an eine Türklingel. Dariusz zog seine Schweißmaske vom Gesicht und stellte den Bunsenbrenner ab. Wer zum Henker störte ihn gerade jetzt? Er lächelte der Frau zu, die sich auf dem alten roten Cordsofa neben einem riesigen Glaskasten gerade die Bluse zuknöpfte, und öffnete das Rolltor. Es war Phoebe. Ohne abzuwarten, marschierte sie an ihm vorbei, direkt ins Atelier, wo die andere Frau gerade ihre langen blonden Haare zurückwarf und sich erhob. Sie lächelte fast schüchtern, nahm ihre Lederjacke und schlenderte an Dariusz vorbei, ohne sich noch einmal nach den beiden umzusehen. Wütend schmiss der junge Künstler seine Maske in die nächste Ecke.

»Was willst du hier, Phoebe? Siehst du nicht, dass ich arbeite?«

»Doch, das sehe ich«, erwiderte sie mit ironischem Unterton. Sie war vor ihrem Dinner mit Falk hier vorbeigekommen, um mit Dariusz zu reden und sich von ihm in ihren neuen Dessous bewundern zu lassen. Und nun das. Phoebe kochte innerlich.

»Arbeitest du neuerdings mit musischer Unterstützung?« Sie hatte die Arme verschränkt und schritt genervt vor ihm auf und ab. Ja, sie war eifersüchtig, und ja, sie wusste, dass sie dazu kein Recht hatte. Dariusz war nicht ihr Freund, nur ihr Liebhaber, aber trotzdem: So ging das nun auch wieder nicht.

»So geht das nicht.« Dariusz stand jetzt nah vor ihr. Er hatte seine langen Haare zu einem dicken Zopf gebunden und sah hinreißend aus. Seine alten, zerrissenen Jeans, die auf seinen Hüftknochen hingen, ließen erkennen, dass er mal wieder auf Unterwäsche verzichtet hatte. Der Oberkörper steckte in einem uralten T-Shirt, das nur von Dreck und Staub zusammengehalten wurde.

»Hast du mich verstanden, Frau Galeristin?« Er stand immer noch dicht vor ihr. »Das hier ist meine Komfortzone. Du hast hier ohne Einladung nichts zu suchen. Hast du eine?«

Er war wirklich sauer. Phoebe seufzte. »Wer war das?«

»Ich wüsste nicht, was dich das angeht«, erwiderte er schroff. Dann bückte er sich nach seiner Maske, nahm den Schweißbrenner und ging zur Werkbank zurück. Als er sich umdrehte, um den Gashahn anzustellen, war Phoebe bereits verschwunden.

Falk war nervös. Schon lange stand Phoebe als Objekt der Begierde auf seinem Wunschzettel, und gerade die Tatsache, dass sie sich ihm gegenüber seit Jahren so konstant spröde verhielt, hatte seinen Jagdtrieb nur noch verstärkt.

Gut, sie war keine klassische Schönheit, und irgendwie hatte sie auch etwas leicht Fades an sich, keine Spur von Rassigkeit wie Nadeshna, aber gerade darin lag der Reiz. Außerdem hatte es ihm immer besonderes Vergnügen bereitet, Frauen gegen ihren Willen zu verführen, und er wusste, dass er eine empfindliche Stelle bei Phoebe entdecken würde. Es gab immer irgendeine. Auf jeden Fall aber würde er endlich erfahren, warum sie es mit der Vernissage auf einmal so eilig hatte. Und ob ihr langmähniger Künstler ihr schon etwas von dem Angebot erzählt hatte. Notfalls würde er die Antworten aus ihr herauskitzeln, was keine unangenehme Vorstellung war. Am meisten interessierte es ihn aber, warum Phoebe seine Einladung sofort angenommen hatte.

Sie hatten sich in einer traditionellen Brasserie am Ku'damm verabredet. Er war gerne hier und hatte das Restaurant vorgeschlagen, ihr war es egal gewesen, und nun saß er hier und wartete. Wie jeden Tag war das Lokal gut besucht; die ausnahmslos französischen Kellner unterhielten die Gäste mit untadeligem Service und kleinen Artigkeiten und waren wohl der wahre Grund für die Beliebtheit der Brasserie, denn die Karte war nach Falks Ermessen eher mittelmäßig. Aber da ihr Treffen eher geschäftlicher denn privater Natur war, war er mit der Wahl der Lokalität sehr zufrieden. Der Kellner brachte gerade Brot und Butter, als Phoebe hereinrauschte. Irgendwie sah sie anders aus als sonst. Weiblicher. Er winkte ihr zu, so dass sie Kurs auf seinen Tisch nahm. Geschmeidig erhob er sich und half ihr aus dem Mantel, wobei er kurz ihr Haar berührte und ihren Duft einatmete. Phoebe, dachte er, du bist ja tatsächlich eine Frau! Als hätte sie seine Gedanken gelesen, lächelte sie ihn an. Falk stutzte. Sie hatte ihn noch nie so offen angelächelt. Vielmehr war sie in seiner Gegenwart immer eine schlechtgelaunte, dünne Frau im Hosenanzug mit einer tiefen Stirnfalte gewesen. Selbst jetzt blieb diese Falte zwischen ihren geschwungenen Brauen erhalten, aber Phoebe hatte schöne klare Augen. Er rückte ihr den Stuhl zurecht. Der Abend schien ganz anders zu verlaufen, als er ihn geplant hatte. Aber gut. Er konnte auch improvisieren.

»Warum sind wir nicht eher miteinander ausgegangen, Phoebe?« Entspannt drehte Falk sein Weinglas. Sancerre im Sommer war etwas Köstliches. Und er machte seiner

Erfahrung nach die Damen nicht so müde wie Rotwein. Phoebe spielte mit ihrer Serviette. Sie schien guter Stimmung zu sein. Ihre Wangen hatten einen rosigen Ton, und ihre Augen leuchteten, wenn sie lachte. Sie lachte viel an diesem Abend. Jetzt sah sie ihn unvermittelt an.

»Weil es keinen Grund gab, Falk. Unsere Interessen verlaufen – gelinde gesagt – diametral.«

»Aber für einen Abend könnten wir unsere Interessen doch mal vergessen. Nur für heute, Phoebe.« Er legte seine Hand auf ihre und war erstaunt, dass sie sich ihm nicht entzog. Stattdessen legte sie den Kopf etwas schief und lächelte ihn an. Bei jeder anderen Frau hätte er das als Einladung zum Flirten verstanden – aber bei Phoebe? Wahrscheinlich hatte sie einfach etwas zu viel getrunken. Das Vernünftigste würde es sein, sie jetzt nach Hause zu fahren, bevor der Abend noch aus dem Ruder lief. Obwohl …

»Ich würde gerne noch tanzen, Falk. Magst du?« Phoebe drückte seine Hand und setzte sich dann kerzengerade hin.

»Falk?«

Der Kunsthändler schaute sie entgeistert an. Wie sollte er sie denn jagen, wenn sie sich ihm so bereitwillig vor die Flinte legte? Das war keine Einladung, das war eine Aufforderung. Falk dachte kurz nach.

»Das Grandhotel im Grunewald hat eine sehr intime Bar.«

»Und du bist sicher, dass man dort auch tanzen kann?«

Schumann zuckte mit den Schultern und winkte nach dem Kellner. »Letzte Woche konnte man das noch«, sagte er, ohne ihren Blick loszulassen. Das war glatt gelogen; Falk war seit einer Ewigkeit nicht mehr dort gewesen und hatte keine Ahnung, ob die Bar um diese Zeit überhaupt noch geöffnet sein würde. Aber egal, in dem Fall würde ihm schon etwas einfallen.

Die Bar des kleinen Schlosshotels war nicht nur geöffnet, sondern zu Falks Verwunderung auch recht gut besucht. Angenehme Loungemusik rieselte auf die Gäste hinab, die es sich in cognacfarbenen Lederfauteuils vor einem großen steinernen Kamin und auf Barhockern bequem gemacht hatten. Falk lenkte Phoebe zur Bar und bestellte zwei Gin Fizz. Die Galeristin sah sich um.

»Tanzen kann man hier aber nicht«, sagte sie sichtlich enttäuscht. Falk schob ihr einen Drink zu und hob sein Glas an den Mund. Er zuckte mit den Schultern.

»Dann müssen wir uns wohl wieder treffen – allen potenziellen diametralen Interessen zum Trotz, hm?« Er prostete ihr zu.

Phoebe nickte zustimmend. Das, was sie sich hier leistete, war eine ziemlich abgefahrene Nummer. Aber Dariusz war auch ein begnadeter Idiot gewesen. Sich in die Höhle des Löwen, sprich in die *Factory W.,* zu begeben hatte schon etwas von unübertrefflicher Dämlichkeit. Und noch dazu alleine. Falk konnte sogar Eskimos Kühlschränke verkaufen, seine Rhetorik war einmalig. Der Eindruck, den er bei ihrem Schützling hinterlassen hatte, war demzufolge auch mehr als gut gewesen. Begeistert hatte Dariusz nach dem Gespräch grob das Angebot von Schumann skizziert. So viel war klar: Sie musste sich etwas einfallen lassen, um Dariusz weiter unter Vertrag halten zu können. Und das bedeutete im Klartext, dass sie die Kröte Schumann schlucken musste, was immer das auch hieß. Natürlich würde sie auch mit Falk ins Bett gehen, wenn es ihr nützen könnte. Es stand zu viel auf dem Spiel, um jetzt über Moral nachzudenken. Sie betrachtete ihren Konkurrenten eingehend. Obwohl Falk um einiges älter war als sie, konnte er noch als durchaus attraktiv durchgehen. Seine halblangen Haare gaben ihm etwas Verwegenes und standen im durchdachten Kontrast zu seinem ansonsten klassisch-eleganten Auftritt. Gedankenverloren starrte sie auf seine Manschettenknöpfe, bevor sie sich sammelte und die Unterhaltung fortsetzte.

»Warum wolltest du ausgerechnet hierhin?«, erkundigte sie sich und trank einen Schluck. »Wir hätten doch genauso gut nach Mitte fahren können.«

Falk lachte. »Das willst du nicht wirklich wissen, meine Liebe.«

»Will ich doch«, beharrte Phoebe und sah ihn provozierend an. Wieder lachte Falk. Dann beugte er sich so nah zu ihr, dass ihn ihre Haare an der Nase kitzelten. Vorsichtig strich er ihr eine Locke hinter das Ohr und raunte: »Weil sie hier Betten haben, Phoebe, darum. Wir sind in einem Hotel.« In Erwartung einer Ohrfeige zog er schnell den Kopf zurück. Er wusste, dass er sich ziemlich unverschämt verhielt. Dabei lag doch genau darin der Reiz.

Aber Phoebe sah ihn mit blitzenden Augen an. Ihr Mund zuckte spöttisch. »Und warum sitzen wir dann noch hier?«

Als Falk die Balkontüren geöffnet hatte, umspielte eine warme Brise den dünnen seidenen Vorhangstoff und plusterte ihn auf. Der Kunsthändler lehnte am Türrahmen, trank Gin und sah fasziniert zu, wie Phoebe sich mit einer Lässigkeit vor ihm auszog, als würde sie es jeden Tag tun. Das Zimmer war dunkel, aber aus dem Bad drang Licht in den Raum, das ihren zarten Körper wie einen lebendigen Scherenschnitt wirken ließ. Er wusste immer noch nicht, warum sie das alles tat, aber der Grund war im Augenblick völlig nebensächlich. Er nahm noch einen Schluck Gin, dann ging er einen Schritt auf sie zu. Lächelnd wich sie zurück.

»Warte. Ich bin noch nicht so weit.«

Der Scherenschnitt entfernte sich weiter von ihm und ließ sich auf der Bettkante nieder. Bis auf Schuhe und BH war Phoebe vollkommen nackt.

»Komm näher«, lockte sie ihn dann, und Falk gehorchte. Er tat zwei Schritte, dann war sie nur noch eine Armeslänge von ihm entfernt.

»So ist es gut«, flüsterte Phoebe. »Bleib, wo du bist, und sieh mir einfach zu.« Sie ließ sich nach hinten in die Kissen sinken und öffnete ihre Schenkel. Mit beiden Händen strich sie an ihren Hüften entlang, zog an ihren Schamlippen, glitt mit ihren Fingern in ihre Vagina, zog sie wieder heraus, saugte an ihnen und glitt wieder hinein. Falk stöhnte auf. Woher wusste diese Frau, dass er es liebte, dabei zuzusehen? Er spürte, wie das Blut in seine Lenden strömte und sein Schwanz zu pulsieren begann.

»Willst du kosten?«, fragte Phoebe leise und streckte ihm ihre nassen Finger entgegen. Falk ging auf die Knie, um auf einer Höhe mit ihrem Schoß zu sein, und leckte ihre Hand zärtlich ab. Phoebe schien die erste Berührung zwischen ihnen zu genießen, dann schob sie ihn energisch von sich weg.

»Ich sagte doch: Ich bin noch nicht so weit, Falk.«

Auf einem Arm stützte sie sich im Bett ab, so dass sie sich gegenseitig betrachten konnten. Ihr anderer Arm lag zwischen ihren Beinen, ihre Finger spielten um ihre erregten Lippen herum und stimulierten ihren Kitzler;

dass sich ihre Blicke dabei nicht losließen, machte Phoebe besonders an. Sie streichelte sich, langsam, spürte, wie es aus ihr heraustropfte. Sie atmete tief ein. Das Zimmer roch bereits nach Sex, und dabei hatten sie noch nicht einmal angefangen. Falk sah der Frau vor sich auf dem Bett zu, wie sie sich langsam und mit lasziven Bewegungen zum Höhepunkt brachte. Unvermittelt fasste er an seine Hose und spürte seinen Schaft aufgerichtet und hart. Er stöhnte. Diese Art von Erotik war genau sein Ding.

»Ich komme gleich …« Phoebe ließ sich zurück auf das Bett fallen und ihre Hand sinken. Mit weit geöffneten Beinen lag sie vor ihm. Wieder streckte sie ihm ihren Arm entgegen, und wieder nahm Falk die Einladung an. Dieses Mal stieß sie ihm die Finger tief in den Mund und zog ihn wie an einem Haken zu sich, ganz nah, zwischen ihre Schenkel. Sie ließ es geschehen, dass er seine Hände unter ihren Po legte und mit seiner Zunge ihren Kitzler umtanzte. Er war zärtlich, ließ ihr Zeit, sich bei all der Lust auf die Berührungen eines bis dahin fremden Mannes einzulassen. Phoebe quittierte seine erfahrenen Küsse mit hohen Seufzern. Sie hatte provokant sein wollen, ja, und sie hatte vorgehabt, mit Falk im Bett zu landen, aber sie hatte nicht damit gerechnet, dass es ihr so viel Spaß machen würde. Sie spürte, wie es unterhalb ihres Nabels zu pochen begann. Sie war wirklich fast so weit. Falk schien ihren Zustand zu spüren. Intuitiv wurden seine Küsse vorsichtiger, behutsamer. Mit einer Hand zog er ihre Lippen weit auseinander, um mit der Zunge tief in sie einzutauchen, während er sich mit der anderen Hand Hemd und Hose aufknöpfte. Dann berührte er seinen Schwanz, dessen Adern hart wie Kabelstränge waren. Er stöhnte laut auf und massierte den Schaft, bis er zu bersten drohte. Dann ließ er von sich und von ihr ab, legte ihre Hand wieder zurück in ihren Schoß und zog sich langsam aus. Phoebe sah ihm fasziniert zu, wartete darauf, was er nun machen würde. Das Herz schlug ihr bis zum Hals. Als Antwort griff er nach einem Kissen und schob es ihr unter das Becken. Dann legte er sich auf sie und sagte leise: »Ich möchte deinen Mund küssen, bevor wir es tun, Phoebe.«

Die Galeristin nickte stumm und öffnete ihre Lippen. Sein Kuss war zärtlich, genauso wie alle Berührungen, die er ihr bislang geschenkt hatte. Er spürte, wie ein leichtes Zittern durch ihren Körper lief.

»Ich bin so weit, Falk«, hauchte Phoebe. Falk nickte und stieß in sie hinein. Die Wucht, mit der seine Stöße kamen, erschreckte sie für einen Moment. Sie wollte etwas sagen, doch sein Kuss verschloss ihr den Mund. Dann gab sich Phoebe dem unbekannten Rhythmus hin und verlor sich in ihrer Lust, bis die rote Welle über sie hinwegrauschte und auch Falk mit sich riss.

»Ja, Papa. Genau. Ich buche dir ein Zimmer.« Erleichtert legte Phoebe auf. Ihr Vater hatte sich für den Abend der Vernissage angemeldet, was sie als großes Kompliment betrachtete. Aber es war natürlich weit mehr als das, das wusste sie. Wenn Matthew Friedewald die Ausstellung mit seiner Anwesenheit adelte, hatte das auch Auswirkungen auf die Kaufbereitschaft der Sammler. Und zwar positive. Zum ersten Mal seit vielen Tagen hatte sie ein gutes Gefühl, wenn sie an die Vernissage dachte. Für einen Moment überlegte sie, Dariusz anzurufen und ihm vom Entschluss ihres Vaters zu erzählen, aber in der letzten Zeit waren sie sich fremd geworden und mieden einander. Amelie schob das auf die künstlerische Schaffensphase, in der Dariusz seine Ruhe, seine Komfortzone, wie er es nannte, brauchte, aber Phoebe wusste es besser. Sie hatte ein schlechtes Gewissen, unbefangen mit Dariusz umzugehen, weil sie die letzten vier Nächte mit Falk im Schlosshotel verbracht hatte. Dariusz hatte wie auch immer mitbekommen, dass sie nicht zu Hause schlief – das ging zumindest aus einer SMS hervor, die er ihr vor zwei Tagen geschickt hatte –, und schaltete nun auf stur. Phoebe seufzte. Sie hätte es sich gewünscht, dass Dariusz ihr eine Szene machte. Dass er sich einfach so zurückzog, hatte sie nicht erwartet. Wie konnte er nur die eingeschnappte Diva geben und freiwillig das Feld räumen? Er musste doch wissen, mit wem sie die Nächte verbrachte. Warum fuhr er nicht einfach in die *Factory W.* und stellte Falk zur Rede? Phoebe sah aus dem Fenster. Selbst hier in der Gipsstraße, zwischen all dem Grau, war endlich der Sommer ausgebrochen. Die jungen Linden auf der anderen Straßenseite wiegten sich im Wind und ließen ab und zu die Sonne zwischen dem dichten Blattwerk hindurchblinzeln. Phoebe ging in die Küche und machte sich einen doppelten Espresso. Mit der Tasse in der Hand schlenderte sie durch die Räume, blieb stehen, schloss die Augen und dachte an die Installationen, die in wenigen Wochen hier zu sehen sein würden. Und ihr Vater würde dabei sein. Das war gut. Das war sogar sehr gut. Wie ein tanzendes Kind drehte sie sich um die eigene Achse und lachte. Als sie die Tür einrasten hörte, öffnete sie die Augen. Vor ihr stand Dariusz.

»Wenn der Prophet nicht zum Berg kommt, muss der Berg zum Propheten kommen, so heißt es doch.« Er sah müde aus, und in seiner Stimme lag verhaltener Zorn.

»Und?« Phoebe hielt sich an ihrer Tasse fest und bemühte sich, ihn ausdruckslos anzusehen. Sie hatte ihn nicht betrogen. Er war nicht ihr Freund. Er war – nur – ihr Liebhaber. Und sie war Single. Ganz einfach.

Er zuckte mit den Schultern und steckte beide Hände tief in die Hosentaschen. »Ich dachte, ich komme mal vorbei, bevor du wieder unterwegs bist.« Bei dem Wort »unterwegs« verdrehte er die Augen. Phoebe bekam Herzklopfen. Dariusz schien verletzt zu sein, und das war das Letzte, was sie jetzt wollte. Sie versuchte ein Lächeln. »Bekomme ich heute keinen Kuss von dir?«, fragte sie leise.

Dariusz winkte ab. »Du bekommst in der letzten Zeit genug Küsse, und ich glaube, die bekommen dir ganz gut.« Er musterte sie aufmerksam, und sie spürte sich unter seinem Blick rot werden. Schnell trat er einen Schritt auf sie zu.

»Sie tun dir doch gut, habe ich recht?«

Phoebe überlegte. Ja, es stimmte, die erfahrene Zärtlichkeit von Falk tat ihr sehr gut. Laut sagte sie: »Und wenn schon, Dariusz, was hat das mit uns zu tun?«

Seine schwarzen Augen blitzten auf. Jetzt hatte sie ihm wirklich weh getan. Im selben Moment tat es ihr leid. Sie wollte ihre Hand auf seine Hüfte legen, aber er drehte sich weg. Dann wandte er sich ihr wieder zu, blieb jedoch auf Abstand. Seine Stirn lag in Falten, als er sie ansah. »Du meinst, ich soll dich teilen, Phoebe?«

Sie blickte so interessiert in ihre Tasse, als sei dort ein Schatz versteckt. »Warum eigentlich nicht?«, sagte sie nach einem Augenblick mehr zu sich selbst als zu ihm. Als sie wieder hochsah, war sie in der Galerie allein.

»Exklusiv? Ob ich dich exklusiv haben möchte? Phoebe!« Falk klatschte auf ihren Po und rollte sich zur Seite.

»Warum lachst du?«, wollte sie wissen.

»Weil es so komisch ist. Darum. Es gibt wohl keinen

Mann in Berlin, der ein größeres Herz in solchen Angelegenheiten hat als ich, meine Liebe.« Er setzte sich auf und zündete sich eine Zigarette an.

»Ich halte nichts von Exklusivgeschichten, es sei denn in der Boulevardpresse. Der 68er in mir proklamiert immer noch die freie Liebe, das Miteinander ohne Eifersucht. Das Treffen auf einer imaginären Mittellinie. Ich bin mir nicht in vielem treu geblieben, aber an diese Maxime glaube ich seit fast vierzig Jahren.«

»Und das heißt was?«, fragte Phoebe leicht genervt. Sie fand seine sentimentalen Erinnerungen an die Flower-Power-Zeit ziemlich öde. Alles war damals besser gewesen. Die Professoren, die Wasserqualität der Badeseen und jetzt auch noch die Liebe. Klar. Falk inhalierte tief und blies den Rauch Richtung Zimmerdecke, bevor er Phoebe ansah.

»Du kannst nebenbei so viele Kerle beglücken, wie du möchtest, Phoebe. Falls einer dabei ist, für den du mehr empfindest, wirst du das schon merken. Aber bis es so weit ist, kannst du auf meine Küsse zählen.« Er zog sie an seine Brust und nahm sie fest in den Arm.

»Und falls du gerade auf unseren hübschen Installateur anspielst – es wird auch Zeit, dass ich mal wieder daheim übernachte. Sonst räumt Nadeshna mir die Wohnung aus, und ich bekomme es nicht einmal mit. Ich würde also vorschlagen – in Rücksichtnahme auf unsere Erstbeziehungen –, eine kreative Pause einzulegen. Was hältst du davon?«

Phoebe nickte zustimmend, war sich aber nicht sicher, ob Falk wirklich so großzügig war, wie er tat, oder ob sie ihm nicht mit ihrer Frage eine Steilvorlage geliefert hatte, um sie abzuservieren. Sie runzelte die Stirn. Falk war inzwischen aufgestanden.

»Wo willst du hin? Es ist zwei Uhr nachts.«

Der Kunsthändler suchte seine Kleidungsstücke zusammen und zog sich an.

»Wo soll ich wohl hinwollen?«, fragte er gutgelaunt. »Ich fahre zu meinem blonden Weibsstück. Du kannst hierbleiben, wenn du möchtest. Das Zimmer ist schon bezahlt.«

Fassungslos sah Phoebe zu, wie er sich seine Uhr umlegte und den Gürtel schloss. Pfeifend verschwand Falk im Bad und kam wenig später perfekt gestylt wieder heraus. Die blondgrauen Haare hatte er sich mit Gel hinter die Ohren gestrichen. Als er auf das Bett zuging, brachte er schnell noch seine Manschetten in die richtige Form.

»Meine Liebe, es hat mich sehr gefreut. Bis bald und – vergiss mich nicht.« Falk küsste Phoebe zart auf den Mund, nahm sein Jackett vom Stuhl und verließ den Raum ohne ein weiteres Wort.

»Arschloch!«, fluchte Phoebe laut, dann griff sie nach der Fernbedienung. Auf einem der vielen Kabelprogramme lief *Bullit* mit Steve McQueen. Wenigstens etwas, dachte sie, nahm sich Gin und Erdnüsse aus der Minibar und löschte das Licht.

Dariusz stand an seiner Werkbank und schweißte zwei Metallklappen aneinander. Er blickte kurz auf die große Uhr über dem Rolltor. Bereits später Nachmittag. Wenn er arbeitete, vergaß er alles, auch die Zeit. Bis auf Phoebe, korrigierte er sich. Er legte die Maske beiseite, drehte den Gashahn zu und zog die Arbeitshandschuhe aus. Müde ging er die wenigen Schritte bis zu dem roten Cordsofa, zog die alte Decke herab und setzte sich. Die letzten Nächte hatte er hier verbracht; er konnte einfach nicht in seinem Bett liegen und Phoebes Duft einatmen, wohl wissend, dass sie es gerade mit Falk im Grunewald trieb. Vor ihm stand ein angebrochener Traubensaft; er trank direkt aus der Packung, ignorierte den Beigeschmack von Pappe und sah sich dabei in seinem Atelier um. Bis zur Wende war die Halle als Lager eines Supermarktes genutzt worden und verfügte deshalb über genügend Strom- und Wasseranschlüsse. An den Wänden standen noch zum Teil die alten Regale, die er für sein Material und Werkzeug nutzte. Die Oberlichter im Flachdach des Backsteinbaus gaben ihm das Gefühl, am Tages- und Nachtrhythmus teilzuhaben, auch wenn er das Atelier den ganzen Tag über nicht verließ. Das Beste jedoch war das breite, ebenerdige Rolltor. So konnte er mit seinem kleinen Lastwagen bis zur Werkbank fahren und seine Installationen einladen. Die Halle war ganz einfach perfekt. Und wem hatte er sie zu verdanken? Phoebe. Sie hatte das Lager entdeckt, genauso wie sie eine Wohnung für ihn gefunden hatte, und den Lieferwagen ... Er seufzte und setzte den nun leeren Getränkekarton ab. Die Aufzählung konnte er beliebig lange fortführen. Anfangs hatte er sich gegen so viel Fürsorglichkeit gesträubt; er hatte vermutet, dass Phoebe sich damit bei ihm einschmeicheln oder ihn beeindrucken wollte, aber das hatte sich schnell als Irrglaube herausgestellt. Sie war eine knallharte Geschäftsfrau. Von ihrem Vater hatte Phoebe gelernt, dass ein guter Galerist alles tut, damit sein Künstler arbeiten kann, ohne einen Gedanken an die Probleme der realen Welt verschwenden zu müssen. Und genau das hatte sie bei ihm mit ihrer Unterstützung erreicht. Plötzlich hatte Dariusz einen freien Kopf für seine Ideen gehabt und lieferte seitdem eine exzellente Arbeit nach der anderen ab. Vom Sofa aus betrachtete er seine neueste Installation. Der Einfall dazu war ihm spontan nach der letzten gemeinsamen Nacht mit Phoebe gekommen. Er lachte bitter auf. Es war schon eine Ironie des Schicksals, dass seine Galeristin so viel Einfluss auf sein Leben und auf seine Arbeit hatte und nun, wo der Durchbruch in greifbare Nähe gerückt war, ihm jede emotionale Nähe entzog. Ihn im Gegenteil sogar verletzte. Er wusste wirklich nicht, was mit Phoebe los war. Sicher, für ihn war es zuerst auch nur eine angenehme Bereicherung des Zusammenseins gewesen, als sie anfingen, miteinander zu schlafen, aber wenn er ehrlich zu sich war, hatte er ziemlich schnell danach entdeckt, dass er sich in Phoebe verliebt hatte. Weil er wusste, dass sie nichts weniger leiden konnte, als vereinnahmt zu werden, hatte er von Anfang an auf Zeit gespielt. Hatte ihr Raum gegeben, um sich immer wieder zurückziehen zu können. Und das hatte er nun davon. Phoebe erlebte eine leidenschaftliche Affäre mit ihrem größten Konkurrenten, wobei er hoffte, dass es bei einer Affäre bleiben würde. Genauso sicher, wie er sich vor zwei Wochen noch gewesen war, dass Phoebe eher Spinnen essen als Falk küssen würde, genauso unsicher war er sich heute, wie sich das Verhältnis der beiden entwickeln würde. Dariusz stand auf und schlenderte zum Kühlschrank, der im ehemaligen Pausenraum des Supermarktes stand und nichts außer Bierflaschen und Tiefkühlpizzen enthielt. Er nahm eine Pizza heraus und legte sie in den Backofen, ebenfalls ein Relikt aus jener Zeit. Dann setzte er sich auf einen halbverrotteten Küchenstuhl, starrte auf die Pizza in dem sich erhitzenden Ofen und wartete.

»Dariusz. Bist du hier?« Phoebes Absätze klapperten hell auf den Bodenfliesen. Er bewegte sich nicht vom Fleck. Siedend heiß fiel ihm ein, dass er seit Tagen dieselben Sachen trug. Vor drei Tagen hatte er das letzte Mal geduscht. Glaubte er jedenfalls. Es war wirklich nicht nötig, dass Phoebe ihn in diesem verwahrlosten Zustand zu Gesicht bekam.

»Dariusz?« Phoebe steckte ihren Kopf in den Pausenraum. Sein Anblick erschreckte sie, aber sie wollte sich nichts anmerken lassen. Betont unbekümmert ging sie auf den jungen Künstler zu. Er sieht furchtbar aus, dachte Phoebe. Als ob er unter einer Brücke hausen würde.

»Hi.« Sie zog sich einen Stuhl heran und setzte sich neben Dariusz, der weiterhin den Backofen fixierte.

»Hi, Phoebe«, erwiderte er leise ihren Gruß. »Warum bist du hier?«

»Sprichst du mit mir oder mit der Pizza?«, fragte Phoebe betont heiter. Dariusz hielt den Blick weiterhin stur geradeaus gerichtet.

»Warum die Pizza hier ist, weiß ich«, sagte er ohne jeden Anflug von Humor. »Warum du hier bist, möchte ich gern erfahren. Du weißt doch, Phoebe: Komfortzone. Und das bitte ich zu beachten. Ganz einfach.«

Phoebe nickte, machte aber keine Anstalten, aufzustehen. Die nächsten Minuten vergingen mit Schweigen, bis Dariusz lakonisch sagte: »Die Pizza ist fertig.« Er nahm das Ergebnis seiner Kochkunst aus dem Ofen und teilte das runde Gebilde in Viertel. Ohne Phoebe einen Blick zu schenken, stellte er das Blech mit der Pizza auf den Tisch, nahm sich ein Stück und sagte: »Bitte. Greif zu.«

Dann verließ er den Raum und ließ sie allein zurück. Kurze Zeit später waren wieder Schweißgeräusche zu hören. Phoebe saß noch immer im Pausenraum und starrte auf das Blech. Es war genauso schmutzig und unappetitlich wie Dariusz. Aber sie hatte Hunger. Selbst in den unmöglichsten Situationen kam ihr der Appetit nicht abhanden. Liebeskummer: ja. Appetitlosigkeit: nein. Sie nahm sich ein Stück, biss hinein, dann stand sie auf und inspizierte den Bestand des Kühlschranks. Eigentlich mochte sie kein Bier, aber egal. Mit geöffneter Flasche und einem zweiten Stück Pizza steuerte sie auf das Sofa zu und ließ sich fallen. Sie war hundemüde. Die letzten Nächte hatte sie kaum geschlafen, und bei allem Spaß, den ihr das Wachbleiben mit Falk bereitet hatte, ging sie jetzt auf dem Zahnfleisch. Nicht nur körperlich. Phoebe war verunsichert. Der Kunsthändler hatte sich den ganzen Tag noch nicht gemeldet. Er schien sie nicht zu vermissen, geschweige denn Zeit mit ihr verbringen zu wollen. Und Dariusz war ungewaschen und schmollte noch immer. Sie würde jetzt in ihre Wohnung fahren, ein heißes Bad nehmen und danach Kirschkerne vom Balkon spucken. So ein Unsinn half immer, wenn sie sich mies fühlte. Sie nahm noch einen Schluck Bier, dann stellte sie die Flasche in die Küche zurück und machte beim Gehen übermäßig laute Geräusche, die trotzdem im Lärm des Schweißgerätes untergingen. Am Rolltor sah sie sich noch einmal um, doch selbst als dieses sich unter heftigem Geratter hob, schien Dariusz keine Notiz von ihr zu nehmen. Phoebe versuchte, die Fassung zu bewahren, ging langsam zu ihrem Wagen und brauste los. Erst als sie an der nächsten Ampel halten musste, spürte sie, dass sie weinte.

Das Bad hatte ihr gutgetan. Phoebe stand im Bademantel auf dem Balkon und betrachtete, wie sich die abendliche Sonne in den Glasscheiben des Fernsehturmrestaurants spiegelte. Heute war der längste Tag des Jahres – Mittsommer. Es würde bis weit in den Abend hinein hell bleiben. Der Geruch von Bratwurst und Grillfleisch lag in der Luft; die kleinen Ameisen tief unter ihr in der Mollstraße schienen noch schneller zu gehen als sonst, als hätten sie es beim schönen Wetter besonders eilig, die Stadt zu verlassen. Phoebe steckte sich eine Kirsche in den Mund und zerquetschte die süße Frucht genüsslich an ihrem Gaumen, als es an der Tür klingelte. Für einen Moment schlug ihr Herz schneller. Sie gehörte zu den Menschen, die es nicht mögen, unangemeldeten Besuch zu bekommen, weshalb sie sich auch die Freiheit nahm, die Tür nicht zu öffnen, wenn ihr nicht danach war. So wie jetzt. Es klingelte wieder. Sie überlegte. Wenn Dariusz läutete, klang es anders. Ob es Falk war? Er war noch nie bei ihr gewesen, und sie wusste auch nicht, was ihn gerade jetzt hierherbewegen könnte. Noch ein Klingeln. Diesmal lang und aggressiv. Phoebe war genervt. Sollte sich dieser Jemand doch die Seele aus dem Leib klingeln, sie würde nicht aufmachen. Sie trat wieder auf den Balkon hinaus und schloss energisch die Tür hinter sich. An der Brüstung stehend sah sie hinunter. Da parkte ein winzig kleiner italienischer Lieferwagen in Himmelblau, der ihr sehr bekannt vorkam. Dann lief eine Ameise schnellen Schrittes darauf zu und fuhr davon. Sie sah aus wie Dariusz.

Vier

Als Phoebe am nächsten Morgen in die Galerie kam, sah sie Dariusz schon von weitem auf dem Treppenabsatz zum Eingang sitzen. Sie fühlte sich unbehaglich, weil sie nicht wusste, was auf sie zukommen würde, und verlangsamte automatisch ihre Schritte. Der Künstler hockte entspannt auf der obersten Stufe und tunkte ein Croissant in einen großen Pappbecher, während er die Zeitung las. Es schien ihm gutzugehen. Ganz im Gegensatz zu mir, dachte Phoebe.

»Es tut mir leid wegen gestern«, begann sie unvermittelt die Unterhaltung. »Ich wusste nicht, dass du es bist. Du weißt doch, wie neurotisch ich bin, wenn es um unangemeldete Besuche geht.«

»Guten Morgen, Phoebe.« Dariusz schien ihr gar nicht zugehört zu haben. Er legte seine Zeitung zusammen, nahm Pappbecher samt Croissant und stand auf. Sein Blick konzentrierte sich auf irgendetwas in der Ferne. Phoebe schlüpfte an ihm vorbei und schloss die Tür auf. Jeden Morgen, wenn sie die Räume betrat, wusste sie, dass es richtig gewesen war, sich für Berlin und für diese Galerie zu entscheiden. Sie atmete tief ein. Dariusz beschäftigte sich weiterhin mit seinem Croissant und durchwanderte scheinbar ziellos die alte Industriehalle. Phoebe trat ihm entgegen.

»Warum bist du hier? Das ist doch gar nicht deine Zeit. Also los.« Sie stieß ihn vorsichtig mit ihrem Ellbogen an und ging dann in die Küche, um sich einen Kaffee zu machen. Obwohl sie so ausgelaugt war, hatte sie kaum geschlafen. Ihr Körper sehnte sich nach Ruhe, aber in ihrem Kopf ratterten die Gedanken weiter wie verrückt. Zu allem Übel hatte sie noch das eine oder andere Glas Wein unter dem Vorwand getrunken, die nötige Bettschwere zu bekommen, was aber leider nicht von Erfolg gekrönt gewesen war. Alles zusammen in Kombination mit einer großen Portion reifer Kirschen … Ein Seufzer entwich ihr. Sie fühlte sich wie ein schwangeres Flusspferd. Und sah bestimmt auch so aus. Dariusz dagegen …

»Kann ich auch einen haben?« Unbemerkt war der junge Künstler neben sie getreten. Phoebe blickte sich erschrocken um. Dariusz hatte sein schönstes »Ich-bin-ja-so-zerknirscht-Lächeln« aufgesetzt. Zu Phoebe gewandt sagte er noch einmal: »Kann ich auch einen haben, bitte?«, während er mit einer Croissantecke auf die Kaffeemaschine deutete. Phoebe sammelte sich und nickte schweigend. Sie klopfte das Kaffeepulver aus dem Einsatz, gab neues hinein und setzte den Edelstahlfilter ein. Klack. Als sie auf den Start-Knopf drückte, stellte Dariusz schnell eine Tasse unter die Öffnung und schüttelte nachsichtig den Kopf. Während der Espresso unter lautem Gurgeln durchlief, betrachtete er Phoebe eindringlich. Nun war sie es, die seinem Blick auswich. Nervös nestelte sie an ihrem Schal herum und zupfte alle zwei Sekunden ihre Ärmelmanschetten in Form. Dariusz kannte das Verhalten. Es war der untrügliche Vorbote einer Heulattacke. Er blickte Phoebe an. In ihren Augen glitzerte es bereits verdächtig.

»Küss mich.« Er hob ihr Kinn und zwang sie, ihn anzusehen. »Auf der Stelle. Küss mich.«

Phoebe ließ matt die Arme sinken. Sie fühlte sich schrecklich.

»Es tut mir so leid. Wirklich. Es tut mir so …« Weiter kam sie nicht. Dariusz hatte sie gepackt, von der Kaffeemaschine weggezogen und verschloss mit seinen Lippen ihren Mund. Zärtlich nahm er Kontakt zu ihrer Zunge auf, beruhigte Phoebe mit weichen, sanften Bewegungen und zog sie dabei immer fester an sich.

Phoebe gab nach, nein, sie gab auf. Sie ertrank in Dariusz' Küssen, während es in ihrem Kopf laut hämmerte: Wie konntest du nur mit Falk …?

Dariusz hatte sie zu Boden gezogen, fingerte an ihrer Bluse und an ihrem Gürtel herum, dann zog er ihr den String von den Hüften. Das ist ja weniger als nichts, was sie da trägt, dachte er, bevor er ihre kleinen Brüste aus den BH-Schalen hob und sah, dass sie ganz mit Gänsehaut überzogen waren. Erregt reckten sich ihm ihre Brustwarzen entgegen, als erwarteten sie schon seinen Kuss. Dariusz nahm die Einladung an und sog an den harten Knospen, die sich ihm so willig darboten. Wie unter Qualen stöhnte Phoebe auf. Genau das mochte sie so an diesem Kerl mit den langen schwarzen Haaren. Wenn er etwas wollte, tat er es auch. Und zwar ohne lange drum herumzureden. Sie erschauerte unter seinen Küssen, mit denen er ihren Nabel bedachte. Was hatte sie an Falk jemals ernstlich anziehend finden können? Alles, was er im Bett machte, war richtig und erfüllte immer seinen Zweck. Aber jetzt, wo sie spürte, wie aufmerksam und liebevoll sich Dariusz mit ihr beschäftigte, kamen ihr die Berührungen von Falk nur noch professionell und ohne jegliche Emotion vor. Und voller Absicht, ergänzte sie in Gedanken, während sie Dariusz' Liebkosungen genoss. Falks Berührungen waren wie alles andere in seinem Leben zielgerichtet. Er machte nie etwas einfach nur, weil er es mochte … Ihr Künstler war da vollkommen anders. Er ließ sich von seinen Emotionen tragen. Der Weg war für ihn bereits das Ziel.

»B-a-b-y.«

Phoebe seufzte. Wie sehr hatte sie seine Samtstimme vermisst. Sie öffnete die Augen und erwiderte seinen Blick. Er schien innerlich vor Sehnsucht zu brennen, seine Augen waren schwärzer als schwarz. Sie schob ihre Hände unter sein kragenloses Hemd und streichelte ganz sanft mit den Fingerkuppen über seine Haut, als würde sie diese Körperregion zum ersten Mal erkunden. Dariusz ließ sich auf den Boden gleiten und entspannte sich. Er musste mit Phoebe über das neue Angebot von Schumann sprechen, aber das hatte noch Zeit. Er zog ihren Kopf an seinen Bauch.

»Nimm ihn endlich. Er erwartet dich …«

»Frau Friedewald?« Die Männerstimme ertönte fast gleichzeitig mit der Türklingel. Erst waren schwere Schritte zu hören, dann die Schritte einer weiteren Person.

»Hallo? Frau Friedewald? Sind Sie da?«

Phoebe ließ von Dariusz ab und erhob sich schnell. Sie machte ihm ein Zeichen, dass er sich um die Männer kümmern sollte und zog sich so leise wie möglich an. Im Gehen schloss Dariusz seinen Gürtel und war dann mit wenigen Schritten im Ausstellungsbereich.

»Guten Morgen. Frau Friedewald kommt gleich. Worum geht es denn?«

Es war unschwer zu erkennen, dass es sich bei den Männern um Speditionsfahrer handelte. Während der Ältere mit einem Lieferschein in der Hand auf Dariusz zuging, war sein Kollege gerade dabei, einen Keil unter die Eingangstür zu schieben.

»Darf ich fragen, was Sie da tun?«

Mit ruhiger Geschäftsmäßigkeit kam Phoebe aus der Küche und nahm Dariusz den Lieferschein ab. Als sie ihn überflogen hatte, hellte sich ihre Miene auf. Es waren die Unterbauten für die Installationen. Alle waren sie auf Maß gefertigt worden und konnten später auf Wunsch zusammen mit der Installation erworben werden. Die Galeristin dachte an den Streit, den diese Unterbauten zwischen ihr und ihrem Vater ausgelöst hatten. Die letzte, wie er betont hatte, die allerletzte Investition in den Künstler Dariusz Badz. Ohne von den beiden Fahrern oder von Dariusz noch weiter Notiz zu nehmen, öffnete Phoebe eine Kiste nach der anderen und befreite die Möbel vom Verpackungsmaterial. Jeder Kubus war ein Einzelstück und hatte einzig und allein die Aufgabe, die jeweilige Installation optimal zur Wirkung zu bringen. Da Dariusz hauptsächlich mit Eisen und Glas arbeitete, hatte sie sich für Unterbauten aus roh behauenem Holz entschieden. Das organische Material unterstrich die archaische Kraft der Arbeiten, ging aber in Opposition zur künstlerischen Aussage, wie es im Katalog zur Ausstellung zu lesen sein würde. Dariusz gesellte sich zu ihr. Er schien ebenfalls tief beeindruckt zu sein.

»Wie ist das Holz bearbeitet worden? Es sieht so … verletzt aus.« Dariusz schluckte.

»Kettensäge«, strahlte Phoebe und strich über die grobe Oberfläche des Wengeholzes. Gedankenverloren berührte auch der Künstler das Holz, aber Phoebe spürte instinktiv, dass etwas nicht in Ordnung war. Sie quittierte den Lieferschein, gab den Fahrern ein angemessenes Trinkgeld und hängte, als sie allein waren, ein Schild in die Tür: CLOSED.

»Was ist los?« Sie stand so nah vor ihm, dass sie die Wärme seines Körpers spüren konnte.

Dariusz strich zart über ihr Gesicht. »Ich habe ein neues Angebot von Schumann bekommen. Deshalb habe ich heute Morgen auch auf dich gewartet. Ich wollte es mit dir besprechen.«

»Besprechen?« Die Galeristin atmete tief aus. »Was hat er dir geboten?« Sie betrachtete ihn aufmerksam. Noch immer stand er an einem der Möbel und berührte zärtlich dessen grobe Oberfläche.

»Es ist ein unmoralisches Angebot, Phoebe. Und ich weiß, dass es dabei nicht um mich geht, sondern darum, dass du mich nicht bekommst. Aber«, er blickte auf den Boden, »es ist ein verdammt gutes Angebot. Selbst wenn ich nach der Vernissage abtauchen würde, hätte ich ausgesorgt.«

»Gibt es schon etwas Schriftliches?«, fragte Phoebe, ganz Geschäftsfrau. Sie wusste, dass in dieser Situation tiefe Augenaufschläge völlig deplaziert waren. Dariusz kramte einen Zettel aus den Tiefen seiner schwarzen Leinenhose hervor. Es war der Ausdruck einer E-Mail von heute Morgen. Da Phoebe sich darauf verstand, den Inhalt von Texten schnell zu erfassen, überflog sie die Mail und wusste sogleich, dass sie verloren hatte. Bei aller Sympathie – ein solches Angebot konnte und durfte Dariusz nicht ausschlagen. Falk hatte tief in seine Schatzkiste gegriffen. Galeristen bekamen in der Regel vierzig bis fünfzig Prozent vom Verkaufspreis, ein ungeschriebenes Gesetz in der Branche. Bei Falks Angebot stand eine Null. Das war nicht zu toppen. Dazu kamen die Medienkontakte des Kunsthändlers, die kaum in Gold aufzuwiegen waren. Jeder Mensch, der sich bislang in seiner Gegenwart gesonnt hatte, war zum Medienstar avanciert.

Phoebe musste es sich eingestehen: Falk war der bessere Partner für ihren Shootingstar. Ihr Vater würde ihr den Hals umdrehen, aber das war ihr nun auch egal. Auf einmal war sie nur noch müde. Sie lächelte Dariusz zaghaft an, dann wandte sie sich ab und ging in die Küche zurück. Dariusz folgte ihr nicht. Er wusste nicht, wie er sich entscheiden sollte.

Als Phoebe wenige Minuten später mit zwei dampfenden Kaffeebechern zurückkam, atmete Dariusz auf. Die Szene hatte etwas Normales, Selbstverständliches an sich. Er nahm einen Becher und trank, während seine Augen auf Phoebe ruhten. Wie verletzlich sie auf einmal wirkte. Und so zart. Wie ein Kind, das sich als Erwachsene verkleidet hatte. Es war schrecklich. Drei Jahre lang hatte sie sich um ihn und um seinen Durchbruch gekümmert, als sei es ihr eigener. Wenn er wirklich zu Schumann wechseln würde, wäre das nicht ein unverzeihlicher Verrat? Andererseits – Schumann war einfach die bessere Option. Er mochte mit seinem Angebot auch eine private Absicht verfolgen, aber letztendlich war auch der Kunsthändler nur auf Profit aus, nichts anderes.

»Gehst du zu ihm?« Phoebes Stimme holte ihn in die Gegenwart zurück. Dariusz verschluckte sich fast an dem heißen Kaffee.

»Vielleicht.«

»Vielleicht?«, wiederholte die Galeristin fragend. »Vielleicht oder bestimmt? Seine Konditionen sind unschlagbar. Von seinen Kontakten ganz zu schweigen. Allerdings verstehe ich nicht, warum er jetzt schon die Hosen runterlässt. Schließlich ist es erst sein zweites Angebot …« Sie überlegte und schien die Antwort gefunden zu haben. »Er scheint deine Moral auf die Probe stellen zu wollen.« Sie lachte heiser. »Ich kenne Falk. Er ist ein Voyeur. Er guckt gern zu, nicht nur beim Sex. Er sieht auch generell gerne zu, wie Menschen miteinander umgehen. Du … wir … sind nur Spielzeuge für ihn. Ist das nicht widerlich?«

Dariusz stellte den Kaffeebecher ab. »Lass uns irgendwo hinfahren und in Ruhe reden. Der Tag wird wunderschön. Wir könnten an den Wannsee fahren und uns ein Boot mieten. Ich weiß da einige Uferstellen, wo uns niemand zusehen kann …« Zart hauchte er ihr einen Kuss in den Nacken. Als Phoebe sich umdrehte, fragte sie mit ernster Stimme: »Hast du schon auf die Mail geantwortet?«

Dariusz schüttelte den Kopf und steckte seine Hände in die Hosentaschen. »Nein. Und ich werde es auch nicht, bevor wir beide nicht alles besprochen haben.«

Phoebe nickte. Dann zuckte sie mit ihren Schultern und sagte lakonisch: »Mach es doch einfach.«

Dariusz kniff die Augen zusammen und fixierte Phoebe in ihrem engen blauen Hosenanzug.

»Du gibst mich an ihn ab? Einfach so?«

»So war das nicht gemeint, du sollst ja nicht wirklich wechseln. Aber du kannst ja so tun als ob. Und dann gucken wir, wie Falk sich verhält, wenn er meint, gewonnen zu haben.« Sie sah ihn an wie ein kleines Mädchen, das dabei ist, etwas auszuhecken. Dariusz sagte nichts und malte mit seinem nackten großen Zeh kleine Kringel auf den Fußboden. Schließlich hob er den Kopf und sagte leise: »Das ist unmoralisch, Phoebe.«

»Unmoralisch? Dass ich nicht lache! Aber das Angebot von Falk ist moralisch, oder was?« Mit verschränkten Armen ging Phoebe auf und ab. Dariusz verstellte ihr den Weg und zwang sie, ihn anzusehen.

»Es ist meine Kunst, Phoebe, und es ist meine Chance. Ich will den Durchbruch, verstehst du? Dafür habe ich hart gearbeitet.«

»Ach ja«, zischte die Galeristin. »Und ich etwa nicht? Und dann der andauernde Streit ums Budget mit meinem Vater? Mit dieser Vernissage habe ich alles auf eine Karte gesetzt. Wenn du zu Falk wechselst, macht mein Vater mir den Laden dicht. Und das weißt du auch.« In ihren Augen glitzerten Tränen, aber Dariusz hielt ihrem Blick stand.

»Ich habe auch alles auf eine Karte gesetzt, die Phoebe heißt. Und nun hat meine Phoebe eine Affäre mit ihrem größten Konkurrenten. Ich denke, wir sind beide nicht die besten Kartenspieler, was?« Er berührte Phoebe leicht an der Schulter und wandte sich der Tür zu. Bevor er sie hinter sich ins Schloss fallen ließ, drehte er das Schild um: OPEN.

Falk legte seine Serviette zusammen und erhob sich. Phoebe hatte ihn um ein Treffen gebeten, der Grund dafür war nicht schwer zu erraten. Er setzte ein unbefangenes Lächeln auf. Er hatte gewonnen, ein Umstand, der ihn sehr freute, aber es war nicht seine Art, nachzutreten, wenn der Gegner bereits am Boden lag. Ein bisschen überraschend hatte er es allerdings schon gefunden, dass Dariusz ihm bereits am Nachmittag eine telefonische Zusage auf sein morgendliches Angebot gegeben hatte. Wahrscheinlich war Phoebe bereits darüber informiert und wollte ihn nun zur Rede stellen. Er half ihr mit ein paar charmanten Bemerkungen aus dem Mantel und schob ihr den Stuhl zurecht. Dann machte er dem Kellner ein Zeichen, der kurz darauf mit zwei Gläsern Champagner erschien. Phoebe verzog den Mund.

»Wir wissen doch beide, warum ich dich um ein Treffen gebeten habe, Falk. Und nun machst du dich auch noch lustig über mich und willst auf meinen Misserfolg anstoßen?« Trotzig verschränkte sie die Arme vor der Brust.

Falk musste lachen. »Es ist schon bemerkenswert, dass du immer so schlecht von mir denkst, meine liebe Phoebe. Um ehrlich zu sein – meistens hast du ja auch allen Grund dazu, aber heute ist nicht meistens.« Er hob sein Glas und zwinkerte ihr zu.

»Na los, Phoebe, es hat nichts mit unseren Jobs zu tun.«

»Versprochen? Denn sonst kratze ich dir die Augen aus, Falk.« Phoebe blitzte den Kunsthändler angriffslustig an.

»Eine erregende Vorstellung, meine Liebe, aber das muss leider warten. Nein, ich möchte dir etwas zeigen.« Er legte einen Schlüssel auf den Tisch, an dem ein kleiner runder Silberanhänger befestigt war. *Please return to Tiffany's NY …*

»Sieht aus wie ein Haustürschlüssel«, sagte Phoebe ohne Begeisterung. Dieser Mann hatte wirklich Nerven. Sie wollte mit ihm über die Möglichkeit sprechen, zu welchen Konditionen sie Dariusz behalten konnte, und er machte Ratespielchen. Doch Falk schien wirklich bester Laune zu sein. Er nahm den Schlüssel wieder an sich und betrachtete ihn eingehend.

Nach einem langen Schluck Champagner sagte er strahlend: »Genau. Aber es ist nicht irgendein Haustürschlüssel. Es ist der von Nadeshna.« Er gluckste vor Vergnügen. »Ich hab ihn ihr heute abgenommen.« Falks Augen funkelten. Er freute sich wirklich. Phoebe lachte auf.

»Nadeshna ist tatsächlich ausgezogen? Freiwillig?« Sie leerte ihr Glas in einem Zug. Falk ließ sofort nachschenken und prostete ihr zu.

»Ja. Es war zwar etwas … Unterstützung seitens meiner Kreditkarte nötig, aber nun ist sie weg.« Er steckte den Schlüssel ein, atmete tief aus, dann widmete er sich der Speisekarte. Phoebe betrachtete den gutaussehenden Kunsthändler aufmerksam. Wie immer war er perfekt angezogen. Seine Anzüge ließ er sich in London schneidern, genau wie seine Hemden. London … Unwillkürlich musste sie an ihren Vater denken. Wie sollte sie es ihm bloß beibringen, dass der Mann, in den er so viel investiert hatte, im Begriff stand, die Fronten zu wechseln? Sie seufzte und traf ebenfalls ihre Wahl.

»Tatar frites?« Erstaunt zog Falk die Augenbrauen hoch. »Seit wann isst du rohes Fleisch?«

»Immer dann, wenn ich zornig bin.« Phoebe lächelte grimmig. Falk schien die Antwort als Einleitung zu betrachten, denn er lehnte sich entspannt zurück, nippte an seinem Champagner und wartete. Phoebe hatte sich wohl an die hundert Mal überlegt, wie sie taktisch am besten vorgehen sollte, doch jetzt, wo sie ihrem Konkurrenten in Person gegenübersaß, entschied sie sich, so zu reden, wie ihr der Schnabel gewachsen war. Wenn sie ihrer Intuition vertraute, war sie sowieso am besten, das wusste sie.

»Ich bin nicht gerade erfreut darüber, dass du Dariusz abwerben willst. Und dein Angebot ist absolut unmoralisch. Aber das weißt du ja selbst. Bei deinen Konditionen hat Dariusz keine Wahl. Wenn er nicht wechseln würde, wäre er schlichtweg ein Idiot. Aber ich kann meinen Laden dann dichtmachen, Falk.«

»Das sehe ich genauso, Phoebe.« Falk sah sie ernst an

und trank. »Aber vielleicht hast du ja eine Idee zur Schadensbegrenzung. Ich denke, das ist der Grund, warum du mich sehen wolltest, oder?« Phoebe nickte.

»Ich möchte dich bitten, die Vernissage in meinen Räumen zu veranstalten. Damit wäre mein Gesichtsverlust nicht so groß. Nach außen hin könnten wir es als Kooperation verkaufen. Was meinst du?« Sie blickte ihn offen an. Falk schwieg zunächst. Er machte dem Kellner ein Zeichen, eine weitere Flasche zu bringen, und lehnte sich wieder zurück.

»Okay, aber was habe ich davon, Phoebe? Was bekomme ich für so viel Großzügigkeit?« Sein Blick war eindeutig, aber genau darauf hatte Phoebe gehofft.

»Wünsch dir was«, sagte sie leichthin.

»Alles, was ich will?«, fragte Falk leise.

»Alles, was du willst«, parierte Phoebe sofort und hob ihr Glas.

»Ich hoffe, du weißt, worauf du dich da einlässt, meine Liebe.« Falk prostete ihr zu. Nur zu gut, dachte Phoebe. Ich habe gerade meine Seele an den Teufel verkauft.

Dariusz las den Vertragstext wieder und wieder durch. Er suchte einen Haken, aber vergeblich. Auch seinem Anwalt war es so ergangen. Die Vereinbarung fiel sehr vorteilhaft für den Künstler aus und enthielt keine juristischen Schlupflöcher zugunsten von Schumann. Es war einfach ein guter Deal. Er legte das Papier zur Seite und holte sich ein Bier aus dem Kühlschrank. Wenn er in diesem Tempo weiterarbeitete, könnte er die Installation noch vor dem Wochenende fertigstellen. Er öffnete die Flasche an der Tischkante und nahm einen Schluck, als er hinter sich trippelnde Schritte hörte. Noch bevor er sich umsah, wusste er schon, wer ihn da besuchte:

Nadeshna. Sie hatten einmal für wenige Wochen in derselben WG gewohnt und in Ermangelung anderer Spielkameraden auch das Bett geteilt. Doch das war lange her, und es gab keinen Grund, anderen davon zu erzählen. Auch Phoebe nicht. Er nahm ein zweites Bier aus dem Kühlschrank und hielt ihr die Flasche entgegen. Die Blondine nahm einen tiefen Schluck, dann ließ sie sich auf das Cordsofa fallen, streifte ihre High Heels ab und zog die Lederjacke aus.

»Falk hat mich an die Luft gesetzt«, begann sie die Unterhaltung ohne Umschweife. »Und er hat es sich einiges kosten lassen.« Sie lächelte.

»War doch klar, dass es irgendwann mal vorbei sein würde, oder?« Dariusz prostete ihr zu. Nadeshna und Falk waren eins dieser Berliner Promipärchen gewesen, die ihre Beziehung wie in einem Schaufenster gelebt hatten. Wenn sie heute ausgezogen war, würde es morgen mit Sicherheit in der Klatschspalte stehen. Er betrachtete Nadeshna. Sie war nicht mehr ganz jung, hatte aber eine enorme Körperspannung und wirkte mit ihrer blonden Mähne wie ein Wildpferd, das gezähmt werden musste. Er selber hatte nie den Ehrgeiz gehabt, sie handzahm zu machen. Jetzt sah sie ihn nachdenklich an.

»Ach, Dariusz, Falk und ich, wir waren schon so oft auseinander … Aber diesmal ist es etwas anderes. Er war mir eine Spur zu großzügig. Ich denke, er will aus irgendeinem Grund für die nächste Zeit seine Ruhe haben. Und sein Haus für sich alleine. Dabei wäre es ja nun auch wirklich groß genug für Leute, die sich getrennt haben.«

»Wo wohnst du jetzt?«

»Er hat mir eine Villenetage am Nikolassee gemietet und für ein Jahr im Voraus bezahlt. Meine Möbel sind schon dort, und die Handwerker schließen gerade die

Waschmaschine an. Den Haustürschlüssel hat er mir auch abgenommen.«

»Hattet ihr Streit?« Dariusz setzte sich zu ihr. Er kannte Nadeshna nicht wirklich gut, auch wenn sich ihre Körper nicht fremd waren; hin und wieder sah man sich bei den üblichen Veranstaltungen. Obwohl er sie mochte, war sie ein Typ Frau, mit dem er bei all der erotischen Ausstrahlung nichts anfangen konnte. Jedenfalls nicht auf Dauer, verbesserte er sich. Nadeshna schüttelte verneinend den Kopf. Sie sah eher ratlos als traurig aus.

»Nein. Im Gegenteil. Die letzten Monate waren sehr schön. Falk ist wie immer auf mich abgefahren. Ich weiß, was ihn anmacht, und genau das hat er von mir bekommen. Nicht nur zu Hause, auch im Büro und sonst wo. Ich weiß nicht, was er vorhat, Dariusz, aber ich glaube, es hat etwas mit deiner Freundin zu tun.« Sie zog eine Packung Zigaretten aus ihrer Handtasche und zündete sich eine an.

»Phoebe ist nicht meine Freundin«, brummte der junge Künstler. Geräuschvoll blies Nadeshna den Rauch in die Luft und verdrehte missmutig die Augen.

»Nenn sie halt, wie du willst. Ist ja auch egal. Auf jeden Fall war ich eben bei Falk, weil ich noch etwas aus dem Keller holen wollte, und sie hat mir die Tür aufgemacht. Nackt.«

»Das glaube ich nicht. Was hast du geschluckt, Nadeshna?«

»Sage mir einen Grund, warum ich lügen sollte. Ich selber finde das alles sehr seltsam. Und ich dachte, du solltest davon wissen.«

Sie stand mit einer eleganten Bewegung auf, schlüpfte wieder in ihre Schuhe und griff nach Jacke und Tasche.

»Falk hat Abgründe«, sagte sie mehr zu sich als zu Dariusz. »Ich hoffe, deine Kleine hält das aus.«

Wie durch Watte hörte Dariusz, wie sich Nadeshnas Trippelschritte entfernten. Warum sollte sie ihm Geschichten erzählen? Aber was zum Teufel war nur in Phoebe gefahren. Er verstand das alles nicht, aber es reichte ihm auch. Das ewige Hin und Her, ihre Unentschlossenheit, einfach alles. Es wurde Zeit für einen Neuanfang. Entschlossen stand er auf, nahm den Vertrag, setzte seine Unterschrift unter das Dokument und faxte es an Schumann.

Fünf

»Ich bin da, Falk. Was möchtest du?« Phoebe ging langsam auf seinen Schreibtisch zu. Es war Teil ihrer Abmachung, dass er sie zu sich bestellen konnte, wann er wollte. Der Kunsthändler rollte mit seinem Sessel ein Stück zurück und sah sie gutgelaunt an. Dann legte er seine Füße auf den Schreibtisch und sagte leise: »Zieh dich aus.«

Phoebe gehorchte. Langsam knöpfte sie ihre Bluse auf, ließ ihn ihren BH sehen. Dann öffnete sie ihren Rock – Falk hatte darauf bestanden, dass sie ab sofort nur noch Röcke und Kleider trug – und ließ ihn sanft zu Boden gleiten. Dem Kunsthändler schien zu gefallen, was er da sah, denn er atmete tief ein. Phoebe kam einen Schritt näher und drückte die Beine durch. Sie trug halterlose Strümpfe und hochhackige Peeptoes, aber kein Höschen. Mit dem nächsten Schritt schlüpfte sie aus ihrer Bluse und ließ auch diese zu Boden fallen. Jetzt stand sie direkt vor Falks Schreibtisch und atmete ebenfalls schwer. Ob sie es wollte oder nicht, die Spiele mit ihm erregten sie sehr. Er machte ihr ein Zeichen, zu ihm hinter den Schreibtisch zu kommen. Als sie bei ihm stand, drückte er ihren Po an die Tischplatte und legte seine Hände um ihre Hüften. Dann zog er sich an sie heran und begann ihre glatte Scham zu küssen. Phoebe stöhnte auf. Er wusste genau, was sie jetzt brauchte. Intuitiv öffnete sie die Schenkel etwas und streckte ihm ihr Becken entgegen. Seine Zunge war schon vorgedrungen und umspielte ihren Kitzler. Er war routiniert, mit technisch perfekten Bewegungen, die ihren Zweck erfüllen würden, aber bis dahin … Sie seufzte, als er ihre Lippen auseinanderzog und an ihrem Kitzler sog. Ihr Oberkörper sank nach hinten, so dass sie sich mit den Händen auf dem Schreibtisch abstützen musste. Falk küsste sie weiter, veränderte aber so oft Tempo und Intensität, dass sie zwar erregt wurde, aber nicht ihren Rhythmus fand. Wahrscheinlich wollte er sie so lange wie möglich auf dem Punkt vor dem Orgasmus halten. Jetzt hatte er noch seine Finger dazugenommen. Er rieb sie inwendig, spreizte seine Finger in ihr, machte sie weit. Laut jaulte sie auf. Dafür, dass sie sich erst so kurze Zeit körperlich kannten, war sein Wissen über ihre Vorlieben und empfindlichen Stellen äußerst beachtlich. Sie hörte, wie sich die Finger mit schmatzenden Geräuschen in ihr bewegten. Sie war so feucht …

»Mach allein weiter, meine Liebe. Ich möchte dir zusehen.« Falk hatte sich von ihr gelöst und ihren Po ganz auf die Schreibtischplatte geschoben. »Öffne deine Schenkel, und stell die Füße auf die Armlehnen. Genau so. So kann ich dich sehen. Und nun mach es dir, Phoebe, zeig mir, wie es schön für dich ist.«

Phoebe schluckte. Die Situation war ihr viel zu nah, viel zu persönlich. Hätte Dariusz sie darum gebeten, hätte es sich vielleicht anders angefühlt, aber mit Falk? Was soll's, schoss es ihr durch den Kopf, es ist so, und ich kann nichts daran ändern. Stattdessen sollte ich das Beste daraus machen. Falk nahm ihre Hand und lutschte an ihren Fingern. Dann legte er sie ihr auf den Venushügel und drang mit seinen Fingern noch einmal tief in sie ein.

»Na los, Phoebe, du kleine Hexe, du bist doch schon so erregt, dass du gleich kommst, ich kann es spüren.«

Phoebe stöhnte auf. Sie begann sich zu streicheln und ließ sich von Falk dabei beobachten. Er atmete laut, während sie ihre Augen geschlossen hielt. Sollte er sie doch ansehen, wenn es ihm so gefiel, aber seinem Blick wollte sie nicht begegnen. Noch nicht … Die Stellung mit den gespreizten Beinen war mehr als unbequem, so dass ihre Oberschenkel vor Anstrengung zitterten. Da fasste Falk nach ihren Fesseln und schob sie mit dem Po noch weiter auf den Schreibtisch. Sie hörte, wie er seinen Gürtel öffnete.

»Mach die Augen auf, kleine Hexe.« Seine Stimme war ganz nah an ihrem Ohr. Er zog sie an sich heran, so dass sie seinen Schwanz hart aufgerichtet zwischen ihren feuchten Lippen spürte. Sie mochte den Moment davor, diesen Augenblick, bevor ein Mann in sie eindrang. Falk wusste das. Er hielt sie hin, berührte sie, touchierte mit der Eichel ihre Vagina. Phoebe wand sich vor Erregung. Sie wollte ihn in sich haben. Sofort.

»Sieh mich an, Phoebe.« Seine Stimme war fordernd. Sie gab sich einen Ruck und öffnete ihre Augen. Als sich ihre Blicke trafen, spürte sie, wie ein heißer Schauer ihr übers Gesicht lief. Diese Intimität … Falk ließ ihre Augen nicht los.

»Was willst du, kleine Phoebe?«

»Dich.«

»Ja, aber beschreib es mir. Sag mir, was du willst, und du bekommst es.« Falk küsste zart ihren Hals.

»Stoß mich.«

»Das ist alles? Bist du sicher?« Falk lachte leise. »Sollst du haben, kleine Hexe. Dreh dich um.« Phoebe gehorchte und rutschte vom Schreibtisch hinunter, bevor sie ihm den Rücken zuwandte. Er griff ihr in den Nacken, beugte ihren Kopf weit hinunter und brachte sie in Position. Seine Hände umfassten ihre Hüften, wanderten hoch bis zu den Brüsten und kniffen vorsichtig die harten Brustwarzen. Phoebe warf vor Lust den Kopf in den Nacken. Wenn er sie nicht bald nehmen würde … Aber in dem Moment drang Falk auch schon tief in sie ein. Sie spürte seine Bewegungen bis zum Nabel. Er wusste, was sie anmachte. Seine Hände liebkosten ihre Brüste, sein Mund war an ihrem Hals. Nach den ersten heftigen Stößen wurden seine Bewegungen langsamer, beinahe träge, was ihr den Kick gab. Falk war ein elender Mistkerl, aber ein perfekter Liebhaber. Sie würde ihm den Hals umdrehen für das, was er ihr mit Dariusz antat. Später, irgendwann. Jetzt aber empfing sie seine langen Stöße und schloss die Augen. Das war so gut! Sie hasste sich dafür, mit Falk so viel Lust zu empfinden, aber sie war nicht in der Lage, aufzuhören. Sie wollte jeden einzelnen Stoß. Und noch einen. Und noch einen. Phoebe schrie auf. Da war sie, ihre Feuerwelle.

»Das klingt alles ziemlich bizarr, wenn du mich fragst.« Amelie stocherte in ihrem Salat herum und nahm einen Schluck Wein. »Er ist ein ausgeprägter Machtmensch. Es geht ihm weder ums Geld noch um dich oder um Dariusz. Er will einfach nur die Kontrolle besitzen. Das ist es, was ihn anmacht.«

Phoebe zuckte mit den Schultern und schob ihren Teller von sich. Amelie stutzte. Wenn ihre Freundin ihren Teller noch halbvoll zurückgehen ließ, ging es ihr nicht nur schlecht, sondern regelrecht beschissen.

»Wie auch immer, mein Vater hat mitbekommen, dass etwas im Busch ist. Jetzt will er seinen Assistenten herschicken, damit der die Lage peilt. Pah!« Phoebe war wirklich in keiner guten Verfassung. Obwohl sie mit niemandem über die Abmachung zwischen ihr und Falk gesprochen hatte, musste etwas durchgesickert sein. Die Reaktion ihres Vaters entsprach dem Bild, das sie von ihm hatte. Er bemühte sich um Schadensbegrenzung, aber auf seine Art. Knapp und ohne Begründung hatte er ihr mitgeteilt, dass sein Mitarbeiter für ein paar Tage nach Berlin kommen und sich ein Bild von den Vorbereitungen der Vernissage machen würde. Und das konnte nur eins bedeuten: Ihr Vater wusste Bescheid. Phoebe sah auf ihre Uhr. Es wurde Zeit, dass sie ihren ungebetenen Gast vom Flughafen abholte. Die Dinge nahmen ihren Lauf, und sie konnte nicht mehr viel tun, um ihre Galerie zu retten, aber kampflos aufgeben würde sie niemals.

»Ich muss nach Tegel, diesen McNeefe abholen.« Phoebe legte einen Geldschein auf den Bistrotisch und stand auf. Amelie nickte.

»Na dann – kennst du den Kerl eigentlich?«

Phoebe strich sich eine Locke hinter das Ohr. Sie musste dringend mal wieder zum Friseur.

»Nein. Und ich hab auch keine Lust, ihn kennenzulernen. Mein Bedarf an Männern ist gedeckt.« Sie lächelte schief. »Hauptsache, ich werde ihn schnell wieder los.« Phoebe beugte sich zu ihrer Freundin, gab ihr einen Kuss auf die Wange und ging davon. Amelie blickte ihr nach. Diese Frau hatte eine bemerkenswerte Power. Selbst in dieser Situation.

Leon McNeefe stand am Kofferband und wartete. Er sah sich in der Halle um. Tegel war wirklich einer der hässlichsten Flughäfen, die er kannte. Und er kannte viele. Ein Fluggast nach dem anderen nahm sein Gepäck, nur sein Koffer wollte nicht auftauchen. Als die Leuchtanzeige mit der Flugnummer erlosch, schlenderte er in dunkler Vorahnung zum Lost-and-Found-Schalter. Vor ihm warteten bereits einige andere Passagiere. Er fluchte innerlich. Nicht nur, dass Matthew ihn auf diesen Höllentrip geschickt hatte, nun war auch noch sein Gepäck verschollen. Genervt blickte er auf die Uhr. Die Tochter seines Chefs hatte darauf bestanden, ihn persönlich abzuholen. Nun wartete sie wahrscheinlich schon seit einer guten halben Stunde am Ausgang. Er seufzte. Das fing ja gut an.

Phoebe stand neben ihrem Wagen, den sie in der zweiten Reihe direkt am Ausgang geparkt hatte, und hielt Ausschau nach jemandem, der nach dem Assistenten ihres Vaters aussah. Sie kannte Leon vom Telefon her; in den letzten zwei Jahren, in denen er für ihren Vater arbeitete, hatten sie schon öfter miteinander zu tun gehabt. Inzwischen war es nach elf; der Flieger aus Heathrow war bereits vor über einer Stunde gelandet. Genervt steckte sie sich einen Kaugummi in den Mund. Ein typischer Kaugummi für Kinder, knallrot, mit süßer Hülle und saurer Füllung. Und das Schönste daran war: Man konnte herrliche Blasen damit machen. Phoebe kaute und wartete. Nach einer weiteren halben Stunde öffnete sich die breite Automatiktür und heraus trat ein komplett in Schwarz gekleideter Mann, der wie ein Popstar aussah. Trotz der späten Uhrzeit trug er eine Sonnenbrille. Sein asymmetrischer Haarschnitt mit den langen Stirnfransen und sein Styling erinnerten Phoebe an den Sänger der Band »The Cure«. Suchend blickte er sich um. Das musste Leon sein. Ob er sich wohl auch die Augen schminkte? Phoebe musste kichern.

»Phoebe?« Die Stimme klang weich und angenehm.

»Leon?«, fragte sie zurück und ließ eine kleine Kaugummiblase vor ihrem Mund zerplatzen. Der Popstar nickte und rückte seine schwarze Satinkrawatte zurecht. Dann streckte er ihr die Hand entgegen. Auch sehr angenehm.

»*Welcome to Berlin*«, sagte Phoebe mit einem süffisanten Unterton. Ihr britischer Gast schien es zu überhören. »Wo ist dein Gepäck?« Sie wusste, dass er gut Deutsch sprach und sogar in dieser Sprache fluchen konnte.

»*Gone with the wind*«, erwiderte Leon theatralisch und lächelte. Wenigstens sind die Zähne nicht schwarz, dachte Phoebe und musste wieder grinsen. Der Typ schien zwar etwas skurril zu sein, hatte aber nichts von dem Angstgegner, den sie erwartet hatte.

»Wollen wir noch etwas essen gehen?« Sie hatte ihren Gast kurzerhand ins Auto verfrachtet und fuhr über die Stadtautobahn Richtung Zentrum.

»*Alright,* du bist die Boss«, antwortete der Brite.

»Der Boss«, verbesserte Phoebe, »ich bin der Boss, okay?«

»Na klar«, sagte Leon fröhlich, »du bist der Boss. Sag ich doch.«

Wenn der immer so pflegeleicht ist, dachte Phoebe, dann kann ja nicht mehr allzu viel schiefgehen. Ihre Laune begann sich zu bessern. Sie stellte das Radio an und entspannte sich. Ihr Ziel war ein uralter Laden in Kreuzberg, in dem es ausschließlich Brathähnchen zu essen gab. In den Varianten Hähnchen mit Krautsalat und Hähnchen mit Toastbrot. Die Kneipe bestand nur aus Zigarettenrauch und Bratfett und war das, was leider oft allzu schnell als »Kult« bezeichnet wird. Aber diese alte Pinte mit ihrer verschrobenen Bedienung war tatsächlich kultig. Und so, wie sie Leon bisher einschätzte, würde er das Etablissement bestimmt cool finden. Phoebe hatte sich nicht getäuscht. Leon staunte Bauklötze, als sie das Lokal betraten. Das Publikum war wie fast überall in der Stadt bunt gemischt. Vom Frührentner aus der Nachbarschaft bis zum Abteilungsleiter mit wichtiger Miene war genügend Material vorhanden, um eine ausführliche Milieustudie durchzuführen. Der Popstar war beeindruckt, und Phoebe bemerkte bei einem Seitenblick, dass er tatsächlich geschminkte Augen hatte. Der Kajalstrich war unübersehbar, und sie hätte wetten können, dass auch seine Wimpern getuscht waren.

»Der Huhn ist toll.« Leon aß mit großem Appetit.

»DAS Huhn.« Phoebe bearbeitete gerade den Bollen. Leon sah sie unbekümmert an. Wie alt mochte er sein? Mitte zwanzig? Höchstens.

»DAS Huhn? Ist doch ein Mann, der Huhn, oder?« Leon lachte und nahm einen Schluck Bier. Phoebe winkte ab und grinste. Er war wirklich lustig. Sie prostete ihm zu. Ganz sicher würde es zwischen ihnen gut laufen. Er schien ein harmloses Kerlchen zu sein. Komisch, dass ihr Vater jemanden wie ihn beschäftigte – und dann auch noch zum Kontrollbesuch nach Berlin schickte.

»*Thank you.* Der Huhn, ich meine das Huhn … war *delicious. For sure.*« Seine Fettfinger griffen ihre Hand, dann drückte er ihr einen schmatzenden Kuss darauf. Er lächelte selig. Kein Zweifel, Leon war betrunken. Phoebe zahlte und lieferte ihn nach einer halbstündigen Fahrt im Hotel ab. Sie hatte ihn in Mitte eingebucht, wo sich mittlerweile die Designhotels die Klinke in die Hand gaben. Ihr war daran gelegen, dass Leon begriff, wie hip Berlin war. Sie winkte ihm nach, als er auf der mit purpurfarbenem Teppichboden belegten Treppe nach oben stolperte.

»Gute Nacht, Boss!«, rief Leon ihr noch nach, dann

war er hinter dem nächsten Treppenabsatz verschwunden.

»Nein, Falk, das mache ich nicht.« Phoebe hatte ihre Arme verschränkt und stand mit dem Kunsthändler vor einem französischen Restaurant in der Kantstraße. Dem Wohnzimmer des alten Berlins, wie er es immer nannte. Hier kannte jeder jeden. Falk betrachtete sie mit Nachsicht und gab ihr einen zarten Kuss.

»Du musst noch eine ganze Menge lernen, kleine Phoebe«, sagte er sanft, um dann in geschäftsmäßigem Ton nachzusetzen, »wir haben eine Abmachung, Madame. Und die hat zum Inhalt, dass du machst, was ich will, wann ich will und wo ich will. Also. Keine Szene. Zieh dein Höschen aus.«

Phoebe blickte in das Szenelokal und betrachtete die Gäste, allesamt Mitglieder der Berliner Gesellschaft. Ihre Augen schwammen in Tränen. Sie konnte sich nicht daran erinnern, wann sie jemals so gedemütigt worden war.

»Aber man kennt mich hier«, sagte sie leise.

»Genau deshalb«, erwiderte Falk knapp, »und nun runter mit dem Ding. Aber schön langsam.«

Phoebe war übel. Falk zeigte ihr in jeder Sekunde, dass er sie in der Hand hatte. Sie griff unter ihr Kleid und zog den String herunter.

»Braves Kind.« Er nahm ihr das Nichts aus Seide und Spitze ab und drapierte es wie ein Einstecktuch in seiner Reverstasche. Phoebe zitterte vor Wut. Dann nahm er sie an den Arm und führte sie in das Restaurant. Aufmerksam betrachtete sie die Gäste. Niemand schien etwas bemerkt zu haben. Der Tisch, der ihnen zugewiesen wurde, befand sich in der Mitte des Raumes. Phoebe stutzte. Für gewöhnlich akzeptierte Falk eine solche Plazierung nicht, aber heute strahlte er über das ganze Gesicht. Sie hätte ihn ohrfeigen können. Sie suchte sich einen Platz aus und wollte sich setzen. Der Kellner stand bereits hinter ihr, um ihr den Stuhl zurechtzurücken, da intervenierte Falk mit einem lauten »Nein!« Für einen Moment hatten sie die Aufmerksamkeit aller benachbarten Gäste. Phoebe wurde schlecht. Was würde als Nächstes kommen?

»Ich möchte, dass du deinen Rock hebst, bevor du dich setzt. Dein nackter Po soll den Stuhl berühren. Hast du mich verstanden?« Falks Augen glühten vor Erregung. Ihm schien das Spiel mehr als Spaß zu bereiten. Der Kellner stand noch immer scheinbar unbeteiligt hinter Phoebe und wartete.

»Nein.« Phoebe wandte sich zum Gehen. Genug war genug.

»Dann kannst du unseren Deal vergessen«, sagte Falk ruhig. Phoebe hielt in der Bewegung inne. »Und sieh mich gefälligst an, wenn du dich hinsetzt.«

In Phoebes Kopf entstand so etwas wie ein Vakuum. Schweigend legte sie ihre Handtasche auf den kleinen Tisch zurück und zog ihren Rock hoch. Das Holz fühlte sich kalt auf ihrer nackten Haut an. Es war entsetzlich. Falk reichte ihr ein Glas Champagner, das sie in einem Zug leerte. Der Kunsthändler sah sie lächelnd an und sagte: »Du findest mich zum Kotzen, habe ich recht?«

»Du bist das größte Arschloch, das ich kenne«, zischte Phoebe. Falk lachte, als hätte sie einen guten Witz gemacht.

»Beim ersten Mal tut es immer ein bisschen weh, meine Liebe. Aber glaub mir: Wenn du dich darauf einlässt, wirst du bald nicht mehr davon lassen können. Es ist wie eine Droge.« Er bedeutete dem Kellner, ihnen nachzuschenken.

»Auf deine neue Erfahrung«, sagte Falk und hob sein Glas.

»Ich hasse dich«, sagte Phoebe.

»Genau das wollte ich hören«, erwiderte Falk gut gelaunt und schlug die Menükarte auf.

»Hallo, Boss.« Auch das noch, dachte Phoebe. Heute Abend blieb ihr aber auch gar nichts erspart. Sie rang sich ein kleines Lächeln ab. Falk war inzwischen aufgestanden und bot Leon einen Platz an, der die Einladung strahlend annahm und sich setzte.

»Sie sind der Assistent von Matthew Friedewald, nehme ich an? Ich bin Falk Schumann, Kunsthändler. Bitte sagen Sie Falk.« Der Kunsthändler fuhr sich kurz durch die Haare und räusperte sich. Ihm war anzumerken, dass er sich den Abend anders vorgestellt hatte, aber Phoebe war froh über das vorläufige Ende ihrer Zweisamkeit. Inzwischen hatte sich Leon vorgestellt und in ein paar Stichworten seinen Lebenslauf geschildert, der Kellner hatte ein weiteres Gedeck aufgelegt und Champagner nachgeschenkt.

Falk ließ sich von Londons Galerieszene berichten und gab den interessierten Zuhörer. Eine Rolle, die ihm nicht weiter schwerfiel, denn Leon war ein unterhaltsamer Erzähler. Als sie beim Dessert waren, wandte sich der Brite unvermittelt an Phoebe, die sich bei dem Gespräch zurückgehalten hatte.

»Ich bin morgen um elf im *office*, ja?« Sein einäugiger Blick durch den schwarzen, schräg geschnittenen Pony war auf einmal sehr ernst und geschäftlich. Phoebe zuckte zusammen.

»Natürlich, klar«, antwortete sie schnell. »Du kannst auch gern schon eher vorbeikommen. Ich bin meistens ab halb zehn da.«

»Nein«, erwiderte Leon und schüttelte den Kopf. »Elf Uhr ist gut. Ich habe davor noch eine andere Verabredung.«

»Ist die Dame hübsch?«, wollte Falk wissen und zwinkerte Leon zu. Bin ich froh, wenn ich hier raus bin, dachte Phoebe und faltete ihre Serviette zusammen. Leon tat es ihr nach und nestelte an seiner Satinkrawatte. Heute war er komplett in Violett gekleidet, die einzige Ausnahme bildeten seine Schuhe mit der Prägung von hellem Schlangenleder. Sein Koffer schien also doch noch angekommen zu sein. Als er aufstand, sorgte er im Bistro für den einen oder anderen neugierigen Blick. Mit artiger Geste verabschiedete er sich von Falk und sprach eine Gegeneinladung aus, dann drehte er sich zu Phoebe, die inzwischen ebenfalls aufgestanden war, und sagte ruhig: »Ich bin bei Dariusz.«

Falk zog überrascht die Augenbrauen hoch. Auch Phoebe schwieg und nickte nur. Sie hätte es sich denken können: Ihr Vater überließ nichts dem Zufall.

»Ich denke, es ist Zeit, nach Hause zu gehen – was meinst du?« Falk sah Leon nach, wie dieser draußen in ein Taxi stieg. Er fixierte Phoebe und kam ihrer Antwort zuvor.

»Ich weiß, dass du müde bist. Es war ein aufregender Tag für dich, aber sei versichert, liebe Phoebe, die Nacht hält noch die eine oder andere weitere Überraschung für dich bereit.«

»Wirklich, Falk, es reicht mir für heute.«

»Aber mir reicht es noch nicht. Also komm.« Der Kunsthändler griff nach ihrem Unterarm und zog sie mit sich. Für die nächsten Stunden war an Schlaf also nicht zu denken.

Dariusz lag auf seinem Bett und betrachtete starr die Decke. Die nahe S-Bahn ratterte gerade über die Oberbaumbrücke und brachte die Lampe über ihm zum Schwingen. Eine Ampel direkt vor seinem Fenster sprang auf Halt und warf einen hellen rötlichen Schatten an die Wand. Er schloss die Augen. Phoebe fehlte ihm sehr. Es waren keine drei Wochen mehr bis zur Vernissage, und seine Anspannung stieg von Tag zu Tag. Er hätte so gern mit ihr über diesen bedeutungsvollen Abend gesprochen, sich zusammen mit ihr ausgemalt, wie das Publikum auf die Werke reagieren würde. Außerdem musste er noch so etwas wie ein Grußwort schreiben. Phoebe würde ihn in ihrer Funktion als Gastgeberin zwar vorstellen und ein paar Vorschusslorbeeren verteilen, aber dann würde nur noch er im Rampenlicht stehen und musste sich verkaufen. Perfekt verkaufen. Und zwar vom ersten Moment an. Er nahm die Fernbedienung und zappte durch die Programme. Falk hatte zwar gemeint, er solle schön locker bleiben und es würde sich alles von selbst ergeben, aber Dariusz hatte von Phoebes Arbeit inzwischen genug mitbekommen, um zu wissen, dass eine gründliche Vorbereitung das beste Mittel gegen Lampenfieber war. Überhaupt fand er es nach wie vor seltsam, dass die Ausstellung in der Gipsstraße stattfinden würde. Er war fest davon ausgegangen, dass der Kunsthändler auf seine eigenen Räume bestehen würde. Aber Falk hatte erklärt, dass Phoebe und er eine Vereinbarung getroffen hätten, die es der Galeristin ermöglichte, ihr Gesicht zu wahren, wie er es genannt hatte. Nach der Ausstellung würde natürlich alles anders werden. Dariusz hatte sich unweigerlich gefragt, welche Gegenleistung Schumann wohl von Phoebe für seine Großzügigkeit forderte, und hegte da eine ganz bestimmte Vermutung. Die Tatsache, dass sie ihm aus dem Weg ging und jede freie Minute mit dem Kunsthändler verbrachte, bestärkte ihn in seinem Verdacht: Phoebe hatte sich verkauft. Und zwar mit Leib und Seele.

Dariusz setzte sich auf und band seine Haare im Nacken zusammen. Er würde sich jetzt einen starken Kaffee kochen und dann das Grußwort formulieren. So hatte er wenigstens einen echten Grund, um mit Phoebe Kontakt aufzunehmen.

Er sah auf die Uhr. Fast Mitternacht. Vielleicht war es doch keine gute Idee, jetzt noch Kaffee zu trinken? Zumal morgen in aller Herrgottsfrühe der Assistent von Matthew Friedewald vorbeischauen wollte. Dariusz warf einen Blick in seinen Kühlschrank, griff nach einem Getränkekarton mit Saft, riss eine Ecke ab und trank aus der provisorischen Öffnung, wobei ihm ein paar Tropfen in einem dünnen Rinnsal über das Kinn, den Hals und die Brust liefen. Als Dariusz die Nässe spürte, lächelte er. Er musste an Phoebe denken. Sie war noch ungeschickter als er, wenn es darum ging, Saft aus aufgerissenen Kartons zu trinken. Er erinnerte sich daran, wie er einmal nachts aufgestanden war, um Orangensaft zu trinken. Phoebe war wach geworden und hatte auch einen Schluck gewollt. Der Saft war mehr auf ihrer Brust als in ihrem Mund gelandet, und es war Dariusz eine Freude gewesen, ihn ihr vom Körper zu küssen. In Verbindung mit dem Geschmack ihrer schlafwarmen Haut war es ein gänzlich neues Geschmackserlebnis gewesen.

Dariusz schluckte. Er hatte Sehnsucht nach Phoebe. Sein Verstand brauchte sie, sein Körper brauchte sie, er wollte sie endlich wieder spüren, in sie hineinstoßen, sie zum Schreien bringen vor Lust. Ob Falk das wohl gerade mit ihr tat? Er setzte sich an den Küchentisch, auf dem sein Laptop stand, und schaltete es ein. Seine Gedanken kreisten um Phoebe, die jetzt mit Falk womöglich mehr Spaß hatte als jemals mit ihm. Hatte sie ihm nicht vor ein paar Tagen vorgeschlagen, sie mit Falk zu teilen? Und nun war er, Dariusz, anscheinend ganz aus dem Spiel. Es war ihm unmöglich, sich auf das Grußwort zu konzentrieren. Resigniert klappte er das Laptop wieder zu und ging ins Bett zurück. Dariusz musste sich eingestehen, dass er zum ersten Mal in seinem Leben eifersüchtig war.

Falk öffnete die Weinflasche mit geübtem Griff, nahm dann zwei Gläser aus dem Schrank und schlenderte mit allem zum Kamin. Dort stand Phoebe und schaute sich Familienfotos an, die auf dem Sims standen. Es war das erste Mal, dass sie hier im Salon war – normalerweise führte der Weg immer direkt die Treppe hoch ins Schlafzimmer. Leise trat Falk neben sie und stellte die Gläser vorsichtig ab, als ob er ihre Konzentration nicht stören wollte. Langsam goss er den dunklen Wein ein und reichte Phoebe ein Glas. Ohne den Blick von den Bildern zu wenden, griff sie danach.

»Phoebe.« Er seufzte. »Phoebe, jetzt sei nicht sauer. Vielleicht war das eben ein wenig zu heftig. Ich hätte dir vorher auf das Spiel Appetit machen müssen. Es sollte dir Spaß machen. Ich wollte dich nicht demütigen.«

Phoebe wandte sich zu ihm und blickte ihn kühl an. »Ach, und warum machst du das alles dann mit mir, Falk? Warum gehst du bis an die Grenze? Reicht dir nicht das Wissen darum, dass du alles machen könntest?«

Der Kunsthändler zuckte mit den Schultern und hob sein Glas.

»Du meinst unsere Abmachung? Phoebe, ich bitte dich. Es ist alles ein Spiel, ein ungewöhnliches, erregendes Spiel. Und du wirst viel über dich lernen, glaub mir. Aber wenn du denkst, das hier sei schon die Grenze, nein, meine Liebe, da hast du dich getäuscht. Du wirst noch ganz andere Grenzen entdecken.«

Phoebe schluckte. Bis zu einem gewissen Grad genoss sie diese Art von Erotik tatsächlich, das musste sie zugeben. Aber für Dominanz, wenn auch nur verbal, hatte sie nach wie vor nicht viel übrig, wobei … Sie dachte an die Fesselspiele, die Dariusz neulich mit ihr veranstaltet hatte. Zunächst war sie erschrocken gewesen, dann neugierig und dann so erregt, aber bei Dariusz war das auch etwas anderes. Zu ihm hatte sie Vertrauen. Mehr noch. Sie liebte ihn. Phoebe atmete tief durch. Von ihren Gefühlen durfte er nie erfahren.

»Komm zu mir, meine Phoebe.« In Falks Stimme lag erstaunlich viel Gefühl. Überrascht wandte sich ihm die Galeristin zu. Er nahm ihr das Glas aus der Hand, stellte es auf dem Kaminsims ab und küsste sie auf den Mund. Dann zog er sie an sich und nahm sie in den Arm. Sein Kuss war ungestüm, fordernd und gebend zugleich. Er hatte nichts mit Falks sonstigen technisch einwandfreien und zielgerichteten Liebkosungen zu tun. Nein, der Kuss war Ausdruck echter Leidenschaft.

»Ich will dich, Phoebe«, sagte Falk leise, als er sich von ihr gelöst hatte. »Ich sage es nicht gerne, aber es ist so.« Er lächelte etwas unsicher und strich sich die Haare hinter die Ohren. Phoebe erwiderte seinen klaren, offenen Blick. Seine grünen Augen waren so dunkel, dass sie für einen winzigen Moment das Gefühl hatte, in seine Seele blicken zu können. Falk nahm mit ernster Miene ihre Hand und legte sie auf seine Herzseite.

»Es schlägt für dich, Phoebe. Spürst du es?« Seine Stimme klang traurig. Phoebe verstand gar nichts mehr.

»Was soll das, Falk? Spiele, Demütigungen und zum Nachtisch Küsse am Kamin und ein Herz, das für mich schlägt? Was ist los mit dir? Wie passt das zu deiner 68er Gesinnung?«

Falk drückte sie an sich.

»Es passt nicht. Aber so ist es nun mal.« Langsam knöpfte er ihre Bluse auf, öffnete ihren Rock, half ihr beim Ausziehen. Phoebe bekam Lust. Keine Ahnung, was er diesmal vorhatte, aber eine gefühlvolle Zwischennummer würde ihr guttun. Sie streifte ihren BH ab und legte seine Hände auf ihre Brüste. Er knetete sie, lutschte an den Brustwarzen, saugte daran, streichelte sie. Phoebe liebte das Vorspiel. Wenn ihre Brüste ausgiebig verwöhnt wurden, war das eigentlich schon eine Orgasmusgarantie. Falk spürte, dass sie seine Berührungen genoss. Er ließ eine Hand in ihren Schoß gleiten, der schon heiß und feucht war. Phoebe stöhnte. Diese Zärtlichkeiten! Und das auch noch von Falk! Sie hatte immer gedacht, Wonne dieser Art nur mit Dariusz erleben zu können, aber das war wohl ein Irrtum gewesen. Sie bog den Rücken durch und streckte ihm ihre Brüste noch weiter entgegen. Sie schienen direkt mit ihrem Kitzler verbunden zu sein. Wenn Falk sie massierte, spürte sie es sofort zwischen ihren Beinen pochen. Phoebe merkte, wie sie zu schwitzen begann. Sie fürchtete, unter seinen Händen und Lippen zu verbrennen.

»Bitte«, stöhnte sie. Falk küsste sie zart auf den Mund.

»Gib ihn mir. Stoß mich. Reite mich. Aber tu endlich was.« Sie war erstaunt darüber, wie gierig und fordernd ihre Stimme klang.

Falk griff zum Kerzenständer, der auf dem Kaminsims stand, und nahm eine Kerze heraus.

»Lass uns ins Bett gehen«, sagte er ruhig und zog Phoebe hinter sich her und die Treppe zum Schlafzimmer hinauf.

»Mich bekommst du erst, wenn du dich damit ein wenig abreagiert hast, meine Liebe.« Falk und Phoebe lagen nackt auf dem großen Bett. Er hatte Phoebe die Kerze in die Hand gedrückt und beschäftigte sich weiterhin ausnahmslos mit ihren Brüsten. Phoebes Gesicht glühte. Sie stellte sich vor, wie sie jetzt wohl auf Falk wirken musste, in all ihrer Geilheit. Ein anderes Wort fiel ihr für ihren Zustand nicht ein. Phoebe spreizte die Schenkel und schob den etwas anderen Dildo tief in die Vagina hinein. Das Wachs nahm sofort ihre Körpertemperatur an. Sie bewegte die Kerze auf und ab, erst vorsichtig, dann immer heftiger. Sie war nass, konnte sogar ihre Säfte riechen. Die Erregung hatte vollkommen von ihr Besitz ergriffen. In diesem Moment war es ihr sogar egal, was Falk dachte oder tat. Hauptsache, er würde nicht aufhören, sie zu liebkosen. Phoebe legte die andere Hand an ihren Kitzler, streichelte sanft um ihn herum, wie um ihn auf den kommenden Höhepunkt vorzubereiten, dann konnte sie sich nicht mehr dagegen wehren. Die Lust explodierte irgendwo zwischen ihren Brüsten und ihren Schenkeln. Die Muskeln der Vagina zogen sich zusammen, dann hörte sie sich schreien.

Falks eine Hand lag auf ihrem Bauch, mit der anderen strich er ihr eine nassgeschwitzte Locke aus der Stirn, während er wartete, dass sie wieder etwas ruhiger atmete.

»War das schön, kleine Phoebe?« Er betrachtete seine Gespielin aufmerksam. Ihr Brustkorb hob und senkte sich noch immer in schnellem Wechsel. Phoebe nickte. Sie wusste, dass sie Falk anstrahlte, als wäre sie überglücklich. Aber – war sie das nicht auch in diesem Moment?

»Ja? Dann komme ich jetzt zu dir.«

Falk schob sich zwischen ihre Schenkel und spreizte sie weit auseinander. Er zog die Lippen auseinander und umkreiste mit der Zunge ihren Kitzler. Phoebe machte einen unwilligen Laut. Nach einem Orgasmus war die Berührung dort zumeist nicht besonders angenehm, doch Falk saugte weiter, leckte um die Spitze herum und saugte dann wieder. Phoebe stöhnte. Sie fand sich verschwitzt und unattraktiv, auch schmeckte sie bestimmt nicht mehr sonderlich gut, aber Falk schien das alles nicht zu bemerken – oder es machte ihm nichts aus. Mit der gleichen Hingabe, mit der er eben ihre Brüste verwöhnt hatte, umspielte er nun diese neue erogene Zone. Phoebe bemerkte, wie ihre Erregung zurückkehrte. Sie versuchte, Falk ihr Becken entgegenzudrücken, aber er reagierte nicht darauf, sondern küsste sie nur weiter. Phoebe hatte das Gefühl, als würde ihr Kitzler zu brennen beginnen und der Brand nach und nach auf ihren ganzen Körper übergreifen. Ihr kamen die Tränen. Die Lust war so intensiv, dass ihr dafür die Worte fehlten. Sie krallte sich im Bettlaken fest, ihre Handflächen nass vor Schweiß.

»Ich halte das nicht aus«, stöhnte sie. »Du machst mich so an, so sehr an. Ich komme gleich noch mal.«

»Soll ich vielleicht lieber aufhören?«, kam die spöttische Antwort, bevor Falk sie weiter verwöhnte.

»Komm zu mir.« Phoebe schluckte ihre Tränen runter.

»Was meinst du damit? Sag es mir«, raunte Falk.

»Nimm mich.«

»Ich will die zwei Zauberworte hören, Phoebe.«

»Stoß mich.«

»Zauberworte.« Falk umkreiste mit der Zunge ihre Vagina. Phoebe wimmerte auf. Falk war ein Biest. Zauberworte, verdammt, sie kannte keine Zauberworte.

»Fick mich«, flüsterte Phoebe.

»Noch mal. Und lauter.«

»Fick mich!« Phoebe spürte, wie Falk von ihr abließ. Sie blickte an sich herunter. Ihr Bauch glänzte vor Schweiß, und ihr Becken zuckte. Falk grinste breit und glitt mit seiner Schwanzspitze an ihren geschwollenen Lippen entlang.

»Dein Wunsch ist mir Befehl«, antwortete er und drang mit einem tiefen Stoß in sie ein. Phoebe ließ sich fallen. Eine riesige rote Woge riss sie mit sich fort.

Sechs

Leon stand unter der Dusche. Das Hotelzimmer war wirklich schrill. Schlafzone und Bad gingen direkt ineinander über, und selbst hier, von der Dusche aus, konnte er den gesamten Raum überblicken. Er trocknete sich ab und zog sich an. Neun Uhr vormittags war nicht direkt seine Zeit, aber Matthew drängte auf schnelle Ergebnisse, und es blieben ihm nur wenige Tage, um sich einen Eindruck von Dariusz und seiner Kunst zu machen. Leise summte er vor sich hin, als er seine Unterlagen zusammensuchte und in seine Tasche packte. Es war eine Massenger-Bag, wie sie Fahrradkuriere benutzten, und stellte einen absoluten Bruch zu seinem ansonsten perfekten Styling dar. Heute hatte sich Leon für sein schokoladenfarbenes Outfit entschieden. Er steckte die Sonnenbrille ein, griff nach dem Zimmerschlüssel und lief den dicken Purpurteppich hinunter. Er staunte nicht schlecht, als er an der Rezeption Phoebe stehen sah. Sie machte einen leicht übermüdeten, aber dennoch sehr entschlossenen Eindruck. Sie begrüßten sich mit einem schnellen Wangenkuss, wobei er bemerkte, dass sie vor wenigen Minuten ebenfalls noch unter der Dusche gestanden haben musste. Ihre Haare ringelten sich halbnass um den Kopf herum, und von ihr ging ein leichter, betörender Geruch aus, wie ihn kleine Kinder nach dem Baden verströmen. *Milk and honey,* dachte er. Ob sie bemerkte, welche Wirkung sie auf ihn hatte? Wahrscheinlich eher nicht. Eine steile Falte prangte mitten auf ihrer Stirn. Phoebe wirkte äußerst konzentriert.

»Wollen wir frühstücken? Hier? Ich würde gerne noch mit dir sprechen, bevor du Dariusz triffst. Es gibt da ein paar Dinge, ...«

»..., die ich wissen sollte, Boss. *Yep.* Lass uns etwas essen. Gibt es hier auch kleine Würstchen mit Pilzen und Speck?«

Phoebe nickte. Das Hotel war bei Japanern und Amerikanern sehr beliebt und die Frühstückskarte dementsprechend auf sie ausgerichtet.

Während Phoebe an einem Croissant herumkaute, schaufelte Leon Bohnen und Speck nur so in sich hinein. Die Frühstückssitten der Briten würde Phoebe wohl nie verstehen, obwohl sie doch selbst zur Hälfte von ihnen abstammte, aber egal. Sie war nicht hier, um ein bestimmtes Essverhalten zu erforschen, sondern um Leon auf Spur zu bringen. Lange hatte sie überlegt, wie sie sich verhalten sollte, und war zu der Einsicht gelangt, dass sie mit der Wahrheit die beste Chance hatte, wenn es denn überhaupt noch eine Chance gab.

Leon sah auf die Uhr und aß schneller. Jetzt oder nie, dachte Phoebe und legte ihr angebissenes Hörnchen beiseite.

»Ich weiß, dass mein Vater dich geschickt hat, Leon. Du sollst dir einen Eindruck darüber verschaffen, ob hier alles in Ordnung ist. Nun – unter uns gesagt –, es ist nichts in Ordnung. Absolut gar nichts.«

Leon sah sie an, kaute jedoch ungerührt weiter. Der Kellner brachte eine neue Kanne mit Tee. Leon schenkte sich ein und bedeutete Phoebe mit einer Geste, weiterzusprechen.

»Wir ... Dariusz und ich ... wir arbeiten seit drei Jahren zusammen. Er ist ein Jahrhunderttalent. Schumann hat ihn mir abgeworben. Und zwar mit unanständigen

Konditionen. Er vertritt ihn für null Komma nichts!« Bei den letzten Worten war sie laut geworden und hatte auf die Tischplatte geschlagen, wie um die Ungeheuerlichkeit des Angebotes zu unterstreichen. Leon nahm sich gelassen ein paar Pilze und etwas Rührei. Sein Blick war vollkommen unbeteiligt. Vielleicht weiß er ja auch schon alles, dachte Phoebe und spürte, wie ihr das Blut in den Schläfen pochte. Vielleicht war das alles nur ein gemeines, abgekartetes Spiel.

Leon schüttelte seine Popstar-Frisur und sah sie einäugig an.

»Ich weiß, *my lady*. Schumann und Matthew *are in contact*. Und ich … *will have a look on the artist* … und auf sein Werk, *for sure*.« Er biss genüsslich in ein Brötchen.

»Schumann erpresst mich«, sagte Phoebe leise. Leon nickte.

»Dachte ich mir, Boss. Genauso wie Matthew. Und er mag es gar nicht, wenn man seine Tochter erpresst, *you know*.«

Das mit Kajal umrandete Auge blitzte. Phoebe war überrascht. War das wirklich so? Machte sich ihr Vater etwa Sorgen?

»Woher weiß er … das?«

Sie hatte ihr Croissant wieder in der Hand und ersäufte es nun in ihrem Milchkaffee. Leon zuckte mit den Schultern und schob seinen Teller zurück. Auch er schien endlich satt zu sein. Phoebe blickte auf die Uhr. Es war halb neun.

»Das? Du meinst, dass Schumann gemein zu dir ist, Boss? Schumann hat es deinem Vater selbst erzählt, und – *confidentially, darling* – das war ganz schön blöd von ihm.« Leon grinste. »Kommst du mit zu Dariusz?«

Falk parkte seinen Jaguar in einer Nebenstraße und nahm vorsichtig den in Seidenpapier eingeschlagenen Blumenstrauß vom Beifahrersitz. Das dünne Papier raschelte, als er mit schnellen Schritten zum Haus eilte. Nadeshna mochte Feuerlilien. Als ihr Anruf ihn vor einer Stunde erreicht hatte, hatte er im ersten Moment gedacht, es sei Phoebe. Den ganzen Tag über hatte sie sich noch nicht gemeldet, was wohl an dem Erlebnis in dem französischen Restaurant liegen musste, am Rest des Abends konnte sie nichts auszusetzen gehabt haben. Die süße Kleine war vollkommen auf ihre Kosten gekommen, hatte unter seinen Stößen geschrien und ihre Lust kaum zügeln können. Vielleicht war sie auch einfach nur müde. Er strich das Haar hinter die Ohren und richtete die Manschetten. Nadeshna hatte ihn zum Dinner eingeladen, und die Art, wie sie mit ihm gesprochen hatte, hatte seine Phantasie gehörig angeheizt. Es würde sehr intim werden, hatte sie in den Hörer gehaucht, und er möchte ein wenig Zeit mitbringen, da mehrere Gänge serviert würden. Zwanzig Uhr sei ihr angenehm. Angenehm ... Sie hatte das Wort mehr geschnurrt als geflüstert. Falk studierte kurz das große polierte Messingschild und sah ihre Initialen: NM. Er hatte sie lange nicht mehr gespürt, seine Raubkatze. Und er war gespannt darauf, was sie sich dieses Mal ausgedacht hatte, um ihn zu verführen. Falk musste sich eingestehen, dass sein Jagdtrieb geweckt war. Jetzt, da Nadeshna nicht mehr jederzeit verfügbar war, begehrte er sie umso mehr. Er klingelte und befreite die Blumen von ihrer seidigen Umhüllung. Vielleicht fehlte ihr auch nur sein Scheckbuch, egal. Zumindest für heute Abend. Der Summer ertönte, und die Haustür öffnete sich. Während er die Treppe zu ihrer Wohnung hochstieg, erinnerte er sich an den Tag, als er das Appartement gemietet hatte. Seitdem schien eine Ewigkeit vergangen zu sein. Noch bevor er das Klingelschild berührt hatte, sprang die Tür auf, und zu seinem Erstaunen stand nicht Nadeshna, sondern ein livrierter Diener im Türrahmen. Er nahm Falk die Blumen ab und machte eine stumme Geste, in den Salon zu gehen. Der Kunsthändler schritt über das knarrende Fischgrätparkett des Flurs in den zentralen Raum der Wohnung. Geschmack hatte Nadeshna, das musste er ihr lassen. Im amerikanischen Stil standen sich zwei helle Sofas vor dem Kamin gegenüber, dazwischen eine Bank, die mit Springbockfell bezogen war. Auf ihr waren Coffee Table Books und diverse Accessoires zu einem stimmigen Ensemble arrangiert worden. Er sah sich weiter um. Die Wände hatte sie in hellem Apricot streichen lassen, so dass sich der Stuck in reinem und gebrochenem Weiß dagegen absetzte. Der große Webteppich im Aubusson-Look unter den Sofas griff das Farbthema wieder auf. Der Salon war genauso sinnlich und weiblich wie Nadeshna. Falk ging zum Kamin, um sich die auf dem Sims stehenden Fotos anzuschauen. Es waren ausnahmslos Momentaufnahmen ihrer gemeinsamen Zeit, aber vielleicht war das nur die Dekoration für heute Abend, wer wusste schon, was am nächsten Tag dort stehen würde. Falk stellte einen Fotorahmen an seinen Platz zurück, als Nadeshna den Raum betrat. Noch bevor er sie gehört oder gesehen hatte, wusste er, dass sie da war. Ihr eilte eine Wolke orientalischen Dufts voraus, der bei jeder anderen hellhaarigen Frau ein absolutes No Go gewesen wäre. Aber Nadeshna war eben Nadeshna. Mit dem Gang einer Königin schritt sie in einem langen Abendkleid, das aus einem einzigen Nichts bestand, auf ihn zu. Zarte Stoffbahnen, durchsichtig wie Glas und trotzdem leicht getönt, umhüllten ihren Körper und verliehen ihm etwas Strahlendes. Darunter war sie nackt, so dass Falk durch den Schleier hindurch ihren glatten Venushügel sehen konnte. Mit ihrem nach antikem Vorbild hochgesteckten Haar sah sie aus wie eine Göttin, die eigens vom Olymp heruntergestiegen war, um Männern wie ihm den Kopf zu verdrehen. Falk schluckte. Nadeshna lächelte stolz. Sie wusste um ihre Schönheit und wollte den Augenblick auskosten. Als sie in die Hände klatschte, erschien der Diener mit Champagnergläsern. Falks Herz raste. Am liebsten hätte er sie jetzt und sofort hier auf dem französischen Webteppich genommen.

»Willkommen.« Nadeshna strahlte ihn an. Sie hob ihr Glas. Falk tat es ihr nach. »Setzen wir uns doch.« Mit einer eleganten Geste bat sie ihn, Platz zu nehmen, und der Kunsthändler gehorchte. Nadeshna, dachte Falk bei sich, ich glaube, ich mag dich doch. Ich mag dich sogar sehr.

Der Diener brachte die Blumen, über die sich Nadeshna gebührend freute. Sie ließ den Strauß auf den Kaminsims stellen, ging dann hinüber, zog eine Blüte zu sich herunter und roch daran. Falk war wie paralysiert. Er konnte sich nicht bewegen und klebte förmlich an Nadeshnas Bewegungen. Eine wunderbare Frau. Ein Weib, nein, ein Vollweib. Aus ihr musste man nichts herauskitzeln. Sie wollte gefickt werden. Und zwar jede Nacht, das sagte sie auch. Ich bin ein Idiot, dachte Falk.

Dann kam der Diener wieder herein und sagte, dass alles bereit sei.

»Es ist also alles bereit«, wiederholte Nadeshna, und aus ihrem Mund hörten sich die Worte mehr als vieldeutig an. Wie in Trance stand er auf und folgte ihr durch eine große, mit Jugendstilmotiven verzierte Schiebetür in das Speisezimmer. Von einem banalen Esszimmer zu sprechen verbot sich schon allein beim Anblick der exquisiten Gestaltung. Der Diener wies ihm seinen Stuhl zu, Nadeshna nahm auf der entgegengesetzten Seite des ovalen Kirschholztisches Platz. Biedermeier, dachte Falk, muss ein Vermögen gekostet haben. Er war beeindruckt. Die Kandelaber schienen keine Repliken zu sein, ebenso wenig wie das silberne Besteck, mit dem eingedeckt war. Dann entdeckte er, dass an den Breitseiten der Tafel ebenso Gedecke lagen.

»Wir essen nicht allein?« Seine Stimme klang spröde.

Nadeshna sagte nichts, sondern sah ihn nur mit ihren Sphinxaugen an. Dann läutete sie nach dem Diener, ohne ihren Blick von Falk zu nehmen. Die Tür zum Flur öffnete sich, und zwei attraktive Männer kamen herein. Wie Falk trugen sie dunkle Abendgarderobe und nahmen ohne weitere Aufforderung auf den Stühlen Platz. Die beiden waren jung, deutlich jünger als Falk und auch um einiges jünger als Nadeshna, und sie sahen nicht so aus, als gehörten sie zu ihrem Freundeskreis. Callboys, dachte Falk und spürte, wie ihn seine Lust durchströmte. Sein Herz schlug schnell. Nadeshna war wirklich eine Hure – und was für eine.

Der Diener kam und schenkte Wein ein. Dann sagte er laut: »Der erste Gang: Nadeshna.«

Falk stöhnte auf. Einer der beiden Männer erhob sich, ging zu Nadeshna, küsste sie zärtlich und half ihr aufzustehen. Dann schob er Teller und Gläser beiseite und setzte sie auf den Tisch. Jetzt erhob sich auch der andere Mann und gesellte sich zu dem Paar. Falk krallte sich an den Stuhllehnen fest. Das war ungeheuerlich. Bitte, Nadeshna, dachte er, bitte zeige mir, wie viel Lust in dir steckt.

Während der Erste sie rücklings auf den Tisch bettete und sie liebkoste, vergrub sich der andere in den durchsichtigen Stoffbahnen ihres Rockes und küsste sie zwischen den Schenkeln, die seine ausgestreckten Arme weit geöffnet hielten. Nadeshna ließ sich treiben, gab sich ganz den Berührungen der beiden Männer hin und wand sich unter deren Zärtlichkeiten. Falk verfolgte alles mit ungeheurer Lust. Er wusste genau, wie sie sich jetzt anfühlte, wie sie schmeckte. Er griff sich an seine Smokinghose, sein Schwanz war steinhart. Als er einen Schluck Wein nahm, bemerkte er, dass seine Hand etwas zitterte. In dem Moment kam Nadeshna. Ihr Stöhnen ging in heftiges Atmen über, dann war sie ruhig und entspannte sich. Die beiden Männer nahmen Haltung an und halfen ihr, wieder Platz zu nehmen, als sei nicht das Geringste geschehen.

Der zweite Gang, den der Diener nun ankündigte und zeitgleich auftrug, war bei weitem unspektakulärer als der erste, passte jedoch perfekt. Austern. Falk aß mit großem Appetit und war froh über eine kleine Verschnaufpause. Er ahnte, dass der Abend lang werden würde. Seine Augen waren auf Nadeshna gerichtet. Er konnte sich nicht daran erinnern, dass er sie jemals so begehrt hatte. Ab und zu trafen sich ihre Blicke, und Falk machte die eine oder andere Bemerkung, aber Nadeshna schien nicht sonderlich daran interessiert zu sein, Kontakt mit ihm aufzunehmen, so dass dieser Teil des Dinners relativ schweigsam verlief. Nachdem der Diener die Etageren abgeräumt hatte, kam er erneut in das Speisezimmer und sagte: »Der dritte Gang: Nadeshna.«

Wie auf Kommando erhoben sich die beiden Callboys und begaben sich ruhigen Schrittes zu Nadeshna, die inzwischen ebenfalls aufgestanden war. Langsam halfen sie ihr aus dem Kleid und zogen sich dann selbst aus, während sie Nadeshna weiterhin mit Küssen verwöhnten. Dann umfasste der eine von hinten ihre Hüften und drückte ihren Rücken nach unten, während der andere von vorn an sie herantrat und ihr seinen Schwanz anbot. Falk wand sich auf seinem Stuhl wie unter Schmerzen. Während sie die Stöße des einen empfing, saugte sie dem anderen alle Lebenssäfte aus dem Leib. Der Kunsthändler fühlte sich, als hätte er einen Zaun mit Starkstrom berührt. Heiße Blitze durchzuckten seinen Körper, und er drohte, die Besinnung zu verlieren. Mein Gott, Nadeshna, dachte er. Komm zurück zu mir.

Der Gespiele, den Nadeshna lutschte, kam zuerst. Weil er sich im letzten Moment zurückzog, landete sein Saft auf Nadeshnas Brust und Hals. Sie schnurrte heiser vor Erregung, dann ging sie ganz auf den Rhythmus ihres anderen Liebhabers ein. Er nahm sie mit langen, tiefen Stößen und verweilte jedes Mal einige Momente in ihr, bis er sich zurückzog und erneut zustieß. Falk wusste, dass es genau das war, was Nadeshna brauchte. Und Nadeshna war genau das, was er jetzt brauchte, doch sie schenkte ihm keinen einzigen Blick. Sie war ganz bei sich und genoss ihre wachsende Erregung. Ihr Liebhaber stöhnte, zog sich zurück, dann massierte er seinen glänzenden Schaft und ließ sein Sperma in einem langen, heißen Strahl auf ihren Rücken niederfließen. Mit beiden Händen verteilte er die Flüssigkeit auf ihrem Rücken, streichelte ihren Po und griff an ihre Brüste. Auch Nadeshna war anscheinend kurz vor dem Höhepunkt, denn ihr Körper zuckte unkontrolliert, sie warf den Kopf hin und her und gab leise Schreie von sich. Falk konnte es nicht mehr aushalten. Mit energischer Geste schob er seinen Stuhl zurück, warf die Serviette auf den Tisch und ging zum anderen Tischende, wo sich Nadeshna unter den Händen des Callboys wand.

»Alle raus hier«, sagte er heiser, »sofort.« Dann schob er den Mann beiseite und nahm Nadeshna auf den Arm. Sie wehrte sich nicht. Er roch die Säfte der anderen Männer. Es machte ihn so ungemein an, Nadeshna in diesem Zustand zu erleben. Sie war hocherregt und atmete heftig. Behutsam, als sei sie ein schlafendes Kind, trug er sie vom Speisezimmer durch den langen Flur in den hinteren Teil der Wohnung, wo die Schlafräume lagen. Der Diener schloss leise die Tür hinter ihnen, und während Falk Nadeshna vorsichtig auf ihr Bett gleiten ließ, hörte er erst Schritte und dann, wie sich die schwere Wohnungstür schloss. Sie waren allein.

»Danke, Leon.« Phoebe blickte Matthews Assistenten gutgelaunt an. Sie hatten den ganzen Tag in Dariusz' Atelier verbracht und mit ihm über seine Arbeiten gesprochen. Dariusz war bei so viel Interesse regelrecht aufgeblüht, und zu Phoebes Erleichterung waren keine Disharmonien zu spüren gewesen. Ihr Schützling hatte sich sehr professionell verhalten und keine einzige private Bemerkung gemacht. Während der hochmotivierte Dariusz nach dem Treffen in seiner Werkstatt geblieben war, um zu arbeiten, hatten Phoebe und Leon den Abend in einer schrägen Bar in Prenzlberg ausklingen lassen. Phoebe fühlte sich so gut wie schon lange nicht mehr. In seiner Eitelkeit hatte sich Falk wirklich dazu hinreißen lassen, ihren Vater über seinen Abwerbungserfolg bei Dariusz zu informieren, wobei er anscheinend eine pikante und eindeutige Bemerkung hinsichtlich Phoebe gemacht hatte. So dumm musste man erst einmal sein. Matthew streckte inzwischen seine Fühler aus, wie Leon erzählte, und war dabei, gerade die Stellen zu sondieren, an denen er dem Kunsthändler am meisten schaden konnte, während er sich vordergründig zurückhaltend verhielt und lediglich seinen Assistenten nach Berlin geschickt hatte, um sich vom Stand der Vorbereitungen berichten zu lassen. Falk würde noch sein blaues Wunder erleben, die Frage war lediglich, ob vor, während oder nach der Vernissage. Fast tat er Phoebe leid. Mochte er auch Berlins Nummer eins am Kunstmarkt sein, ihr Vater tanzte seit Jahren erfolgreich auf dem internationalen Parkett, und sein Netzwerk war mehr als ausgezeichnet. Phoebe überlegte, an welcher Stelle ihr Vater Falk wohl packen würde, hatte aber keine Idee. Zufrieden seufzend guckte sie in den Himmel. Es war eine sternenklare Nacht.

»Schön, die Sterne, aber – die schönste Stern bist du, Boss.« Leon hob sein Glas und lachte Phoebe an.

»Der schönste Stern«, verbesserte Phoebe. Sie konnte es einfach nicht lassen.

»Die Stern ist ein Mann? Wie der Huhn. Okay.« Leon nickte und trank. »Was meinst du – soll ich bis zur Eröffnung hierbleiben? Matthew sagt, das wäre in Ordnung. Kein Problem.« Das Auge unter dem schrägen Pony blinzelte etwas angetrunken in das Teelicht, das auf dem Tisch stand. Phoebe dachte nach. Vielleicht war das gar keine so schlechte Idee. Dariusz und Leon verstanden sich gut, und für sie selbst böte diese neue Konstellation die Möglichkeit, sich ein wenig zurückzuziehen und sich um die organisatorischen Belange der Eröffnung zu kümmern. Schließlich lief der Countdown unerbittlich. Abgesehen davon wäre ein wenig privater Abstand zu Dariusz mehr als sinnvoll, solange die Geschichte mit Falk noch nicht ausgestanden war. Sie blickte kurz auf ihr Handydisplay. Erstaunlich, er hatte sich heute noch nicht einmal bei ihr gemeldet. Aber das machte auch absolut nichts, die letzte Nacht war so heftig gewesen, dass sie immer noch an den Nachwirkungen litt. Sie rutschte auf ihrem Stuhl hin und her, um eine bequemere Position zu finden, dann schaute sie Leon an, der noch immer in das Teelicht blinzelte und sein Glas schon wieder fast geleert hatte.

»Ich fände es sehr schön, wenn du bleiben würdest. Und wenn mein Vater damit einverstanden ist, umso besser. Also – auf eine gute Zeit in Berlin. Chinchin.« Sie hob ihr Glas.

»Chinchin«, echote der Brite und trank. Nachdem er eine neue Runde geordert hatte, rückte er mit seinem Stuhl etwas näher an Phoebe heran.

»Hast du dann auch etwas Zeit für mich, Boss? *For sightseeing, you know?* Ich würde gerne Potsdam sehen, Sanssouci, *the king's garden* … ja?«

Phoebe zuckte mit den Schultern. Warum nicht. Ein Nachmittag in den königlichen Gärten wäre eigentlich eine schöne Abwechslung. *»Come on«,* sagte sie zu Leon, der schon wieder dabei war, Nachschub zu bestellen, »ich bring dich jetzt wohl besser ins Hotel.«

»Einer geht noch«, lachte Leon und küsste spontan ihre Wange. Phoebe war erschrocken und etwas abgestoßen von seiner angetrunkenen Geste, gleichzeitig aber auch verblüfft, dass er sich so etwas traute. Bevor sie sich von ihrem Schreck erholt hatte, landete auch schon sein nächster Kuss auf ihrem Mund. Leon kicherte wie ein Kind, das sich über einen gelungenen Streich freut, dann sackte er in sich zusammen und schlief auf der Stelle ein. Phoebe zahlte.

»Du …« Falk war wie von Sinnen. Nadeshna lag vor ihm auf dem Bett und löste ihre Haarnadeln. Ihre Sphinxaugen hielten seinen Blick gefangen. Zum ersten Mal in seinem Leben fühlte Falk sich ausgeliefert. Er hätte ihr alles versprochen, alles geschenkt für den köstlichen Moment, der noch vor ihnen lag. Sie hatte ihre Beine verschränkt und schüttelte ihr Haar. Die schweren blonden Strähnen flossen an ihrem Körper hinunter und ließen sie wie eine Nixe aussehen.

»Nadeshna.« Falks Stimme zitterte. »Nadeshna, bitte. Bitte, komm zu mir.«

Doch sie ließ sich Zeit. Ein neuer Ausdruck lag auf ihrem Gesicht. Seine Raubkatze hatte ihre Lektion gelernt – und keinerlei Verständnis für irgendwelche Dominanzspielchen mit kleinen, unscheinbaren Galeristinnen. Falk würde sich entscheiden müssen, jetzt und hier, wer künftig sein Leben teilen sollte, denn Nadeshna war zu keinem Kompromiss bereit. Die Zeiten lagen endgültig hinter ihr.

Falks Augen schwammen in Tränen. Seine ungeheuerliche Lust auf Nadeshna und sein untrüglicher Instinkt für die Bedeutung des Augenblicks legten seine Nerven blank und führten ihn an seine Grenzen. Er bebte am ganzen Körper. Sie kann alles von mir bekommen, dachte er, was, das ist vollkommen gleichgültig. Aber jetzt will ich sie haben, sie besitzen, ich will …

»Komm zu mir, Falk.« Nadeshna hatte sich in den Kissen aufgerichtet und streckte sich ihm entgegen. Sie war wunderschön. Falk ließ ihre Worte in seinen Gedanken nachhallen. Er konnte sich nicht daran erinnern, wann sie ihn das letzte Mal beim Namen genannt hatte. Er spürte, wie Tränen über seine Wangen liefen. Er wollte diese Frau so sehr. So sehr.

»Falk.« Ihre Stimme klang heiser, leidenschaftlich, erotisch. Sie war wie eine Sirene. Sie zog ihn in ihren

Bann wie Calypso einst Odysseus. Er ließ sich zwischen ihren Schenkeln nieder, die noch immer nach den anderen Männern dufteten. Und wenn schon. Er stemmte sich auf seine Unterarme und schob sich weiter hoch, ihrer Scham entgegen. Wie ein waidwundes Tier, das auf den Gnadenschuss wartet, lag Nadeshna regungslos da, doch auch in ihren Augen funkelten Tränen.

Sein erster Kuss traf sie zwischen ihre geschwollenen Lippen, öffnete sie, schmeckte ihre Erregung. Fast fraß er sie mit Zähnen und Zunge auf, nahm jedes Molekül in Besitz. Sein zweiter Kuss brachte sie zum Schreien. Nadeshna griff in seine Haare und zog ihn an sich. Sie atmete heftig. Jetzt lag Falk mit seinem ganzen Gewicht auf seiner Liebhaberin, die mit einem Mal so viel mehr für ihn war. Wie war das nur möglich? Für einen winzigen Moment spürte er den alten Drang, mit ihr zu spielen, doch dann empfing er ihren Kuss. Nadeshna berührte seine Lippen mit der Zunge, umspielte sie, öffnete sie. Falk stöhnte auf. Wie hatte er dieses Weib vermisst! Einem ausgehungerten Wolf gleich schnüffelte er gierig in ihren Achseln, leckte sie, biss in ihre Lippen, in ihren Hals, saugte an ihren Brustwarzen, bis sie wund waren. Er umfing sie, fest, noch fester, bis sie kaum noch Luft bekam, doch ihr Blick, wann immer er ihn erhaschte, war stolz. Dann küsste er sie noch härter.

»Ich habe dich so sehr vermisst«, stammelte er an ihrem Hals. Nadeshna erwiderte nichts, entspannte aber ihre Muskeln und öffnete ihre Beine. Falk spürte, dass sein Schwanz direkt vor ihrer Vagina lag. Er heulte kurz auf. Lange würde er sich nicht mehr beherrschen können.

»Nadeshna, bitte.« Er suchte ihren Blick und war erstaunt, dass sie ihm so ruhig begegnete.

»Wie sehr hast du mich vermisst?«, fragte sie leise und hob ihm langsam ihr Becken entgegen.

»Unendlich.«

»Ich dich auch, du Mistkerl«, fauchte sie und genoss dann den Stoß, mit dem er im nächsten Augenblick von ihr Besitz nahm. Falk war endlich da, wo sie ihm haben wollte. Und zwar in jeglicher Hinsicht.

Sieben

Leon mochte Berlin. Wenn er nicht gerade bei Dariusz war, um mit ihm vor dem Backofen sitzend über Gott und die Welt zu diskutieren, während sie auf ihre Pizza warteten, hielt er sich bei Phoebe in der Galerie auf und schrieb Mails an Matthew. Seine Gegeneinladung an Falk zum Dinner hatte er auch schon eingelöst; doch zu Phoebes Verwunderung konnte oder wollte er nur wenig über das Treffen erzählen. Ganz knapp hatte er berichtet, dass Falk handzahm wie ein Hündchen gewesen sei, und nein, über Matthew habe man nicht gesprochen. Phoebe wunderte sich. Auch ihr gegenüber war der Kunsthändler wie ausgewechselt. In den letzten Tagen hatten sie einige freundliche SMS hin- und hergeschickt, und einmal hatte Falk sie angerufen und um die Einladungsliste gebeten, weil er noch ein paar VIPs hinzufügen wollte, aber ansonsten war weder etwas von ihm zu sehen noch zu hören. Phoebe entspannte sich zusehends. Nachts konnte sie wieder schlafen, und morgens ging sie gern in die Galerie. Es ist fast wie früher, dachte sie, so unbeschwert. Auch um Dariusz als Künstler musste sie sich keine Sorgen machen; Leon versorgte sie mit den aktuellen News zu seiner letzten Installation. Bis zur Vernissage würde sie fertig sein. Was dagegen Dariusz als Mann anbelangte, so fand sie keinen Zugang zu ihm. Wenn sie ihn besuchte, war fast immer Leon dabei und während der beiden Male, bei denen sie allein mit ihm in seinem Atelier gewesen war, hatten sie beide mühsam versucht, höflich und aufmerksam zu sein und eine gute Stimmung zu verbreiten. Vielleicht ist es ja zwischen uns wirklich aus, dachte Phoebe und betrachtete gedankenverloren den gestylten Schopf von Leon, der gerade mit ihrem Vater telefonierte. Wobei – was sollte schon aus sein? Es war doch nie etwas Richtiges gewesen, darauf hatte sie doch immer so viel Wert gelegt. Doch nun, da sich Falk zurückgezogen hatte – auch wenn man bei ihm nie wissen konnte, wie lange so ein Zustand anhielt – und sie wieder Zeit für Dariusz hatte, war alles anders. Entweder hatte er ihr ihre Affäre wirklich übelgenommen, oder er hatte in den letzten Tagen festgestellt, dass er auch sehr gut ohne sie klarkam. Phoebe war Realistin genug, um auch diese Möglichkeit in Betracht zu ziehen. Sie schaute auf ihre frisch lackierten Nägel. Der Farbton nannte sich *fake*, und in Kombination mit den geweißten Nagelspitzen sahen ihre Hände für ihre Verhältnisse wirklich gut aus. Phoebe blickte aus dem Fenster. Die jungen Linden auf der anderen Straßenseite trugen dichtes Laub, das der Galerie im Hochsommer jegliches Licht nahm. Aber schön sind sie trotzdem, dachte Phoebe und ging zu ihrem Schreibtisch zurück. Nach ein paar uninspirierten Telefonaten und dem x-ten Durchlesen ihrer Mailliste nahm sie ihre Handtasche und steuerte die Tür an. Der einäugige Brite blickte sofort hoch: »Noch einen Termin heute, Boss?«

»Nein«, Phoebe lächelte etwas gequält, »ist nur nicht mein Tag heute. Ich gehe ein wenig spazieren.«

Sofort stand Leon auf. Er griff nach seinem Jackett und drehte das Schild in der Tür auf CLOSED. Vor der Galerie nahm er sie bei der Hand und sagte: »Ich zeige dir, wo man gut spazieren gehen kann … Überraschung.«

Die Gärten von Schloss Sanssouci waren eine Sensation, und das zu jeder Jahreszeit. Im Sommer war es allerdings ratsam, erst am frühen Abend hier zu flanieren, wenn die Tagestouristen bereits auf dem Weg zu einem neuen Ziel waren, das sie termitengleich überfallen und unterjochen konnten. Phoebe parkte ihren Wagen im angrenzenden Wohnviertel, dann schlenderte sie mit Leon zum Vorplatz des Schlosses. Von den Arkaden aus hatten sie einen wunderschönen Blick auf eine kleine Anhöhe, auf der sich eine künstlich angelegte Turmruine befand. Leon war begeistert, Phoebe hielt sich zurück. Es war ihr alles zu dekorativ. Genau wie die Impressionisten, die ihr Vater so liebte.

»Wie eine Frau mit Silikonbrüsten«, sagte sie und legte den Kopf schief. Trotzdem konnte sie sich der romantischen Ausstrahlung der Ruine nicht gänzlich entziehen. Leon schaute verwirrt.

»Ich meine – es sieht toll aus, aber es ist zu perfekt.«

»Stimmt«, erwiderte Leon und schenkte ihr dabei einen Blick, als wäre das Begutachten von Silikonbrüsten sein eigentlicher Job.

Phoebe drehte sich Richtung Garten, aber ihr Interesse war geweckt. Leon schien immer für eine Überraschung gut zu sein.

»Wie fühlen sich die Dinger eigentlich an?«, wollte sie wissen. »Merken Männer, dass da Plastik drin ist? Und werden die Nippel überhaupt noch hart?« Sie wandte sich zu Leon um und stand plötzlich direkt vor seiner Brust. Leon grinste und fing sie auf.

»Fühlen sich jedenfalls nicht so gut an wie deine, Boss. Mehr wie *coolpads … you know* … diese Kühlkissen vom Doktor. Wenn das Knie weh tut.« Er hielt sie fest und machte auch nicht den Eindruck, dass er den Griff bald lockern würde. Nach einer Schocksekunde entspannte sich Phoebe. Sein Griff fühlte sich gut an. Nicht zu locker und nicht zu hart. Eigentlich sogar sehr angenehm.

»Und nun?« Phoebe sah Leon offen an, der seinen Kopf in den Nacken warf. Das zweite Auge, kajalumrandet wie sein Gegenstück, blitzte schelmisch auf, bevor er sie losließ.

»Wir gehen in die Garten, Boss, ja?«

»In den Garten«, verbesserte Phoebe seufzend. Eigentlich sprach er hervorragend Deutsch. Das hier war alles nur Show für sie.

»Ist die Garten auch ein Mann?«, wollte Leon wissen und erhielt zur Antwort einen bösen Blick von Phoebe.

»Okay«, sagte er und nahm sie bei der Hand, »manche Frauen finden es lustig, wenn jemand schlechtes Deutsch spricht.«

»Bin ich etwa manche?«, fragte Phoebe spitz und ließ seine Hand los. Dann stapften sie schweigend die Terrassen hinunter. Beim Chinesischen Pavillon hatten sie immer noch kein Wort miteinander gesprochen, da blieb Leon stehen.

»*Come on, honey,* wir haben keine Zeit für Spielchen. Ich mag dich, du magst mich – ich denke, das reicht, um etwas Spaß miteinander zu haben.«

Phoebe spürte, wie sie errötete. Was bildete sich dieser Typ eigentlich ein. Sie atmete laut aus. Leon grinste.

»Wusste ich es doch. Du magst mich auch.«

Sie verdrehte sie Augen. »Ich habe zurzeit genug Theater. Und mein Bedarf an Männern ist wirklich gedeckt.«

»Aber ich bin ganz lieb. Nicht so wie die anderen.« Er strich vorsichtig über ihre Wange. »Ganz lieb, ehrlich.«

Phoebe schluckte. Ein Kribbeln breitete sich in ihr aus,

vom Kopf zog es sich tiefer bis in ihren Schoß und setzte sie unter Strom. Sie fand ihn anziehend, sehr anziehend sogar, und darüber ärgerte sie sich. All das Schöne, was sie mit Dariusz erlebt hatte, schien nicht auszureichen, um sie von einer Affäre mit dem Assistenten ihres Vaters abzuhalten. Ich wäre so gerne treu, dachte sie und blickte Leon fest in die Augen, aber ich bin es einfach nicht. Ich lasse mich zu gern verführen. Phoebe seufzte und traf eine Entscheidung.

»Du bist zu jung für mich«, kokettierte sie.

»Ich bin fast so alt wie Dariusz«, sagte Leon, »aber ich habe mich eben ganz gut gehalten. *No sex, drugs or rock 'n' roll …*«

Wenn er sie so ansah, ähnelte er einem kleinen Malteserhündchen, dachte Phoebe leicht amüsiert, fehlt nur noch die Schleife auf dem Kopf. Leon nahm wieder ihre Hand und zog sie hinter den Pavillon. Er drängte sie an die Wand und stützte sich selbst mit beiden Händen am Mauerwerk ab. Sanft glitt er mit seinen Lippen über ihr Gesicht, roch an ihrem Haar, an ihrem Hals. Seine Gesten hatten etwas Vorsichtiges, Spielerisches. Phoebe drückte sich von der Wand ab und presste sich an ihn. Ein großer Hunger nach Zärtlichkeit und Nähe überkam sie, und sie legte ihre Arme um seinen Hals. Leon stieß sich von der Wand weg und umfasste sie ebenfalls. Sie spürte sein Herz schlagen, fühlte seine Hände, die sie streichelten. Phoebe gab sich den Berührungen hin, die zu nichts zu führen schienen. Leon hielt sie im Arm, liebkoste sie, hüllte sie darin ein wie mit einem warmen Tuch. Da war kein Drängen, kein Fordern, kein Versuch, sie zu erregen. So wohl sich Phoebe fühlte, so irritiert war sie. Vielleicht war er ja schüchtern, vielleicht musste sie ihm ein Zeichen geben, damit er aktiver wurde? Phoebe suchte seinen Mund, küsste ihn zart, glitt mit der Zungenspitze darüber, küsste ihn erneut. Langsam öffnete er seine Lippen und ließ sie eindringen, sonst tat sie nichts. So viel ungewohnte Passivität erregte Phoebe. Sie drückte sich noch fester an Leon und küsste ihn, so tief sie konnte. Jetzt wurde auch der Brite munter. Seine Arme schlossen sich fester um sie, und er erwiderte ihren Kuss mit Leidenschaft. Als sie sich nach Luft schnappend voneinander lösten, mussten sie beide lachen.

»Du kannst gut küssen, Boss«, schnaufte Leon und drückte sie erneut gegen die Wand. Dann fasste er ihre Bluse am Ausschnitt und riss sie an der Knopfleiste auseinander. Phoebe hörte, wie die Knöpfe absprangen und war für einen Moment wütend. Wie kam dieser Kerl nur dazu, so etwas zu tun? Leons Hände waren bereits an ihrem Hosenbund. Schnell öffnete Phoebe Knopf und Reißverschluss und ließ die Hose fallen. Leon schob ihr die Bluse von den Schultern, machte ihren BH auf und streifte ihn ihr langsam ab.

Kurz öffnete Phoebe die Augen. Ihr Blick schweifte über die gepflegte Parklandschaft mit den akkurat gestutzten Hecken und Springbrunnen, und sie wunderte sich über sich selbst. Jeden Moment konnten sie entdeckt werden, und sie stand hier, an die Rückseite des Chinesischen Pavillons gestützt und war so gut wie nackt. Leon drückte ihre Brüste, berührte leicht die Brustwarzen und flüsterte an ihrem Ohr: »Kein Silikon …« Dann ging er vor Phoebe in die Hocke und half ihr, aus der Hose zu steigen, die ihr an den Knöcheln hing. Anschließend zog er ihren Slip zur Seite und leckte ausgiebig ihre glatte Scham. Phoebe schob ihm ihr Becken entgegen. Sie spürte ihre Säfte fließen. Leon schien zu spüren, was in ihr vorging, denn er spreizte mit den Fingern ihre Lippen und zog vorsichtig an ihrem Kitzler. Hitze stieg in Phoebe auf. Was der Brite hier mit ihr machte, gefiel ihr sehr. Jetzt drang er mit der Zunge in sie ein, glitt wieder hinaus, umspielte mit der Zunge den Eingang ihrer Vagina und stieß erneut zu. Phoebe zuckte, ihre Beine begannen vor Erregung zu zittern. Sie konnte sich nicht mehr aufrecht halten und ließ sich auf den Boden gleiten. Sie atmete schwer. Leon zog sich im Stehen aus. Er schien keine Eile zu haben, aber seine Augen blitzten vor Vergnügen. Phoebe legte ihre Hand auf den Venushügel und streichelte sich. Sie hatte Lust auf Leon, er sollte sie jetzt endlich nehmen. Sie blickte ihn flehend an, dann setzte er sich mit weit geöffneten Schenkeln zu ihr. Phoebe konnte seinen Schwanz sehen, der sich steil aufgerichtet an seinen Bauch schmiegte. Ihr Blick flackerte vor Erregung. Leon nahm ihre Hand und zog sie an sich heran. Ihre Becken waren einander zugewandt, ihre Körper berührten sich fast. Phoebe konnte die Hitze fühlen, die von ihm ausging, und endlich auch seinen männlichen Duft wahrnehmen, diese Mischung aus Lust und Schweiß und Adrenalin, die ihr schon so oft den Kick gegeben hatte. Leon griff nach seinem Schwanz und bewegte den Schaft wie einen Vibrator zwischen Phoebes nassen Schenkeln hin und her. Mit der anderen Hand fasste er in Phoebes Nacken und zog ihren Kopf zu sich heran, so dass er mit seiner Zunge das wiederholte, was sein Schwanz vorgab. Leon erregte sie spielerisch, fast vorsichtig, drang jedoch nicht in sie ein.

»Ich halte das gleich nicht mehr aus«, stöhnte Phoebe. »Gib ihn mir endlich.« Sie versuchte, nach seinem Schaft zu greifen, aber Leon schüttelte den Kopf.

»Mach es dir erst selbst. Du kriegst ihn noch, versprochen.« Er begann, seinen Schwanz zu kneten, und sah sie dabei provozierend an. Phoebe war zu erregt, um ihm zu widersprechen. Mit beiden Händen fand sie schnell die Punkte, an denen sie am sensibelsten war. Leon wandte die Augen nicht von ihr ab und massierte sich mit immer schneller werdenden Bewegungen. Phoebe ließ von sich ab. Noch ein paar Berührungen, und sie war sicher, sie würde kommen. Sie spürte, wie es in ihr zu klopfen begann. Sie sah Leon flehend an.

»Du bekommst nur einen Stoß«, sagte er leise und beugte sich über sie, »damit musst du auskommen. Das ist der Deal, okay?«

Phoebe nickte und fühlte seine Schwanzspitze an ihrer Vagina entlangstreichen. Leise schrie sie auf. Unter ihrem Nabel entwickelte sich das Klopfen zum Beben. Sie hatte so viel Lust, und gleich … Sie spannte ihre Muskeln an. Leon küsste ihren Hals und leckte sanft über ihren Mund. Er hatte seinen Schaft in Position gebracht und verharrte still. Phoebe spürte seine pralle Spitze und wie sich die Muskeln ihrer Vagina in Erwartung zusammenzogen. In ihren Augen standen Tränen. Sie wollte sich berühren, aber Leon hielt ihre Hand zurück.

»Du kommst auch so«, sagte er leise und strich ihr die Haare aus der Stirn, *»believe me, honey.«*

Phoebe schluckte. Ihr Becken zitterte. Wieder leckte Leon zart über ihren Mund, küsste ihr den Schweiß von der Oberlippe.

»Bitte …«

»Du hast nur den einen Stoß, *honey*.« Leon drückte sich fester an sie und zog sich dann wieder etwas zurück. »Ich kann dich auch lecken, du schmeckst so gut … Und ich mag es, wie nass du bist.«

»Nein«, hauchte Phoebe und öffnete ihre Schenkel, so weit sie konnte. Statt einer Antwort drang Leon in sie ein und verharrte regungslos. Phoebe hatte das Gefühl, einen heißen Eisenstab in sich zu haben, der ihr die Innereien bis zum Rippenbogen hochschob. Sie wollte sich an ihm reiben, aber Leon hielt sie so, dass sie sich nicht bewegen konnte. Wieder traf sie ein zarter Kuss. Dann hob er seinen Oberkörper an und fing an, an ihren Brustwarzen zu saugen. Phoebe spürte, wie es ihn erregte und wie er in ihr noch größer wurde. Sie schluchzte und krallte sich an seinen Schultern fest.

»Du hast recht, ein Stoß ist definitiv zu wenig«, flüsterte Leon an Phoebes Brust und bewegte sich rhythmisch in ihr. So wie sie es brauchte. Unter ihrem Nabel brannte ein Feuer. Phoebe bäumte sich auf, wollte ihre Lust hinausschreien, aber Leon erstickte ihren Schrei mit einem Kuss. Diesmal war er hart und fordernd. Phoebe genoss seine plötzliche Gier und küsste ihn hart zurück. Sie wusste, auch er war so weit. Leon erschauerte und zog seinen pulsierenden Schaft aus ihr heraus. Sie spürte seinen heißen Saft an ihrem Kitzler und schrie kurz auf. Als er seinen Schwanz nahm und wieder in sie eindrang, riss eine Welle heiß wie Feuer sie mit sich fort.

Dariusz drehte den Gashahn zu und legte die Maske ab. Mit einem lauten Stöhnen ließ er sich auf das Cordsofa fallen. Er rieb sich die Augen, dann streifte sein Blick die große Uhr über dem Rolltor. Ihm blieben noch zehn Tage und der Rest von heute. Beim Gedanken an die Vernissage und die Vorstellung, dass er den ganzen Abend über im Mittelpunkt stehen würde, wurde ihm ganz schwindelig. Bis jetzt hatte er sich darum gedrückt, eine Dankesrede zu schreiben. Phoebe war ja da. Sie konnte das sowieso viel besser als er und war außerdem seine Galeristin. Und die Frau, die ich liebe, dachte er, stand auf und holte sich ein Bier aus dem Kühlschrank. Er öffnete die Flasche mit einer Zange und nahm ein paar lange Züge. Es war fast Mitternacht, und Phoebe hatte sich heute überhaupt noch nicht gemeldet. An Falk konnte das nicht liegen. Nadeshna war kurz bei ihm gewesen und hatte mit sichtbarer Genugtuung von ihrer Inszenierung erzählt. Wo also steckte Phoebe? Leon hatte ihm eine SMS geschickt, dass sie zusammen nach Potsdam fahren würden, aber das war bereits am frühen Nachmittag gewesen. Ob Leon …? Dariusz trank die Flasche leer, bevor er sie wieder absetzte. Nein, Leon hatte eine fast weibische Art. Phoebe würde sich nie und nimmer mit einem Typen einlassen, der eher einem Promi-Friseur ähnelte als einem Nachwuchs-Galeristen. Dariusz holte sich eine zweite Flasche. So langsam drehte er durch. Phoebe ging doch nicht mit jedem x-Beliebigen ins Bett. Warum war er also auf einmal nur so eifersüchtig? Er öffnete die Flasche und trank. Natürlich, weil er wusste, dass sie auf der Suche war. Weil er wusste, dass sie es zurzeit mit jedem machte. Weil er sie kannte. Weil er sie liebte. So eine Scheiße, fluchte Dariusz innerlich. Diese Frau machte ihn wirklich irre.

Amelie hatte ihr Croissant im Milchkaffee ertränkt und fischte leise schimpfend die Einzelteile mit einem Löffel heraus. Phoebe sah ihr zu und wartete, dass ihre Freundin einen Kommentar abgeben würde, aber die schien mehr mit dem Hörnchen als mit ihr beschäftigt zu sein. Schließlich gab Amelie ihre Rettungsversuche auf und wandte sich Phoebe zu.

»Du hast echt nicht mehr alle Tassen im Schrank.« Sie hob die Hand und bestellte sich ein neues Croissant. »Du musst mich gar nicht so angucken, Phoebe. Ich meine es sehr ernst. Du willst dich nicht an Dariusz binden – okay. Du machst diese komischen Machtspielchen von Falk mit und ziehst vor dem *Café France* dein Höschen aus – auch gut. Du lässt dich von ihm abwechselnd erpressen, demütigen und durchbumsen – wenn es dir Spaß macht –, alles kein Problem.« Amelie wehrte Phoebes Hand ab, mit der diese ihr einen Schubs versetzen wollte. Sie schaute ihre Freundin durchdringend an. »Das ist alles nicht witzig, weißt du. Du bist eine gestandene Frau und kein Fickfrosch, wie mein Ex solche Weiber immer bezeichnete. Und nun«, sie nahm dankend das bestellte Buttercroissant entgegen und tunkte es erneut ein, »und nun treibst du es auch noch mit dem Assistenten deines Vaters hinter dem Chinesischen Pavillon?« Amelie schüttelte verständnislos mit dem Kopf. »Was ist los mit dir? Schlägt deine Libido Purzelbäume, oder hast du gerade die Promiskuität für dich entdeckt? Machst du ein Praktikum, um bald nachts im Puff zu arbeiten? Ich verstehe dich nicht, Phoebe.« Der letzte Satz hatte traurig geklungen. Amelie nahm einen Löffel und fischte nach einem Croissantstück. Es war schon wieder passiert. Immer brach die verdammte Spitze ab. Amelie seufzte. Phoebe schluckte.

»Ehrlich gesagt, Amelie, weiß ich auch nicht, was mit mir los ist.« Phoebe rührte laut in ihrem fast leeren Macchiato-Glas herum.

»Ich weiß, dass ich mich gerade total bescheuert verhalte, aber ich kann nicht anders.«

»Ich kann nicht anders«, äffte Amelie sie nach. »Du hast jeden Realitätssinn verloren. Was du machst, hat nichts mit selbstbestimmtem Handeln zu tun. Es ist einfach nur daneben. Und noch was: Dariusz geht auf dem Zahnfleisch. Und soweit ich weiß, ist er der einzige Mann in dieser hormongeschwängerten Erotikwelt, der wirklich was für dich übrighat. Warum machst du nicht wenigstens mit ihm Schluss, bevor du dich von allen möglichen Kerlen durchnudeln lässt?« Mit einer resoluten Geste schob Amelie die Kaffeeschale zur Seite und suchte nach ihrem Portemonnaie. Phoebe saß wie versteinert auf ihrem Hocker und blickte starr auf das Treiben der Friedrichstraße.

»Woher weißt du, dass es Dariusz nicht gutgeht?«, fragte sie fast tonlos.

»Weil er mich gestern Abend angerufen hat«, erwiderte Amelie, legte ein paar Münzen auf den Tisch, schloss ihre Tasche und stand auf. Dann legte sie Phoebe kurz ihre Hand auf die Schulter.

»Ich weiß, dass du mich jetzt zum Kotzen findest, Phoebe. Andersherum wäre es genauso. Aber Freunde sind dafür da, die Wahrheit zu sagen, auch wenn die manchmal unangenehm ist.«

Phoebe erwiderte nichts. Durch einen Tränenschleier hindurch beobachtete sie, wie Amelie die Straße überquerte und hinter der nächsten Häuserfront verschwand. Ihre Freundin hatte recht. Warum benahm sie sich auf einmal so? Steckte dieser Trieb vielleicht in ihr, und jetzt durfte sie ihn zum ersten Mal ausleben? Oder wollte sie sich einfach nur betäuben? Phoebe putzte sich die Nase, zahlte, dann schrieb sie Leon eine SMS, dass sie Dariusz im Atelier besuchen und deshalb heute nicht mehr in die Galerie kommen würde. Leons Antwort war ein einziger Smiley. Kindskopf, dachte Phoebe und machte sich auf den Weg. Die Standpauke von Amelie hatte die gewünschte Wirkung erzielt. Seit Wochen dachte Phoebe zum ersten Mal wieder an ihre Beziehung zu Dariusz und an das, was sie eigentlich miteinander verband. Hatte sie ihn in den letzten Tagen vermisst? Nein, das hatte sie nicht, das musste sie sich wohl oder übel eingestehen. Zu viele neue Eindrücke waren auf sie eingeprasselt, und sie hatte sich dabei von ihm entfernt. Als Phoebe vor der ehemaligen Lagerhalle parkte und seinen hellblauen Lieferwagen dort stehen sah, bekam sie Herzklopfen. Sie war befangen, fühlte sich nicht wohl in ihrer Haut. Wenn Dariusz sie gleich fragen würde, was sie ohne Einladung in seiner Komfortzone zu suchen hätte, würde sie nichts zu erwidern wissen. Sie drückte auf den großen Knopf, mit dem sich das Rolltor von außen öffnen ließ und sah ihn an seiner Werkbank stehen. Er hatte ihr den Rücken zugewandt und gestikulierte wild. Seine schwarze Mähne hatte er unter eine Wollmütze gestopft. Obwohl sie betont laut ausschritt, drehte er sich erst um, als sie fast neben ihm stand. Sein Blick war nicht unfreundlich, eher gleichgültig, dann hob er die Hand kurz zum Gruß und wandte sich gleich darauf wieder der Person zu, mit der er anscheinend im angeregten Gespräch war. Ungehalten verdrehte Phoebe die Augen. Leon saß vor Dariusz auf dem Sofa. Sein monochromes Styling hatte in etwa die Farbe von Dariusz' Lieferwagen. Im Gegensatz zu dem Künstler schien Matthews Assistent sich über ihr Erscheinen zu freuen. Auffordernd klopfte er auf das Kissen neben sich. Phoebe merkte, dass ihr ein natürliches Lächeln nicht glaubhaft gelingen würde. Sie griff nach der Bierflasche, die dicht bei Dariusz auf der Werkbank stand und genehmigte sich einen Schluck, bevor sie so beiläufig wie möglich sagte: »Leon, könntest du uns bitte allein lassen? Wir haben etwas zu besprechen.« Ihr Blick duldete keinen Widerspruch.

Leon erhob sich, zuckte mit den Schultern und erwiderte: »Du bist der Boss.« Er nickte Dariusz zu, dann nahm er sein Jackett und ging. Phoebe wartete, bis seine Schritte verhallt waren, dann trat sie an Dariusz heran. Es war nicht leicht, ihm in die Augen zu sehen, aber er erwiderte ihren Blick auch nur kurz. Im nächsten Moment widmete er sich bereits wieder dem Etikett seiner Bierflasche und versuchte es abzuziehen.

»Warum bist du hier?«, fragte er leise.

»Du hast Amelie angerufen.« Es sollte weich klingen, hörte sich aber wie ein Vorwurf an.

Dariusz reagierte dementsprechend. »Und seit wann ist das verboten?«

Phoebe stellte sich neben ihn an die Werkbank und nahm ihm die Flasche aus der Hand.

»Sie hat gesagt, dass es dir nicht gutgeht.« Phoebe spürte, dass sie kurz davor stand, in Tränen auszubrechen.

»Und jetzt hast du Angst um deine Vernissage und guckst nach deinem Schäfchen, ob es noch einigermaßen munter ist? Danke, dass du dir Sorgen machst, aber ich muss arbeiten.«

»Aber hat Amelie recht? Geht es dir nicht gut?« Ihre Stimme zitterte. Dariusz drehte sich zu ihr um und fasste sie an den Oberarmen, als wollte er sie schütteln.

»Phoebe, was denkst du eigentlich, wie stark ich bin? Nicht nur, dass meine Freundin sich beständig weigert, meine Freundin zu sein, nein, jetzt verkauft sie sich auch noch an eines der korruptesten Subjekte der Stadt und entdeckt dabei ihren Hang zum Exhibitionismus.« Er ließ sie los und trat einen Schritt zurück. »Und damit nicht genug, denn sie bietet mir sogar an, das Spiel eine Zeitlang zu dritt zu spielen.« Als Dariusz sah, dass Phoebe etwas sagen wollte, machte er eine abwehrende Geste. »Dann kommt auch noch der Assistent ihres Vaters und praktiziert mit ihr Liebe in der freien Natur. Was also soll ich davon halten? Zumal ich das hier«, er zeigte auf einen Berg aus Metall, »noch irgendwie bis nächste Woche verarbeiten muss. Ich habe den Kopf mit der Vernissage schon voll genug, und weißt du was, du kannst es mit ganz Berlin treiben, wenn du willst, aber mich fasst du bitte nicht mehr an.«

Fassungslos sah ihn Phoebe an. »Wer hat dir das mit Leon erzählt?«

Dariusz lachte bitter auf. »Er selber natürlich. Schließlich gehört er zu der Sorte Männer, die sich nichts aus Gefühlen machen. Ja, da guckst du, was? Leon hat mir davon erzählt. Nicht um mir weh zu tun, sondern mehr aus Eitelkeit. Weil er ein Trophäenjäger ist.«

»Trophäe? Leon hält mich für eine Trophäe?« Phoebe spürte, wie ihre Wangen vor Zorn glühten. Wäre Leon noch im Atelier gewesen, sie hätte ihm eine Ohrfeige verpasst.

»Und wer ist der Nächste?« In Dariusz' Stimme klang tiefe Traurigkeit mit. Während er schon nach seiner Schutzmaske griff, setzte er noch hinzu: »Es war doch schön mit uns, Phoebe, ich meine, es war richtig schön. Warum tust du so etwas? Hast du kein bisschen Respekt vor mir?« Obwohl er seine Maske schnell vor das Gesicht zog, konnte Phoebe die Tränen sehen, die ihm über die Wangen liefen. Dariusz griff nach dem Schweißbrenner und stellte das Gas an, dann wandte er sich seinem Objekt zu. Phoebe verharrte noch ein paar Augenblicke an Ort und Stelle, merkte aber dann, dass er jetzt keinen weiteren Kontakt wollte. Langsam verließ sie die Halle und schloss von draußen das Tor. Als sie zu ihrem Wagen kam, steckte ein kleiner Zettel unter dem Scheibenwischer. Er war von Leon.

Phoebe hatte Leon in seinem Hotel abgeholt, und nun schlenderten sie gemeinsam die Oranienburger Straße hinunter. Vor einem thailändischen Restaurant blieben sie stehen, und Phoebe studierte die Karte, während Leon die jungen Prostituierten beobachtete, die ein paar Meter weiter auf Freier warteten.

»Du wolltest etwas mit mir besprechen?«, begann Phoebe förmlich, nachdem sie bestellt hatten. Leon nickte. Er hatte sein babyblaues Ensemble gegen eins in Schokobraun getauscht und trug dazu eine orangefarbene Sonnenbrille im Siebziger-Look. Phoebe dagegen hatte keine Zeit mehr gehabt, sich umzuziehen. Nach dem verunglückten Gespräch mit Dariusz war sie doch noch in Gedanken versunken in die Galerie gefahren und hatte mehr oder minder die Planung für die Positionierung der Installationen abgeschlossen. Morgen würden die Handwerker kommen und alles aufbauen. Es waren nur noch wenige Tage. Sie spürte, dass Leon sie erwartungsvoll ansah.

»Entschuldige, hast du was gesagt? Ich habe nachgedacht.«

Leon nickte und brummte leise. Er schien ein dickes Fell zu haben. Er nahm so schnell nichts krumm und behielt immer seine gute Laune bei.

»Es gibt Neuigkeiten. Dein Vater hat mich heute Morgen angerufen. Er hat etwas gefunden, wodurch wir Schumann wieder loswerden können.«

»Was denn?« Mit einem Mal war Phoebe wieder konzentriert. Sie hatte eigentlich damit gerechnet, dass Leon über ihren Ausflug nach Sanssouci sprechen wollte, aber der Bursche schien mehr Professionalität zu haben, als sie gedacht hatte. Sie konnte ihren Vater immer besser verstehen, warum er auf Leon vertraute, der gerade der

Kellnerin zulächelte und einen Schluck Gin Tonic nahm.

»Schumann hat einen Deal laufen. Er soll dem Typen, der neulich den Kunstbunker in Kreuzberg eröffnet hat, seine dritte Etage füllen. Und zwar mit Werken aus einer Privatsammlung in Amsterdam. Der Vertrag zwischen ihm und dem Bunker-Heini ist schon unterzeichnet, aber Schumann kann nicht liefern. So ein Pech.« Leon grinste breit und trank.

»Kann nicht liefern?« Auf Phoebes Stirn bildete sich eine steile Falte. »Warum nicht?«

»Weil dein Vater den Sammler kennt und ihn gebeten hat, ein wenig auf Zeit zu spielen.«

»Oh.« Sie war überrascht. Obwohl ihr Vater gut vernetzt war, nutzte er Kontakte wie diesen nur im absoluten Notfall. »Und was heißt das jetzt im Klartext?« Sie nippte an ihrem Weißwein, als die Kellnerin das Thai-Curry brachte. Leon zwinkerte ihr zu und zeigte auf sein leeres Glas.

»Es gibt da wohl eine Vertragsklausel, die besagt, dass Schumann Schadensersatz zahlen muss, wenn er nicht pünktlich liefert, *honey*. Und pünktlich heißt in diesem Fall bis zum ersten Juli.« Er nahm eine Gabel voll Curry und kaute genussvoll.

»Bis zum ersten Juli ... Das ist nächste Woche.« Allmählich dämmerte es Phoebe. Ihr Vater war wirklich ein Fuchs. Leon nickte und ließ es sich schmecken.

»Wenn Schumann nicht liefert, dreht der Bunker-Typ ihm den Hals um. Alles, was in Berlin Rang und Namen hat, ist zur Eröffnung des *3rd Floor* eingeladen. Politprominenz inklusive. Wenn das in die Hose geht, ist Schumann am Arsch. *Cheers.*« Er prostete Phoebe zu, auf deren Lippen ein leichtes Lächeln erschienen war.

»Wenn ich dich richtig verstehe, bietet mein Vater Falk eine pünktliche Lieferung im Gegenzug zur Auflösung des Vertrages mit Dariusz.« Phoebe stocherte nachdenklich in ihrem Essen herum.

»Besser gesagt, er bereitet es vor«, ergänzte Leon.

»Aber warum tut er das? Was hat ihm Falk erzählt?« Sie sah Leon fragend an. Bitte, dachte sie, lass ihn nicht über die Szene im *Café France* …

»Er hat mit der Sache im *Café France* angegeben. Eigentlich war es ein berufliches Telefonat, weil Schumann irgendeinen Käufer für deinen Vater hatte und mit ihm über die Provision reden wollte. Dann ist wohl seine Eitelkeit mit ihm durchgegangen. Blöderweise hat er noch erzählt, dass ich an dem Abend auch dort war. Tja, dumm gelaufen. Dein Vater hat mich angerufen und gefragt, ob das stimmen würde. *Yes, Sir,* habe ich nur gesagt.« Leon nahm einen Schluck Gin Tonic und strahlte Phoebe an.

Die beugte sich zu ihm und gab ihm einen zarten Kuss auf den Mund. »Danke, Leon. Du bist wirklich ein Schatz.«

»Ich weiß, Boss.« Er strahlte noch immer. »Du wirst schon sehen, alles wird gut mit deiner Vernissage.«

Phoebe trank einen Schluck und widmete sich ihrem Curry. Ein paar Minuten lang hing jeder seinen Gedanken nach, bis sie das Schweigen brach.

»Warum hast du Dariusz eigentlich vom Chinesischen Pavillon erzählt? Er ist total sauer auf mich.« Sie drehte ihr Weinglas herum.

Leon seufzte und griff nach ihrer Hand.

»*Honey,* ich bin ein Mann, der gerne Sex hat. Es war total schön mit dir, und ich möchte das wieder mit dir erleben. Aber ich bin nicht verliebt. *Not in love at all, you know.* Aber dein Dariusz – *he loves you.* Warum kämpft er nicht um dich? Ein Mann muss um eine Frau kämpfen, wenn er sie wirklich haben will. Deshalb habe ich es ihm gesagt. Ich will, dass er um dich kämpft.«

»Du bist ganz schön arrogant, Leon.« Phoebes Laune hatte sich während seiner letzten Worte abrupt verschlechtert. »Du musst es ihm schon selber überlassen, was er tut. Und ob er überhaupt handelt. Und im Übrigen erzähle ich ihm seit zwei Jahren, dass wir kein Paar sind, sondern nur eine Bettgemeinschaft. Warum also sollte er um mich kämpfen?«

»Weil du ihn auch liebst. Deine Augen sprechen Bände.« Leon winkte die Bedienung heran und fragte nach der Rechnung. Phoebe sagte nichts mehr und blickte auf ihre Hände.

»*Come on, honey,* das klappt schon. Und jetzt nehmen wir noch einen Drink bei mir, ja?« Er legte das Geld auf den Tisch und griff nach Phoebes Hand.

Acht

Die Uhr über dem Rolltor zeigte 3:46 Uhr. Voller Stolz betrachtete Dariusz sein Werk. Er hatte es geschafft. Seine letzte Installation für die Ausstellung war fertig. Sie sah unvollendet aus, aber genau so hatte er sie sich vorgestellt. Unfertig, unperfekt, aber mit allen Optionen für die Zukunft. Genau wie seine Beziehung zu Phoebe. Einen Namen hatte er auch schon. Er nahm seine Mütze ab und kratzte sich am Kopf. Eine Dusche war mehr als dringend. Er hatte das Gefühl, nur noch aus Installationen und Schmutz zu bestehen. Dariusz warf seinem Objekt eine Kusshand zu, griff nach seinem Parka und verließ die Halle. Er hatte alles gegeben, und nun musste sich zeigen, ob die Welt einen wie ihn, Dariusz Badz, wollte oder nicht. An der nächsten Tankstelle kaufte er spontan eine Flasche Champagner und fuhr nach Mitte. Links und rechts der Karl-Marx-Allee erhoben sich wie strenge Wächter die Luxus-Blocks der DDR-Bonzen, die die neue Ordnung ignorierten. Er lenkte seinen Lieferwagen durch das Baustellenchaos am Alexanderplatz und parkte vor dem Hochhaus, in dem Phoebe wohnte. Die Fenster ihrer Wohnung waren dunkel, aber es war ja auch kurz nach halb fünf. Im Eingangsbereich kamen Dariusz bereits die ersten Nachbarn auf dem Weg zur Arbeit entgegen. Er stieg in den Fahrstuhl, hielt die Flasche umklammert und wünschte sich, sie würde da sein und die Tür aufmachen. Wenn er dem Lift entstieg, musste er noch zweimal um die Ecke gehen, um in ihren Flur zu gelangen. Als er dort ankam, schloss Phoebe gerade die Tür auf. Mit ein paar schnellen Schritten war er bei ihr. Die Galeristin sagte nichts, sah ihn nur an. Dann trat sie ein und ließ die Tür hinter sich offen. Dariusz nahm die Einladung an, zog seine Schuhe aus und schloss leise die Wohnungstür. Phoebe war schon ins Bad gegangen, aus dem jetzt Duschgeräusche erklangen. Er hatte gar nicht wissen wollen, wo sie gerade herkam und was sie gerade getan hatte, aber er hatte alles in ihren Augen lesen können. Dariusz stellte den Champagner auf den Küchenschrank und ging ebenfalls ins Bad. Mit einem Ruck zog er den Duschvorhang beiseite und stellte sich zu Phoebe, die den Vorhang wieder zuzog und prustete: »Was willst du? Das hier ist meine – Komfortzone.«

»Ich denke, ich habe ein wenig warmes Wasser mehr als nötig«, entgegnete er und drehte den Duschkopf in seine Richtung. Er hielt sein Gesicht in den Strahl und öffnete seinen Zopf. Innerhalb von Sekunden waren seine Sachen klitschnass. Phoebe blickte ihn ungläubig an. Als sie den Duschkopf wieder in ihre Richtung drehte, protestierte Dariusz.

»Warte.« Phoebes Stimme klang so weich, dass sie sich selbst darüber wunderte. In ihren Händen hatte sie Shampoo verteilt und glitt damit durch Dariusz' Haare. Dariusz stöhnte auf und fluchte irgendetwas auf Polnisch. Phoebe versetzte ihm einen leichten Schlag mit dem Ellbogen.

»Es ist unhöflich, in einer Sprache zu fluchen, die der andere nicht versteht. Noch einmal: Warum bist du hier?«

Dariusz sagte nichts, sondern knöpfte stattdessen langsam sein Hemd auf und streifte es ab. Als er das Band seiner Hose löste, konnte Phoebe sehen, dass er nicht nur sehr erregt war, sondern auch mal wieder keine Unterwäsche trug. Sie bekam eine Gänsehaut. Dariusz war wirklich sexy. Weder Pizza noch Bier schienen Spuren an seinem Körper hinterlassen zu haben. Er war wie immer sehnig und voller Spannung. Dariusz warf den Kopf nach hinten, dann drehte er den Duschkopf so, dass das Wasser genau über ihnen sprudelte.

Er umfasste Phoebe und zog sie unter den warmen Wasserstrahl. Suchend wanderten seine Hände über ihren Körper, während sie sich an ihn presste.

»Also. Warum bist du hier?«

»Weil ich etwas zu feiern habe«, sagte Dariusz ruhig und zog sie noch fester an sich. »Weil ich etwas zu feiern habe, was ich nur mit dir feiern kann.«

Er stellte das Wasser ab, trat schnell aus der Duschkabine und griff nach einem Handtuch. Mit geübten Bewegungen wickelte er Phoebe darin ein und hob sie dann aus der Wanne, um sie vorsichtig wieder auf die Füße zu stellen.

»Trinkst du ein Glas Champagner mit mir? Mein Werk ist ... Wie soll ich sagen ...? Ich bin fertig. Die letzte Installation steht. Ich bin jetzt ein Künstler ohne jede Aufgabe, dafür aber mit viel Sehnsucht.« Er versuchte sie zu küssen, aber Phoebe wich ihm aus und schlang das Handtuch fester um sich.

»Du weißt doch, wo ich herkomme. Also quäl dich nicht so.«

Statt einer Antwort hob Dariusz sie hoch und trug sie zum Bett. Als er sich mit dem Champagner zu ihr setzte, war Phoebe bereits unter die Bettdecke geschlüpft. Dariusz öffnete die Flasche und zog die Decke zurück. Er hatte sich so nach dem gesehnt, was er jetzt sah. Phoebes Haut war zart und hell. Und wenn sie aus der Dusche kam, duftete sie immer nach Freesien.

»Der erste Schluck gehört mir«, sagte er und sah sie bedeutungsvoll an. Dann griff er die Flasche und goss ihr etwas in den Schoß. Phoebe stöhnte auf, als Dariusz den Kopf zwischen ihren Schenkeln vergrub und ihr das edle Nass aus den Körperwölbungen leckte.

»Und jetzt kommst du.« Dariusz setzte wieder sein Glas an und beugte sich dann zu Phoebe. Ohne den Blick von ihr zu wenden, ließ er den Champagner in ihren Mund laufen. Sie schluckte. Heiße Schauer liefen ihr über den Rücken, und unter ihrem Nabel zuckte es verdächtig. Gerade erst kam sie aus Leons Bett und hatte schon wieder so viel Lust. Und Dariusz wusste, wo sie gewesen war. Sie hatte es ihm angesehen. Trotzdem war er jetzt hier und tat ihr gut, so unendlich gut. Was war nur los mit ihr?

Dariusz hatte die Flasche neben dem Bett abgestellt und sich neben Phoebe gelegt. Dann rollte er sich ohne ein weiteres Wort auf sie und drang unvermittelt in sie ein. Phoebe war so überrascht, dass sie sich reflexartig seinen Bewegungen anpasste. Sein Schwanz war hart und heiß, und er bewegte sich, wie sie es gern hatte. Sie suchte nach seinen Lippen, aber Dariusz küsste sie nicht. Sein Gesicht war dicht bei ihrem, sie konnte seine Augen leuchten sehen, aber immer, wenn sie sich ihm entgegenstrecken wollte, drückte er sie in die Kissen zurück. Sanft berührte er ihr Gesicht, leckte über ihre Brustwarzen, sog an ihnen. Phoebe atmete schwer. Sie hatte keine Ahnung, was Dariusz vorhatte, aber sie wusste, sie würde es auch wollen.

»Dariusz.«

»Ja …«

»Küss mich, bitte.«

»Das kann ich nicht, Phoebe.« Er konnte vor Erregung

kaum sprechen. »Du verbrennst mich, Phoebe. Dein Körper ist heiß wie Feuer, du bist eine einzige Glut, und wenn ich dich jetzt küsse, werde ich zu Asche.« Er stöhnte laut und drang noch tiefer in sie ein, den Mund weiter an ihrem Ohr. Seine Stimme war nur noch ein rauhes Flüstern.

»Ich vermisse dich, Phoebe. Ich vermisse dich so sehr.«

Seine Stöße wurden härter. Dariusz hob seinen Oberkörper an und stützte sich auf seinen Unterarmen ab. Er drang jetzt mit so viel Wucht in sie ein, dass Phoebe vor Schreck leise aufschrie. Aber Dariusz schien sie überhaupt nicht richtig wahrzunehmen und agierte wie in Trance. Dabei verlor sie ihren Rhythmus und spürte, wie sich ihre Erregung in Anstrengung wandelte. Dariusz schien nichts davon zu bemerken, und wenn doch, dann kümmerte es ihn nicht. Für einen Moment zog er sich zurück, aber nur, um ihre Knie zu fassen. Er drückte ihre Schenkel so weit auseinander wie möglich und stieß wieder in sie hinein. Feine Perlen Schweiß liefen ihm über das Gesicht und tropften auf Phoebes Brust. Seine Augen waren geschlossen, er atmete schwer, seine Bewegungen waren gierig und wütend. Er schien all seine Kraft in diese Stöße zu legen. Phoebe merkte, dass etwas anders war als sonst. Dariusz war ein wundervoller Liebhaber, rücksichtsvoll, erfahren. Doch der Mann, der sie gerade nahm, war nicht Dariusz, beziehungsweise zeigte er sich von einer Seite, die sie bis dahin nicht kennengelernt hatte. Dieser Mann war egoistisch und unsensibel, und sie hoffte, er würde bald mit dem aufhören, was er tat. Vielleicht hatte Dariusz Drogen genommen? Mit dem halben Glas Champagner war sein Verhalten jedenfalls nicht zu erklären. Sie streichelte zärtlich über sein Gesicht.

»Dariusz …«

Er reagierte nicht, sondern trieb seinen Schwanz nur noch weiter mit voller Wucht in sie hinein.

»Bitte küss mich, Schatz.« Sie reckte sich ihm so gut es ging entgegen und hauchte einen Kuss auf seine schweißnasse Wange. Dariusz heulte auf. Er war genauso gerne laut wie sie, aber dieses Geräusch hatte nichts Lustvolles mehr an sich, es hörte sich eher an wie ein Schrei der Verzweiflung. Phoebe spürte, wie er sich heiß in ihrem Schoß ergoss, dann sank er matt auf seine Geliebte hinab. Er zitterte am ganzen Leib. Als Phoebe ihn berührte, wehrte er ihre Hand ab und löste sich von ihr. Ohne sie anzusehen, stand er auf und ging ins Bad. Phoebe hörte noch, wie er das Wasser aus seinen Sachen wrang, dann fiel die Tür ins Schloss.

»Hat er sich schon bei dir gemeldet?« Amelie stand mit einem Glas Wein auf Phoebes Balkon und sah dem Treiben der Ameisen da unten in der Mollstraße zu. Phoebe schüttelte den Kopf. Sie hielt sich am Balkongeländer fest und hatte den Blick starr geradeaus gerichtet. Amelie betrachtete ihre Freundin mit Sorge. Phoebe hatte sie mittags angerufen und dabei mehr geheult als geredet, weshalb sie direkt nach ihrem letzten Yogakurs zu ihr gefahren war. Phoebe hatte sich spontan einen Tag Urlaub genommen und war daheimgeblieben. Wie Amelie erfuhr, hatte Dariusz seine Arbeit beendet und Leon war zur Absprache weiterer Details mit Matthew zurück nach London geflogen. Von Falk hatte Phoebe am Morgen eine gutgelaunte Mail bekommen, aber das war auch alles. Es vermisste sie also niemand, wenn sie sich eine kleine Auszeit nahm.

»Warum macht er nur so etwas?« Phoebe nippte an

ihrem Wein. Ihre Hand zitterte. Amelie zuckte mit den Schultern.

»Du meinst, warum er mit dir geduscht hat, obwohl er wusste, aus wessen Bett du gerade kamst? Oder meinst du, warum er sich mehr um seine als um deine Lust gekümmert hat? Oder irritiert es dich, dass der Sex härter war als sonst?« Amelie wollte nicht boshaft klingen, aber sie musste einfach sagen, was sie dachte. Phoebe hatte selbst Schuld an dem, was passiert war. Es grenzte an ein Wunder, dass Dariusz nicht schon früher die Fassung verloren hatte.

»Das war nicht Dariusz. Das war, als wäre da ein völlig fremder Mann in meinem Bett. Aggressiv, egoistisch, irgendwie unheimlich.« Phoebe zündete sich eine Zigarette an. Sie hatte schon lange nicht mehr geraucht, aber jetzt hatte sie eine nötig. Sie wusste sonst nicht, wohin mit ihren fahrigen Fingern. Sie löste ihren Blick vom imaginären Horizont und blickte Amelie fragend an.

»Du denkst, ich spinne, oder?« Sie inhalierte tief. Amelie nahm einen Schluck Wein und hielt das Glas gegen das Licht.

»Ich denke, bei ihm ist eine Sicherung durchgebrannt. Seit Wochen geht das nun schon so. Erst mit Falk, dann mit Leon, und Dariusz kennt beide. Mit Falk ist er geschäftlich verbandelt, und den Briten mag er sogar recht gern. Ist das nicht eine schreckliche Situation? Und trotzdem hat er es geschafft, seine letzte Installation pünktlich fertigzustellen. Er freut sich, will mit dir feiern. Zunächst ist alles gut, und er denkt, er kann alles andere ausblenden, aber dann spürt er dich und ... Ja ... Ich denke einfach, er liebt dich sehr und will dich nicht teilen.«

»Das glaube ich auch«, sagte Phoebe leise und drückte ihre Zigarette aus.

»Wenn ich du wäre«, sagte Amelie, »würde ich zu ihm fahren. Dariusz ist mindestens genauso am Ende und emotional verunsichert wie du. Du hast was gutzumachen. Also los.«

Eine Stunde später setzte ein Taxi Phoebe am Schlesischen Tor ab. Von hier bis zu Dariusz' Wohnung waren es nur noch hundert Meter. Sie hatte es immer als vollkommen überflüssig angesehen, einen Schlüssel für seine Wohnung zu haben, aber nun war sie froh darüber. Würde sie klingeln, würde er ihr wahrscheinlich nicht öffnen. In dieser Hinsicht war er genauso neurotisch wie sie. Während sie aufgeregt die engen Stufen hochstieg, versuchte sie sich zu konzentrieren. Phoebe hatte sich genau die Worte zurechtgelegt, die sie Dariusz sagen wollte. Vor dem letzten Treppenabsatz machte sie kurz Halt. Sie spürte ihr Herz laut klopfen, ihre Hände waren kalt und schweißnass. *This is the point of no return,* dachte sie, dann nahm sie ihren Mut zusammen und zog seinen Wohnungsschlüssel aus ihrer Tasche. Sie steckte ihn ins Schloss und war erleichtert, als sie keinen Widerstand spürte. Wobei – Dariusz konnte auch unterwegs sein. Oder in seinem Atelier. Aber nun würde sie sich erst einmal hier nach ihm umschauen. Sie machte kein Licht im Flur, sondern schloss leise die Tür hinter sich und schlüpfte aus ihren Sandalen. Aus dem Schlafzimmer waren Fernsehgeräusche zu hören. Er schien also zu Hause zu sein. Leise setzte Phoebe einen Fuß vor den anderen und berührte mit einer Hand leicht die Schlafzimmertür. Sie war nur angelehnt und gab sofort nach. Phoebe klopfte. Da keine Reaktion kam, klopfte sie noch einmal. Ihr Herz schlug bis zum Hals, als sie die Tür öffnete und Dariusz auf dem Bett liegen sah. Als sei es das Selbstverständlichste der Welt, dass sie auf einmal im Türrahmen stand, blickte er sie ruhig an.

»Darf ich reinkommen?«

Dariusz bedachte sie mit einer einladenden Geste, wandte sich aber wieder dem Fernseher zu. Phoebe hatte das Gefühl, nicht einmal mehr die zwei Meter bis zum Bett zu schaffen. Ihre Beine drohten, unter ihr wegzuknicken. Nach einer gefühlten Ewigkeit war sie endlich bei Dariusz und setzte sich vorsichtig auf die Bettkante.

Ohne Kommentar zog er sie auf die Matratze, direkt an seine Seite. Dann schaltete er den Fernseher aus und blickte sie an. Der Raum war nun fast dunkel, nur die Lichter der Ampel vor dem Haus sorgten für ein wenig Beleuchtung. Phoebe betrachtete Dariusz und strich ihm leicht über seine Wange.

»Es tut mir so leid. Ich weiß nicht, was im Moment mit mir los ist. Manchmal denke ich, da ist etwas in mir, was ich ausleben muss. Aber ich will dir nicht weh tun. Wirklich nicht.«

»Und nun?« Seine Samtstimme klang unsicher. »Wie geht es jetzt weiter? Es ist keine Lösung, dass du mit allen möglichen Männern Sex hast und ich meine Enttäuschung und meinen Frust an dir auslasse. Das geht so nicht. Dabei gehen wir beide drauf, Phoebe.« Dariusz hielt ihre Hand fest und drückte sie. Seine Geliebte lächelte schwach.

»Kannst du mir ein wenig Zeit geben, Dariusz? Bis ich weiß, warum ich mich so verhalte? Bitte?« Phoebe zog seine Hand an ihre Lippen und küsste sie. Dariusz seufzte und legte den Arm um ihre Schulter.

»Da gibt es nur ein kleines Problem, Frau Galeristin.«

Erschrocken sah Phoebe ihn an. Dariusz lächelte traurig.

»Ich liebe dich. Ich bin eifersüchtig. Ich will und werde dich nicht teilen. Das solltest du wissen, bevor du herumexperimentierst.«

Phoebe nickte und fing an zu weinen. Ihre Schultern zuckten. Dariusz drückte sie an sich und wiegte sie wie ein Kind. Ihre Tränen kullerten immer noch, als sie sich zu ihm hochreckte. Sie sah ihn an, küsste ihn vorsichtig, und etwas in Dariusz begann zu schmelzen. Seine Wut, sein Zorn, seine Eifersucht – das alles löste sich in Phoebes Kuss auf. Er presste sie fest an sich, während er etwas auf Polnisch murmelte. Es klang wie ein Gebet. Dann begann er ihr Gesicht zu küssen und fand endlich zu ihrem Mund. Vorsichtig leckte er über Phoebes Lippen, öffnete sie und begann, ihre Zunge zu necken. Sie weinte noch immer, aber jetzt vor Erleichterung. Seine Hände hielten ihren Kopf, streichelten über ihre Locken, wanderten über ihren Hals zu ihren Brüsten. Als er sie sanft drückte, reagierte ihr Körper sofort. Es schien eine Ewigkeit vergangen zu sein, seitdem sie sich das letzte Mal geliebt hatten. Sie ließ sich aus seinem Arm gleiten, setzte sich auf, zog sich ihr T-Shirt über den Kopf und griff hinter sich, um ihren BH zu öffnen.

»Männersache«, flüsterte Dariusz an ihrem Hals und streifte ihr die Wäsche von den Schultern. Phoebe erschauerte. Sacht touchierte er ihre Brüste, hielt sie in seinen Händen, knetete sie. Dann drückte er seine Geliebte sanft in die Kissen und umkreiste mit dem Finger ihre Brustwarzen.

»Schöne Nippel«, sagte er leise und sog an ihnen, »klein und rund und hart …« Phoebe stöhnte. Von draußen drang Straßenlärm zu ihnen herein, auch Polizeisirenen waren zu hören, bevor es wieder still war. Dariusz liebkoste noch immer Phoebes Busen und genoss es, die

Lust zu spüren, die er ihr bereitete. Seine Geliebte wand sich, zuckte, gab kleine, heisere Schreie von sich. In dem Moment, als sie sich zwischen die Beine griff, wie um ihre Libido zur Ordnung zu rufen, schob Dariusz ihren Rock hoch. Er zog ihr den String aus und drehte Phoebe auf den Bauch. Während er Küsse auf ihren Po drückte, bemerkte er, dass sie nicht mehr weinte. Er streichelte ihre Hinterbacken, zog sie auseinander, küsste die Spalte, die sich ihm darbot. Phoebe war alles, was er wollte, und das sollte sie spüren. Und zwar jetzt. Sanft schob er ihre Schenkel auseinander und setzte sich zwischen sie, so dass er sie von oben anschauen konnte. Er wollte alles vermeiden, was Phoebe an die letzte Nacht und an seine Verzweiflung erinnern konnte. Zu seiner Freude ließ sich Phoebe führen; sie quittierte seine Berührungen mit tiefen, lustvollen Lauten. Dariusz lächelte, als er Phoebe Küsse auf die Schulterblätter hauchte und ihre Hinterbacken massierte. Es dauerte nicht lange, und sie bot sich ihm an, streckte ihm ihren Hintern entgegen. Dariusz stöhnte auf. Er wusste, dass er diese Lust nur mit Phoebe haben konnte. Aber würde er ihr Zeit geben können, so wie sie es sich wünschte? Er hatte keine Ahnung. Er beschloss, am nächsten Tag darüber nachzudenken, dann ließ er Speichel auf seinen Daumen tropfen und drückte damit ihren zuckenden Anus. Langsam glitt er in sie, fand sich eng umschlossen von den Hautfalten und Muskeln. Phoebe stöhnte laut auf unter seiner Berührung. Sie genoss es, auf diese Art erregt zu werden. Vorsichtig zog Dariusz seinen Daumen aus ihr heraus und gab ihr einen Kuss auf den Rücken. Dann stand er bedächtig auf und ging zu seinem Schreibtisch. Mit einem Glasdildo in der Hand ließ er sich wieder zu Phoebe auf das Bett fallen. Phoebe hatte die Hände über ihrem Kopf zusammengeschlagen und atmete schwer. Dariusz griff in ein Kästchen, das neben dem Bett stand, küsste ihre Hände und band sie dann am Kopfende fest. Phoebe quittierte sein Tun mit einem Ton, der sich wie ein zufriedenes Gurren anhörte. Dariusz wusste, dass er das, was er vorhatte, nur mit Vertrauen realisieren konnte. Er legte sich neben Phoebe, wartete, bis sie ihm ihren Kopf zuwandte, und zeigte ihr den Dildo, ließ sie ihn küssen und lecken. Dann gab er ihr einen langen, leidenschaftlichen Kuss und setzte sich zwischen ihre Schenkel. Sofort zog sich eine Gänsehaut über ihren Körper. Mit dem kalten Glas berührte er ihre Spalte, drang leicht in die Vagina ein, zog dann den Dildo wieder zurück. Er sah, wie ihre Backen zitterten. Phoebe war hocherregt. Dariusz schob ihre Schenkel noch weiter auseinander und steckte ihr ein Kissen unter den Bauch. Dann entnahm er dem Kästchen eine Tube Gleitgel und strich damit den Glasdildo ein. Vorsichtig setzte er ihn an, glitt sanft um die Rosette herum, sah, wie sie sich zusammenzog. Phoebe schrie auf. Er gab ihr einen beruhigenden Kuss in den Nacken, machte weiter und drang in dem Moment in sie ein, als sie sich entspannte. Langsam und rhythmisch bewegte er den Kunstschwanz in seiner Geliebten, die ihr Becken immer stärker in die Höhe reckte. Sie lag nicht mehr auf dem Bett, sondern hatte sich in Hundestellung gebracht. Ihren Kopf warf sie hin und her und jammerte dabei. Er tat ihr gut, er spürte es. Als er den Phallus ganz in ihr versenkt hatte, zog er vorsichtig an ihren Schamlippen. Ihre Antwort war ein lauter Schrei. Mit dem Zeigefinger glitt er um ihren Kitzler und fühlte, wie erregt sie war. Dariusz legte den Kopf in den Nacken und stöhnte laut auf. Phoebe …

Er legte sich auf den Rücken und kroch unter sie, bis er

ihren Venushügel packen konnte. Phoebe schrie vor Lust und zerrte an ihren Fesseln, während er diesen besonderen Moment vor ihrem Orgasmus auskostete. Mit sanften Bewegungen rieb er ihren Kitzler, tauchte mit den Fingern in ihre samtige Nässe ein; er konnte fühlen, wie sie vor Erregung tropfte. Mit der einen Hand bewegte er den Glasdildo in ihr, mit der anderen stimulierte er ihre Vagina, spürte, wie die Muskeln unter den feinen Hautfalten kontrahierten. Phoebe atmete laut, sie war in ihrem eigenen Rhythmus gefangen und wartete nur noch auf ihre Erlösung. Ihr Becken hob und senkte sich erwartungsvoll. Dariusz schlüpfte unter ihr hervor und befreite seine Gespielin vorsichtig von dem Dildo, dann drang er genau an der gleichen Stelle in sie ein. Phoebe quittierte sein Tun mit einem Aufschrei.

»Ich komme«, flüsterte Dariusz und zog seinen pulsierenden Schaft aus ihr heraus. Der heiße Strahl traf Phoebes Rücken, ihre Schultern. Dariusz stöhnte und streichelte Phoebes Hinterbacken. Dann schob er sich wieder unter sie und steckte einen Finger in ihre Vagina. Ihr Paradies war so heiß, dass er meinte, sich zu verbrennen. Er reizte sie, spürte ihre Säfte fließen. Dann nahm er einen zweiten Finger und einen dritten dazu. Sie ließ es geschehen und öffnete sich für ihn. Dariusz spreizte seine Finger und leckte ihren Nektar, spürte die vielen kleinen Schauer, die ihren Körper erzittern ließen. Ihr Kitzler war groß und hart, und als er begann, daran zu saugen, konnte Phoebe sich nicht mehr halten. Sie schrie lauter als jemals zuvor. Sie ritt eine Welle, die größer und heißer war als alles, was sie bisher gekannt hatte. Heiß wie Feuer, dachte Dariusz und leckte sie weiter. Beim nächsten Zungenschlag hatte er sie.

Neun

Wenn Falk etwas ganz und gar nicht mochte, dann war es das Gefühl, seine Angelegenheiten nicht voll im Griff zu haben. Und genau diesem Eindruck konnte er sich jetzt nicht mehr entziehen. Mit seinem Privatleben hatte das nichts zu tun; die letzten Tage waren Nadeshna vorbehalten gewesen, und sie hatte alle Register gezogen, um ihn im wahrsten Sinne des Wortes bei der Stange zu halten. Seine kleine Galeristin war dabei etwas in Vergessenheit geraten, aber er würde sie vor der Vernissage noch das eine oder andere Mal antanzen lassen. Nein, die Weiber hatten mit seinem unguten Gefühl nichts zu tun. Und an der bevorstehenden Erleuchtung des Kunsthimmels durch den einzigartigen Dariusz Badz zweifelte er auch nicht. Der Junge war pünktlich fertig geworden und verhielt sich ansonsten angenehm normal. Keine hysterischen Zickigkeiten, keine Wutausbrüche, keine Heulerei. Er hatte da schon ganz andere Kandidaten erlebt. Falk zündete sich eine Zigarette an und spielte mit seinem Feuerzeug. Irgendwie lief alles perfekt – bis auf die Sammlung für den *3rd floor* in Kreuzberg. Nächste Woche Mittwoch war der erste Juli, und er hatte noch immer keine Unterschrift vom alten Besitzer. Was umso unverständlicher war, weil dieser doch heilfroh gewesen zu sein schien, seine Sammlung zu einem wirklich guten Preis verkaufen zu können. Na gut, die Verhandlungen hatten sich hingezogen, aber im Grunde waren er und der Verkäufer sich bereits im ersten Gespräch einig gewesen. Das lag jetzt schon ein gutes halbes Jahr zurück. Der Vertrag an sich schien immer nur Nebensache gewesen zu sein, so dass Schumann auf seine Menschenkenntnis vertraut hatte. Er hatte begonnen, das Geschäft abzuwickeln, ohne auf eine schriftliche Bestätigung aus Amsterdam zu bestehen. Nun saß er so richtig in der Tinte, wenn in den nächsten achtundvierzig Stunden kein LKW aus Holland vor dem Bunker halten würde. Sein Kunde, der Privatsammler aus Berlin, würde ihm schlichtweg den Hals umdrehen, und seinen guten Ruf würde er auch vergessen können. Die Eröffnung des *3rd floor* hatte ihm endlich auch international Türen öffnen sollen – und nun sah es so aus, als müsse er sich auf Schadensbegrenzung konzentrieren. Nervös drückte er die angerauchte Zigarette wieder aus und überlegte, ob es wohl ein zweites, besseres Angebot für die Amsterdamer Sammlung gegeben haben konnte. Aber selbst wenn – um den Preis in letzter Minute noch mehr nach oben zu treiben, hätte ihn der Holländer wenigstens von der Existenz eines solchen Angebotes informieren müssen. Was er nicht getan hatte. Erneut griff Falk nach der Zigarettenschachtel und fluchte leise, als er sah, dass sie leer war. Dann klingelte sein Handy. Missmutig blickte er auf das Display, nahm aber das Gespräch entgegen.

»Leon. Schön, dass Sie anrufen, aber um ehrlich zu sein, es passt mir gerade leider gar nicht.« Schumann räusperte sich. Für diesen spleenigen Briten konnte er jetzt wirklich keine Zeit aufbringen. Das Einzige, was im Moment zählte, war eine gute Idee, um die Kunstladung nach Berlin zu schaffen. Und zwar subito. Am anderen Ende der Leitung herrschte Stille, bis Leon überaus höflich erwiderte: »Ich denke schon, dass es Ihnen passt. Sie warten doch auf Kunst aus Amsterdam, oder irre ich mich da?«

Für einen winzigen Moment war Falk irritiert, hatte sich aber schnell wieder unter Kontrolle.

»Was meinen Sie damit?«, fragte er ruhig.

»Ich hätte da eine Idee, wie der Transport möglichst schnell nach Berlin kommt. Und die würde ich sehr gerne mit Ihnen diskutieren. Das ist alles.«

»Sie sprechen in Rätseln. Sagen Sie doch einfach, was Sie wollen.« Falk wurde ungeduldig. Er konnte sich nicht vorstellen, was Leon mit der Sammlung in Amsterdam zu tun haben könnte.

»Heute Mittag gegen eins im *Café France?* Und wenn ich mir die Bemerkung erlauben darf: Ich glaube, Sie haben keine Zeit zu verlieren.« Leon hatte aufgelegt.

Schumann betrachtete sein Handy, als sei es ein verabscheuungswürdiges Insekt. Wütend schleuderte er das Mobiltelefon von sich. Leon war nur ein kleines Licht, ein Teelicht sozusagen. Entweder wollte er besonders schlau sein und hatte selbst irgendetwas eingefädelt, was jedoch schwer vorstellbar war, oder aber er handelte im Auftrag von Matthew. Nur: Was sollte Friedewald mit deutscher Avantgarde im Sinn haben? Eigentlich weniger als nichts, von seinem rein privaten Engagement in Töchterleins Galerie einmal abgesehen.

Seufzend beugte er sich unter seinen Schreibtisch und sammelte die Einzelteile des Handys auf. Vielleicht wollte Leon sich auch einfach nur wichtigmachen und besaß überhaupt keine Informationen, die ihm nützen könnten. Wahrscheinlich war genau das der Fall. Er legte das Handy beiseite und wählte eine Amsterdamer Telefonnummer, aber der Sammler war nicht zu erreichen, und eine Mailbox gab es nicht. Genervt legte Falk auf. Er blickte auf die Uhr. Es war noch viel zu früh, denn bis zum Restaurant waren es maximal zehn Minuten zu Fuß, aber egal. Er musste sowieso dringend an die frische Luft.

Leon saß in der S9 Richtung Westkreuz und blätterte unkonzentriert in einem Automagazin. Er war zwar nicht nervös, aber ein Treffen wie das heute Mittag gehörte nicht zu seinen Standardaufgaben, und er wusste, dass er, wollte er die Galerie wirklich haben, seinen Chef beeindrucken musste. Und das war nicht immer einfach, wie er aus der bisherigen Zusammenarbeit wusste. Friedewald wollte schnelle Erfolge: Nachbessern oder eine zweite Chance waren bei ihm nicht drin. Rein menschlich verstand Leon sowieso nicht, was das Theater um Phoebes Galerie sollte, und warum ihr Vater so viel Einfluss nehmen wollte, aber dem Geschäftsmann in ihm waren die Querelen zwischen Vater und Tochter gleichgültig. Das Einzige, was er wollte, war die Galerie. Und gerade deshalb war es umso wichtiger, beim Treffen mit diesem Schumann geschickt vorzugehen. Nach der Übernahme würde er ein ernstzunehmender Partner sein, und da wäre es mehr als unklug, ihn jetzt gegen sich aufzubringen. Er musste das klare Signal aussenden, dass Phoebe Friedewald samt Künstler ein Fall von gestern war. Mit ihm, Leon, würde Falk Schumann internationale Geschäfte tätigen, und genau das war es ja, was der Kunsthändler seit langem wollte. Am Bahnhof Zoo stieg Leon aus und beschloss, noch einen kleinen Bummel den Ku'damm entlang zu machen. Ja, er mochte Berlin. Er würde sich hier wohl fühlen.

Phoebe stand zwischen den Unterbauten aus Wengeholz, welche die Installationen tragen sollten. Sie kontrollierte die Fotos der Kunstwerke, die sie auf die rohen

Blöcke gelegt hatte und kniff konzentriert die Augen zusammen. Sie wusste bereits ganz genau, wie alles aussehen würde.

»Das gefällt mir alles sehr, sehr gut«, sagte sie leise zu sich selbst, als sie spürte, wie sich von hinten zwei Arme um ihre Taille legten.

»Was gefällt dir sehr gut?«, fragte Dariusz und küsste Phoebe zärtlich. Sie schmiegte sich an ihn und genoss seine Wärme.

»Du sollst dich nicht immer so anschleichen«, erwiderte sie gespielt vorwurfsvoll und ließ es zu, dass Dariusz ihre Brüste fasste und vorsichtig drückte. Obwohl sie sich erst wenige Stunden zuvor das letzte Mal geliebt hatten, spürte sie schon wieder Lust auf ihn. Sie wollte sich umdrehen, aber Dariusz hielt sie vor sich fest.

»Weißt du, was ich jetzt möchte?«, raunte er in ihr Ohr. »Ich möchte dich jetzt über diesen Block legen und dich so lange stoßen, bis du kommst.« Er gab ihr einen Kuss aufs Haar, bevor er seine Umarmung löste. Phoebe schwieg und begann sich auszuziehen. Sie hörte Dariusz laut atmen, dann war er direkt hinter ihr, fasste sie an den Hüften und beugte sie über den Block. Das Holz war warm und angenehm. Seine Hände liebkosten ihre Schultern, ihren Rücken, ihren Hintern. Er spreizte ihre Beine, er streichelte sie, er griff zwischen ihre Schenkel hindurch und knetete ihren Venushügel. Phoebe lief ein Schauer über den Rücken. Der Sex mit diesem Mann war einfach nur geil. Erregt warf sie den Kopf in den Nacken und drückte den Rücken durch. Dariusz' Finger glitt um ihre Vagina herum, er spürte die Feuchtigkeit, was er mit einem lauten Stöhnen quittierte. Phoebe spreizte ihre Beine noch weiter, damit er tiefer eindringen konnte, und er machte seine Geliebte mit kleinen, kreisenden

Bewegungen weich und weit, bevor er ihr das gab, worauf sie wartete. Mit einer langsamen Bewegung drang er in sie ein. Phoebe schluckte. Sie spürte seine Hände an ihren Brüsten, wie sie an den harten Nippeln zogen. Seine Zunge berührte zart ihren Hals, ihre Schulter. Dariusz nahm sich Zeit. Seine Stöße waren langsam und kontrolliert, und dazwischen, wenn er seinem Schwanz eine kleine Ruhepause gönnte, betrachtete er sie voller Genuss. Als Phoebe die Unterbrechungen zu lang wurden, gab sie ihm mit unwilligen Seufzern zu verstehen, dass ihre Lust noch lange nicht gestillt war. Und Dariusz verstand sofort. Er drehte Phoebe zu sich um und gab ihr einen tiefen Kuss. Dann nahm er selbst auf dem Holzblock Platz und zog sie auf seinen Schoß. Langsam setzte sie sich auf ihn und ließ seinen Schaft in sich hineingleiten. Dariusz war so unglaublich heiß. Träge bewegte sie sich hin und her, um ihn in seiner vollen Größe zu spüren. Dariusz stöhnte auf. Er presste sie an sich, saugte an ihren Brüsten und leckte den Schweiß von ihrem Hals.

»Gib mir einen Kuss«, bat Phoebe.

Dariusz nahm ihren Kopf in beide Hände und küsste ihren Mund. Seine Zunge schien genauso heiß wie sein Schwanz zu sein. Er saugte an ihr, spielte mit ihr, ließ sich von den tänzelnden Berührungen erregen.

»Nimm meine Brüste«, flüsterte sie. Dariusz' Küsse konnten sie schier wahnsinnig machen, und sie war kurz davor zu kommen. Ihr Liebhaber gehorchte und wandte sich ihren Brüsten zu. Er leckte und knabberte und knetete sie. Phoebe konnte es kaum noch aushalten. Sie wollte es so dringend, und Dariusz machte es genau richtig.

»Ich möchte es von hinten.« Phoebes Stimme klang heiser. Sie erhob sich vorsichtig und drehte sich um. Dariusz hatte jetzt ihren Rücken vor sich. Während sie sich erneut auf seinen Knien niederließ, dirigierte sie seinen Schaft zwischen ihre Schenkel. Sie spürte die Eichel vor dem Muskel, entspannte sich, nahm ihn in sich auf. Dariusz stöhnte auf und bewegte sich nicht.

»Du bist so eng«, flüsterte er, »wenn ich mich nur ein einziges Mal bewege, werde ich explodieren.«

Phoebe nahm seine Hände und legte sie auf ihre Brüste. Sie spürte seinen Atem an ihrem Rücken, an ihrem Ohr; sie ließ den Kopf in den Nacken fallen und genoss das Pochen, das unter ihrem Nabel immer drängender wurde. Ihre Hände wanderten zu ihrem Schoß, wo sie seinen Schaft berührte. Sie spürte, dass er vollständig in ihr war, und entlockte ihm mit ein paar leichten Berührungen ein unwilliges Stöhnen. Es tat so gut, so unendlich gut. Mit der einen Hand begann sie sich zärtlich zu streicheln, die andere legte sie vor die Vagina und glitt mit ihren Fingern in sie hinein. Es war ein unglaubliches Gefühl, Dariusz so in sich zu haben, von ihm liebkost zu werden und sich gleichzeitig selbst zu streicheln ... Dariusz stöhnte. Seine Brust, mit der er sich gegen ihren Rücken drückte, war nass vor Schweiß.

»Gib mir deinen Saft«, flüsterte Phoebe. »Gib mir viel ... und heiß ... ich mag es heiß ...« Dariusz schwieg, begann aber, sich rhythmisch in ihr zu bewegen. Er wollte den Orgasmus genauso lange hinauszögern wie sie, hielt es aber nicht mehr aus. Also ließ er sich fallen.

»Baby«, stöhnte er, dann ergoss er sich in ihr, pulsierend, heftig, wieder und wieder. Seine Muskeln zitterten. Baby ... Niemand konnte das so sagen wie Dariusz. Baby ... Phoebe schrie leise auf vor Lust. Und kam.

Der Kellner führte Leon zu seinem Platz. Der Brite war zufrieden. Ganz wie er es gewünscht hatte, wies ihm der

Ober einen kleinen Tisch in einer ruhigen Ecke hinter dem Buffet zu. Leon guckte auf die Uhr. Kurz vor eins. Er schob seine Sonnenbrille ins Haar und schaute sich um. Die Gäste waren zweifelsohne Geschäftsleute und dabei so ganz anders als die in den Brasserien und Restaurants rund um den Gendarmenmarkt. Das hier ist eben das alte Berlin, dachte er und nahm sich die Karte. Kaum hatte er sie aufgeschlagen, da trat schon Schumann an den Tisch und setzte sich nach kurzem Händeschütteln ohne weitere Aufforderung. Sofort winkte er den Kellner herbei und bestellte zwei Gin Tonic. Dann lehnte er sich zurück, atmete tief aus und faltete seine Hände im Schoß.

»Also«, forderte er Leon auf, »was haben wir so Dringendes zu besprechen, das keinen Aufschub duldet?« Er lockerte seinen Krawattenknoten und betrachtete aufmerksam den jungen Mann. Die Bedienung brachte den Aperitif, und beide Männer erhoben ihr Glas.

»Auf einen aufschlussreiches Lunch«, sagte der Kunsthändler leise und trank. Leon folgte seinem Beispiel, dann beugte er sich seinem Gesprächspartner entgegen. Ohne Zeit für Höflichkeitsfloskeln zu vergeuden, fiel er mit der Tür ins Haus. Er berichtete von Matthews Unmut, was die Behandlung seiner Tochter durch ihn, Falk Schumann, anging, und machte seinem Gegenüber deutlich, dass ausschließlich Friedewald der Schlüssel zum Gelingen der anstehenden Ereignisse war. Dabei blieb Leon stets höflich und sachlich und versuchte, sich selbst ins beste Licht zu rücken.

Schumann hörte aufmerksam zu. Obwohl auch er über gute Kontakte verfügte, war es ihm vollkommen entgangen, dass Friedewald so eng mit dem Amsterdamer Sammler befreundet war. Aber er war kein Mann, der sich über die Vergangenheit Gedanken machte. Was passiert war, war passiert, und nun galt es, die Karre aus dem Dreck zu ziehen.

»Herr Friedewald möchte Ihnen einen Vorschlag machen«, sagte Leon ruhig. Falk hob die Hand und beugte sich Matthews Assistenten entgegen. Ein wissendes Grinsen umspielte seinen Mund.

»Ich kann mir schon denken, was Sie meinen, Leon. Lassen Sie es mich so formulieren: Ihrem Chef schwebt ein Gefangenenaustausch vor, wenn mir dieses Wort gestattet ist. Ich lasse Phoebe in Ruhe und gebe ihr den kleinen Installateur zurück, und im Gegenzug kann ich den *3rd Floor* zum geplanten Termin ausstatten.«

Leon sah ihn an und nickte. *»That's the deal«,* sagte er leise.

Schumann zupfte an seinen Manschetten und räusperte sich.

»Was soll ich Ihnen sagen, junger Mann. Wir sind doch irgendwie alle Spieler. Und wer pokert, der muss auch damit rechnen, zu verlieren. Nun. Ich habe nicht erwartet, dass die Geschichte so ausgeht, aber ich bin kein nachtragender Mensch, und bis jetzt ist nichts passiert, was sich nicht ändern ließe. Aber wenn ich mir die Frage erlauben darf: Welche Rolle kommt Ihnen bei dieser entzückenden Scharade zu?« Jetzt grinste er über das ganze Gesicht. Leon fühlte seinen Puls schneller schlagen. Schumann hatte das Stichwort für seinen Auftritt geliefert. Er strich sich die Haare aus der Stirn, um den Kunsthändler beidäugig fixieren zu können.

»Sie haben natürlich recht, auch ich bin kein Unschuldslamm. Auch ich habe Wünsche, so würde ich es nennen. Ambitionen.« Leon betonte jedes einzelne Wort. »Ich will die Berliner Galerie, und ich werde sie bekommen, wenn ich Matthews Auftrag erfülle. Wir alle hätten etwas davon. Phoebe bekommt ihren Künstler und ihre Vernissage, mein Chef bekommt seinen Willen, Sie können Ihren Vertrag erfüllen, und wenn ich die Galerie übernehme, bin ich Ihre Eintrittskarte in die internationale Kunstszene.«

Schumann winkte nach der Bedienung. »Auf einmal verspüre ich schrecklichen Hunger – und Sie?«

Zwei Stunden später und in bester Laune kehrte Schumann in sein Büro zurück. Noch am Tisch hatte Leon mit Matthew gesprochen, der umgehend den Transport der Kunstwerke veranlasst hatte. In wenigen Stunden würden die LKWs hier sein. Na schön, seinen Vertrag mit Dariusz konnte er vergessen, aber wenn die Galerie erst einmal unter neuer Leitung stünde, würde er einen neuen Anlauf wagen.

Und Phoebe – die war im Moment nicht so wichtig. Er nahm sein Telefon und wählte. »Nadeshna«, sagte er liebevoll, »was hältst du von einem ganz intimen Dinner bei mir? ... So gegen acht Uhr. ... Ich habe auch eine kleine Überraschung für dich.« Zufrieden legte er auf, dann verließ er das Büro Richtung Savignyplatz. Sein Ziel war ein Dessousgeschäft, in dem er regelmäßig für Nadeshna einkaufte. Er hatte auch schon eine Idee, was ihr gefallen könnte.

Phoebe stand auf ihrem Balkon, eine Zigarette in der Hand. Viele Stockwerke unter ihr bewegten sich die Ameisen und die Spielzeugautos im Chaos der Großbaustelle. Die Galeristin inhalierte tief. Seit langer Zeit fühlte sie sich wieder einmal rundum wohl. Die Vorbereitungen zur Vernissage liefen pannenfrei, weder ihr Vater noch Schumann übte Druck auf sie aus, und mit Dariusz verband sie auf einmal etwas, was sie nicht in Worte fassen konnte. Da war etwas Neues, Schönes zwischen ihnen. Sie lächelte vor sich hin. Sie war verliebt in ihren Künstler, und es war gut, dass er endlich davon wusste. Wahrscheinlich hatte er es schon immer geahnt, war aber so klug gewesen, ihr Zeit zu geben. Genussvoll steckte sich Phoebe eine Erdbeere in den Mund und drückte ihre Zigarette aus. Am Abend würden sie sich sehen. Wie ein ganz normales Paar. Sie schlenderte ins Wohnzimmer zurück, um Musik anzumachen, da klingelte ihr Handy.

Leons Stimme klang fröhlich. »Es ist alles okay, Boss. Schumann hat eingewilligt. Freust du dich?«

»Ja«, erwiderte Phoebe. »Klar freue ich mich. Aber ich habe auch nicht damit gerechnet, dass er rumzickt. Er hat zu viel zu verlieren.«

Am anderen Ende der Leitung hörte sie Leon lachen.

»Das sehe ich auch so. *By the way* – wann sehen wir uns, *my lady*? Nach den Anstrengungen habe ich mir eine kleine Belohnung verdient, oder etwa nicht?« Phoebe stutzte. Sein Tonfall hatte auf einmal etwas Unangenehmes. Sie konnte nicht sagen, was genau ihr missfiel, aber ihre gute Laune hatte einen spürbaren Dämpfer bekommen.

»Belohnung?« Sie versuchte unbekümmert zu klingen. »Du bist ein ganz schönes Früchtchen, Leon. Morgen können wir uns treffen. Heute bin ich schon verabredet.«

»Wir könnten auch einen netten Abend zu dritt verbringen.«

»Ich glaube nicht, dass ich das möchte, Leon.«

»Dariusz hat nichts dagegen«, erwiderte Matthews Assistent.

»Ach, und woher willst du das wissen?« Allmählich

lief das Gespräch in eine Richtung, die Phoebe unangenehm war.

»Ich bin in seinem Atelier, und er steht neben mir. Willst du ihn sprechen?«

»Nein, ist schon gut. Bis später.« Ohne eine Antwort von Leon abzuwarten, drückte sie die Aus-Taste. Von ihrer Sympathie für den Briten war nicht mehr allzu viel übrig geblieben. Seine Hartnäckigkeit und sein Bestreben, ständig seinen Willen durchzusetzen, hatte er von Anfang an geschickt mit dem unbedarften Auftreten eines netten, etwas schrillen Vogels kaschiert. Alles nur Fassade, dachte Phoebe. Sie musste sich vor ihm in Acht nehmen.

Nadeshna war auch heute die Pünktlichkeit in Person. Sie trug einen kurzen Trench und hohe Slingpumps und an der Art, wie eng der Mantel geschnürt war, ahnte Falk, dass sie nichts drunterhatte. Als er ihr die Tür öffnete, warf sie ihre blonde lange Mähne zurück und schritt an ihm vorbei in die Halle. Erst dort wandte sie sich ihm zu und gewährte ihm einen keuschen Kuss auf die Wange. Seit dem Abend mit den beiden Callboys fraß der Kunsthändler ihr aus der Hand. Doch Nadeshna hatte nicht vor, zum x-ten Mal zu ihm zurückzugehen. Dieses Mal sollte er sich zu ihr bekennen und ihr gestehen, dass er sie liebte. Sie wollte nicht nur seinen Haustürschlüssel, sie wollte endlich einen Ring. Und zwar einen aus Gold für die rechte Hand. Falk griff ihr ins Haar, zog ihren Kopf in den Nacken. Nadeshna sagte nichts, öffnete aber die Schlaufe ihres Mantels und ließ ihn zu Boden gleiten. Sie trug tatsächlich nichts außer ihrem betörenden orientalischen Duft.

»Ich habe mich für dich schön gemacht«, schnurrte

die Blondine und kratzte Falk mit langen roten Nägeln über die Hemdbrust. »Im Hamam habe ich mich abseifen lassen. Meine Haut ist wie Seide ...« Sie nahm seine Hand und legte sie auf ihren Venushügel. Ihr Liebhaber stöhnte auf. Nadeshna hatte immer wieder etwas Neues auf Lager. Er nahm sie am Arm und ging mit ihr in den großen Salon, dessen Tafel für zwei Personen eingedeckt war. In der Mitte des Tisches stand ein großes, aufwendig dekoriertes Paket. Begeistert klatschte Nadeshna in die Hände und beeilte sich, es zu öffnen. Falk entkorkte währenddessen eine Flasche Champagner und füllte zwei Gläser. Nadeshna zog ein Kleidungsstück nach dem anderen aus dem Karton und quittierte jedes mit hellem Lachen. Als sie alle Schätze entdeckt hatte, wandte sie sich zu Falk.

»Ich ziehe mich schnell um, und dann stoßen wir an, ja?« Im nächsten Moment war sie auch schon aus dem Salon verschwunden. Falk hob sein Glas und leerte es in einem Zug. Er wusste genau, wie umwerfend sie in den Dessous aussehen würde.

»Hier bin ich.« Lasziv lehnte Nadeshna im Türrahmen, machte aber keine Anstalten, auf ihn zuzugehen. Falk betrachtete sie. Genau das hatte er erwartet. Das Ensemble war einfach perfekt für sie. Langsam ging er auf sie zu.

Sie trug eine cremefarbene Korsage, die ihre vollen Brüste wunderbar zur Geltung brachte, die Schnürung betonte ihre weiblichen Hüften unter der schmalen Taille. Die Strümpfe waren mit einem breiten Spitzenrand versehen und durch lange Satinstrapse mit dem Corselett verbunden. Ein Höschen trug sie nicht, dafür aber hochhackige Satinpumps wie alles andere auch in Creme. Ihren Körper umspielte ein fast transparenter Mantel im

Empirestil, der ebenfalls mit Spitze gesäumt und unter dem Busen mit einem Band geschlossen wurde.

»Du bist wunderschön«, sagte Falk anerkennend und reichte ihr ein Glas. Nadeshna strahlte. Es war ihm anzumerken, dass er es ernst meinte. Im wehenden Mantel kam sie auf ihn zu und nahm das Glas entgegen. Ohne den Blick von ihm abzuwenden, trank sie.

»Was gibt es zu essen?«, fragte sie mit rauchiger Stimme. Falk stellte sein Glas ab und ging vor ihr auf die Knie. »Erster Gang: Nadeshna, würde ich sagen«, murmelte er und vergrub seinen Kopf in ihrem Schoß. Seine Geliebte öffnete ihre Schenkel und gab seinem Drängen nach. Schnell fand seine Zunge ihren Weg. Er umfasste fest ihre Hinterbacken, während er sie küsste. Die Weichheit ihrer Haut und der berauschende Duft, der von ihr ausging, betörten ihn. Vorsichtig sogen seine Lippen an ihrem Kitzler, behutsam leckte er um den Eingang ihrer Vagina herum. Nadeshna wurde feucht, nass. Er griff noch fester um ihren Hintern, zog sie noch näher an sich heran. Seine Geliebte schnurrte wie eine Katze unter seinen Berührungen. Sie hatte jetzt selbst Hand an sich gelegt und zog ihre Schamlippen so weit auseinander, dass seine Zunge noch tiefer ins sie eindringen konnte. Falk stöhnte auf. Die Hingabe, mit der Nadeshna das alles tat, war einfach wunderbar. Doch nun war es genug. Er hatte noch ganz andere Dinge an diesem Abend vor. Zärtlich zog er sich zurück und stand auf. Nadeshna runzelte ihre Stirn und sah ihn zweifelnd an. Ihr gefiel dieses unvermittelte Ende absolut nicht. Falk nahm ihre Hand und führte sie zur Tafel.

»Ich sagte doch, dass du der erste Gang bist, oder?«

Wie auf Kommando öffnete sich die Tür zum Flur, und eine Frau kam herein. Ihre langen schwarzen Haare waren präzise in der Mitte gescheitelt und zu einem strengen Knoten im Nacken zusammengesteckt. Außer einer dunklen Augenmaske und schenkelhohen schwarzen Stiefeln trug sie nichts. Sie war etwas üppiger und runder gebaut als Nadeshna und bewegte sich mit überlegt gesetzten, grazilen Schritten auf das Paar zu. Ihre Haut war sehr hell, die Brustwarzen rosig und groß. Falk zog sich erregt in einen Sessel am Kamin zurück. Er konnte es kaum erwarten zu sehen, wie Nadeshna sich einer Frau hingeben würde. Schweigend nahm die Dunkelhaarige Nadeshna bei beiden Händen, die sie sich auf ihre Brüste legte. Nadeshna atmete schwer. Soweit Falk wusste, hatte sie keine Erfahrungen mit ihrem eigenen Geschlecht, so dass er einer Premiere beiwohnen würde.

Nach anfänglichem Zögern wurde Nadeshna aktiv und begann, die schweren Brüste der Unbekannten zu streicheln und zu erkunden. Dann öffnete sie das Band ihres Mantels und ließ ihn auf den Boden gleiten. Die andere verstand die Aufforderung und hob Nadeshnas Brüste aus der Korsage heraus. Mit wachsender Erregung beobachtete Falk, wie seine Geliebte sich von der Maskierten verwöhnen ließ. Gierig streckte sie ihr ihre Brüste entgegen. Inzwischen lehnte sie an der Tischkante, mit den Händen stützte sie sich ab. Die andere machte einen weiteren Schritt auf Nadeshna zu und stand jetzt so dicht vor ihr, dass sich ihre Brüste berührten. Heiser stöhnte Nadeshna auf. Die Dunkelhaarige strich ihr sanft über die Wange, dann über den Mund, den sie mit ihren Fingern öffnete. Vorsichtig zog sie Nadeshnas Kopf zu sich heran und küsste sie. Die Blondine erwiderte den Kuss, zunächst zögerlich und zaghaft, dann aber immer fordernder. Sie begann ihre neue Gespielin zu streicheln und legte ihr die Hand auf den Venushügel. Jetzt war es die andere, die erschauerte. Sie löste sich von Nadeshnas Zunge und wanderte küssend die Linien ihres Halses und ihrer Brüste entlang bis zum Nabel. Hier verweilte sie für ein paar Momente und schien die Lust zu genießen, die Nadeshna überkommen hatte, denn auch ihr entfuhren hin und wieder kleine, erregte Seufzer. Dann bückte sich die Maskierte und begann Nadeshnas Venushügel zu lecken, während sie mit ihrem Zeigefinger in sie eindrang und sie inwendig massierte. Nadeshna hatte die Beine angezogen und stöhnte tief. Falk ahnte, dass sie gleich kommen würde. Er setzte sein Glas ab und öffnete seine Hose. Dann trat er hinter die Dunkelhaarige und klatschte ihr bestimmend und fest auf die Pobacken. Sie verstand und reckte ihm ihren Hintern entgegen. Sofort drang er in sie ein. Nadeshna entfuhr ein erstaunter Schrei, als sie sah, was passierte. Über die andere Frau hinweg, die gekonnt ihren G-Punkt massierte, suchte sie nach Falks Blick und hielt ihn gefangen. Seine grünen Augen blitzten, sein Gesicht sah unglaublich jung aus. Immer wieder stieß er tief in die Frau hinein und sah Nadeshna dabei unentwegt an. Sie lächelte ihm zu und stöhnte zugleich unter den Berührungen der anderen. Falk befand sich im Rausch.

Bis jetzt war alles nur eine Phantasie gewesen, aber nun hatte er sie realisiert, und Nadeshna hatte ihn nicht enttäuscht. Nadeshna … Er zog seinen Schwanz aus der anderen Frau heraus und ergoss sich über ihren Rücken. Die maskierte Frau stöhnte und bewegte ihren Finger schneller in Nadeshna, die Falk jetzt ungläubig anblickte. Der Orgasmus, dem sie entgegenfieberte, versprach, ein heftiger zu werden. Falk trat etwas zur Seite, um der Dunkelhaarigen von hinten zwischen ihre Beine zu greifen. Zufrieden stellte er fest, dass sie hocherregt war. Mit seinem Mittelfinger reizte er ihren Kitzler. Die Frau stöhnte laut auf und drückte ihre Beine durch. Sie war also ebenso kurz vor dem Höhepunkt wie Nadeshna. Der Kunsthändler drang mit seinem Finger in die Dunkelhaarige ein und war erstaunt von ihrer Enge. Ihre Muskeln umschlossen seinen Finger fest, und es war ihm ein Genuss, immer wieder in die kleine Lusthöhle hineinzustoßen. Überhaupt gefiel ihm die Szenerie sehr. Seine Geliebte fing an zu wimmern. Die Fremde leckte ihr den Venushügel und stöhnte. Er beugte sich über die Dunkelhaarige und sagte leise: »Erst Nadeshna, dann du. Vielleicht.«

Die Antwort war ein tiefer, gutturaler Laut. Merkwürdig, dachte Falk, eine Professionelle mit echter Leidenschaft. Er würde sie bei Gelegenheit wieder buchen, aber nun war erst einmal sein Weib an der Reihe. Nadeshnas Gesicht glühte, sie hatte Tränen in den Augen. Falk trat zu ihr und küsste sie zart, was ihr den letzten Kick gab. Sie schrie wie unter Schmerzen, bäumte sich auf. Sie schloss die Augen und ließ sich vollkommen fallen. Der Orgasmus nahm ihr für einen Moment die Sinne. Als sie ihre Augen wieder öffnete, spürte sie den Atem der anderen an ihrem Hals. Auch ihre Gespielin atmete jetzt schwer. Falk stand hinter ihr und schien sie mit seinen Händen zu bearbeiten, bis sich auch endlich bei der Maskierten die Spannung löste. Mit einem lauten Seufzer drückte sie sich an Nadeshna und genoss ihren Höhepunkt. Sie gab der Blondine noch einen tiefen Kuss, dann richtete sie sich auf und half ihr vom Tisch. Falk hatte inzwischen schon Champagner eingeschenkt. Er sah bereits wieder perfekt gestylt aus und wirkte vollkommen unbeteiligt. Nur ein zufriedenes Lächeln umspielte seinen Mund.

»Ich möchte einen Toast ausbringen«, sagte er und reichte den Akteurinnen der Vorstellung ihre Gläser.

»Auf zwei wunderschöne Frauen, auf eine köstliche Erfahrung und auf viele internationale Geschäfte.«

Zehn

Ein Abend zu dritt ... Was auch immer sich Leon darunter vorstellte, Phoebe verspürte nicht die geringste Lust dazu. Sie stellte den Motor ihres Wagens ab und ging langsam und nachdenklich die wenigen Schritte bis zum Rolltor. Die Vernissage war so nah, der Erfolg in greifbare Nähe gerückt. Auch das Interesse der Presse war groß; sie hatte bereits zwei Vorabinterviews geführt, und morgen war der Redakteur eines renommierten internationalen Kunstmagazins bei ihr zu Gast. Und dann waren es nur noch wenige Tage ... Sie drückte auf den Knopf, der das Rolltor in Bewegung setzte und zwängte sich, sobald der Spalt groß genug war, hindurch. Und dann musste sie auch noch unbedingt mit ihrem Vater sprechen. Er hatte noch immer nicht auf ihre Hotelvorschläge reagiert, und die Optionen liefen morgen aus. Phoebe entledigte sich ihrer Schuhe. Die hellen Wildlederpumps waren neu und noch ziemlich unbequem. Auf nackten Füßen ging sie weiter in die halbdunkle Halle hinein. Dariusz und Leon standen an die Werkbank gelehnt und schienen mit einer dritten Person ins Gespräch vertieft zu sein, die Phoebe nicht erkennen konnte, denn die Rücken der beiden Männer nahmen ihr jede Sicht.

»Guten Abend.« Phoebe war unbemerkt an den Arbeitstisch herangetreten. Erschrocken fuhren Leon und Dariusz herum. Zwischen ihnen stand Matthew, Phoebes Vater. Allen dreien war anzumerken, dass sie sich ertappt fühlten.

»Störe ich etwa?«, fragte Phoebe mit bissigem Unterton und schlüpfte wieder in ihre Schuhe. Mit den hohen Absätzen überragte sie ihren Vater um einige Zentimeter, und genau das wollte sie jetzt auch: ihm überlegen sein – und sei es auch nur in der Körpergröße. Matthew war der Erste, der sich wieder fing, indem er auf seine Tochter zuging und sie herzlich umarmte. »Mädchen«, sagte er sichtlich gerührt, *»so glad to see you, dear.«* Phoebe ließ die Umarmung geschehen. Wie immer, wenn sie unvorbereitet mit ihrem Vater zusammentraf, wurde sie unsicher. Da würden auch noch so hohe Absätze nichts nützen. Ja, er freute sich bestimmt, sie zu sehen, das glaubte sie gern, aber er war auch ein alter Fuchs und konnte väterliche Emotionen vollkommen von seinen geschäftlichen Interessen trennen. Wenn er mit Leon und Dariusz sprach, ohne sie mit ins Boot zu holen, dann konnte das nur einen Grund haben. Die Geschäftsfrau Phoebe war ihm im Moment absolut gleichgültig. Sie schaute zu Dariusz und Leon hinüber, die beide unangenehm berührt schienen. Phoebe löste sich aus der Umarmung und sah ihren Vater fragend an.

»Phoebe – jetzt schau nicht so. Ich weiß, dass ihr drei harte Wochen hinter euch habt und euch einen netten Abend machen wolltet. Well, sollen wir etwas essen gehen? Leon erzählte von einem Laden, wo es nur Hühner gibt …«

»Ich dachte, du kämst erst in drei Tagen«, sagte Phoebe, ohne auf das Geplänkel einzugehen. Ihr Vater zuckte mit den Schultern.

»Wollte ich auch. Aber dann kam der Deal mit Schumann, und ich musste dringend mit den beiden Jungs hier reden. Darum bin ich hier. Jetzt schon. Schlimm, mein Mädchen?«

Phoebe schüttelte den Kopf. »Und mit mir wolltest du dann irgendwann mal reden. In den nächsten Tagen vielleicht, wenn du alles Wichtige erledigt hast, aber spätestens auf der Vernissage, habe ich recht?« Phoebes Augen blitzten zornig auf. Dariusz ahnte, dass das Gespräch zwischen Vater und Tochter in einem handfesten Streit enden würde, ginge es so weiter. Er trat auf Phoebe zu und legte beruhigend seine Hand auf ihre Schulter.

»Dein Vater hat interessante Neuigkeiten. Für uns alle. Lass uns in Ruhe darüber sprechen.«

»Ich bin nicht krank, Dariusz, und auch nicht blöd«, zischte Phoebe und schüttelte seine Hand ab. »Du kannst ganz normal mit mir reden.«

»Genau das kann man eben nicht«, mischte sich nun auch Leon ein. Mit einem Seitenblick auf Matthew fügte er hinzu: »Du weißt schon lange, weshalb ich hier bin, Phoebe, aber du verdrängst es. Und damit es endlich mal gesagt ist: Matthew wird mir die Galerieleitung übertragen, *honey*. Ich bin nun mal der bessere Verkäufer von uns beiden, und ich werde mich um mehr als um einen Künstler gleichzeitig kümmern können, *believe me*. Aber Matthew – dein Dad – hat tolle Ideen für dich und deine Zukunft. Hör ihn doch wenigstens einmal an. *By the way* – ich habe Hunger. Fahren wir nun zu den Hühnern?«

Leon klatschte in die Hände, wie um das Signal zum Aufbruch zu geben. Dariusz nahm seine Jacke vom Sofa und seufzte.

»Lass es uns hinter uns bringen, Phoebe«, sagte er leise und schob seine Geliebte vor sich her. »Nach dem vierten Juli sieht die Welt sowieso ganz anders aus. Für uns alle.«

Die Hähnchenbraterei in Kreuzberg war bis zum letzten Platz besetzt, so dass ihnen nichts anderes übrigblieb, als an der Theke auf einen freien Tisch zu warten. Matthew nutzte die Gelegenheit für Smalltalk und brachte mit der einen oder anderen Anekdote Leon und Dariusz zum Lachen. Nur Phoebe blieb ernst und schweigsam und ließ sich nicht aus der Reserve locken. Bereits auf der Fahrt hatte sie das Gefühl gehabt, in dem Quartett völlig deplaziert zu sein. Am liebsten wäre sie gegangen. Kurz hatte sie auch daran gedacht, einfach nach Hause zu fahren, aber das wäre einer Kapitulation gleichgekommen und hätte ihren Vater noch mehr in seinem Entschluss bestärkt, Leon ihr vorzuziehen. Und jetzt, nach einer halben Stunde am Tresen, war es für eine Szene dieser Art sowieso zu spät.

In ihrem Kopf tanzten die Gedanken Ringelreihen. Was konnte ihr Vater ihr im Gegenzug für die Galerie schon bieten? Angestrengt blickte Phoebe in ihr Weinglas. Erst eine leichte Berührung von Dariusz holte sie in die Gegenwart zurück. Noch immer in Gedanken folgte sie den drei Männern zum Tisch.

»Mädchen.« Ihr Vater hatte die Bestellung aufgegeben und widmete sich nun seiner Tochter. »Ich weiß, dass dir das alles nicht passt. Glaube mir, selbst ich habe eine kleine Ahnung davon, wie viel Engagement und Liebe du in die Galerie gesteckt hast. Aber dein Dariusz ist ein wirklicher Ausnahmekünstler, und du kannst dich nicht jedes Mal exklusiv auf einen einzigen Künstler konzentrieren. Dazu noch jahrelang. Das wäre nicht besonders ökonomisch, oder?« Matthew blickte seine Tochter ernst an. Als er sah, dass sich ihre Augen mit Tränen füllten, wurde seine Miene weicher.

»Ich war einmal Meeresbiologin, und ich habe es geliebt«, flüsterte Phoebe. »Das alles habe ich nur für dich aufgegeben. Am Anfang. Dann aber habe ich gemerkt, wie sehr ich auch die Galerie liebe. Und jetzt nimmst du sie mir wieder weg.«

Ihr Vater schüttelte den Kopf. »Du liebst Dariusz und seine Arbeiten, und darum liebst du die Galerie. Wenn er nicht mehr dort ist – vielleicht sogar nicht mehr in Berlin –, was ist dann?« Phoebes Antwort war ein verächtlicher Blick. Was ging ihren Vater ihre Beziehung zu Dariusz an, und was bildete er sich überhaupt ein, ein solches Gespräch mit ihr vor Leon und Dariusz zu führen?

»Hast du schon mal etwas vom *SevenOceans Project* gehört?« Matthew schien nicht bemerken zu wollen, in welcher Verfassung seine Tochter war. Phoebe schluckte. Langsam gewann sie ihre Fassung zurück. Sie würde nicht losheulen. Darauf konnte ihr Vater lange warten. Phoebe sah ihn geradeheraus und betont gleichgültig an, sie kannte das Projekt aus der Presse. Private Investoren versuchten seit Jahren, eine Baugenehmigung für das interaktive Museum zu bekommen, doch unter dem jetzigen Senat schien die Lage aussichtslos.

»Natürlich«, antwortete Phoebe. »Und?«

»Es wird nun doch gebaut«, sagte Matthew leichthin und bedankte sich mit freundlichem Lächeln bei der Bedienung für sein Brathähnchen. »Und ein Vögelchen hat mir zugeflüstert, dass noch ein Berater gesucht wird. Mit Qualifikation in Meeresbiologie und einem Auge für künstlerische Umsetzung.« Genüsslich biss er in eine Keule und sah Phoebe erwartungsvoll an, die entnervt ihren Teller von sich schob. So wie es aussah, hatte ihr Vater ihr einen neuen Job gekauft, damit sie sich nicht nutzlos vorkam. Sie verstand ihn einfach nicht, würde ihn niemals verstehen. Kurzentschlossen griff sie nach ihrer Handtasche. Dariusz sah an ihrem Gesichtsausdruck, dass im Moment jedes Wort zwecklos war.

»Guten Appetit noch«, sagte Phoebe in die Runde. Und an Matthew gewandt: »Wir sehen uns dann bei der Vernissage, Vater. Gute Nacht.«

Dariusz blickte ihr nach, wie sie zur Tür ging. Für eine Sekunde dachte er daran, ihr zu folgen, doch er kannte sie mittlerweile gut genug, um zu wissen, dass sie jetzt allein sein wollte. Seufzend wandte er sich seinem Hähnchen zu. Wirklich die besten Brathähnchen in ganz Berlin. Genussvoll biss er in die Keule.

»Du hast ihr den Job gekauft?«, wollte Dariusz wissen, während er den Teller an die Bedienung zurückgab. Von einigen kleinen Bemerkungen von Matthew abgesehen, hatten sie schweigend ihr Geflügel verzehrt. Der Künstler fixierte Matthew scharf, der nickte und seine Serviette beiseitelegte. »Nachgeholfen trifft es besser, würde ich mal sagen. Es gab noch andere Kandidaten.« Zufrieden sah er Dariusz an.

»Und wie kommst du darauf, dass Phoebe das mitmachen würde?« Er schwankte zwischen Belustigung und Bestürzung. »Sie ist schließlich kein kleines Mädchen mehr.«

»Das sehe ich etwas anders, mein Lieber«, erwiderte Matthew. »Oder was sagst du zu ihrem Auftritt vorhin?«

Dariusz verschränkte die Arme vor der Brust. »Ich denke, sie war gekränkt, und ich kann sie verstehen. Was du als väterliche Unterstützung betrachtest, empfindet sie als einen Affront. Am besten, ich sehe mal nach ihr.« Er stand auf und deutete eine Verbeugung an.

Als sich die Tür hinter ihm geschlossen hatte, sagte Leon leise:

»Und wenn er damit recht hat? Wenn sie wirklich nicht will?«

»Dann macht sie halt etwas anderes. Geld öffnet jede Tür, Leon. Rufst du uns bitte ein Taxi?«

Als Dariusz in der Mollstraße parkte, sah er Phoebe rauchend auf dem Balkon stehen. Die Fenster ihrer Wohnung waren hell erleuchtet. Er winkte ihr zu, aber sie rührte sich nicht. Das kann ja heiter werden, dachte er, dann beschleunigte er seine Schritte und klingelte. Er musste nicht lange warten, bis der Summer ertönte. Entgegen seiner Gewohnheit entschied sich Dariusz für den Weg durch das Treppenhaus. Als er ein paar Minuten später vor ihrer Wohnung stand, lehnte Phoebe bereits im Türrahmen und ließ ihn eintreten. Ohne Gruß schob er sich an ihr vorbei und durchquerte das Wohnzimmer. Abgesehen von der Festbeleuchtung sah es zudem auch noch vollkommen chaotisch aus. Offene Schranktüren und Schubladen, auf dem Boden verteilte Fotos und schriftliche Unterlagen ließen den Raum wirken, als hätte gerade eine Hausdurchsuchung stattgefunden. Dariusz musste sich beherrschen, um keinen abfälligen Kommentar abzugeben. Nachdem er tief durchgeatmet hatte, betrat er den Balkon. Phoebe stellte sich neben ihn und reichte ihm ein Glas Wein, das er in einem Zug leerte. Dann betrachtete er eingehend, wie sich seine Freundin in einen dicken Pullover gehüllt an die Balkonbrüstung drückte. Neben ihr türmten sich Zigarettenkippen auf einer Untertasse.

»Komm mal her, Phoebe.« Er stellte das Glas ab, und Phoebe wich zurück.

»Ihr steckt doch alle unter einer Decke.« Sie ließ sich an der Balkonwand auf den Boden gleiten. Ihr Gesicht hielt sie hinter ihren Pulloverärmeln versteckt, nur das Zucken ihrer Schultern verriet, dass sie weinte.

»Phoebe. Lass uns morgen darüber reden. Jetzt … möchte ich nur eins. Dich spüren.« Er war in die Hocke gegangen und zog sie mit sich hoch. »Dein Vater ist nicht wichtig, wir sind wichtig. Verstehst du das?«

Phoebes Mundwinkel zitterten noch immer, doch als sie seine Worte hörte, huschte ein kleines Lächeln über ihr Gesicht. »Er tut mir weh, Dariusz. Immer. Immer wieder. Warum macht er das nur?« Schluchzend drückte sie sich an ihn. Dariusz schwieg, schob sie etwas von sich weg, sah ihr in die Augen, küsste sie zart auf den Mund, auf den Hals. Phoebe schluchzte immer noch. Sanft glitt er mit seinen Händen unter ihren Pullover, strich über ihre Brüste, ihre Achseln, streichelte sie dann weiter bis zu den Schulterblättern. Phoebe hob die Arme, ließ sich den Pullover ausziehen, sah ihn mit großen Augen an. Sie schniefte noch ein wenig, aber ihr Körper bog sich seinem bereits willig entgegen. Dariusz lehnte Phoebe an die Balustrade und kniete sich vor sie hin. Seine Zunge zeichnete den Saum ihres Slips nach und glitt dabei immer tiefer zwischen ihre Schenkel. Mit wachsender Begierde leckte er ihren Venushügel durch den dünnen Stoff hindurch, schmeckte ihre Säfte. Phoebe stöhnte leise auf, als er ihr mit den Zähnen das Höschen hinunterzog. Er half ihr, es ganz auszuziehen, dann glitten seine Hände an den Innenseiten ihrer Schenkel hinauf. Mit beiden Daumen spreizte er ihre weichen Lippen und umtanzte mit seiner Zunge ihren Kitzler. Phoebe erschauerte. Sie stellte die Füße weiter auseinander und drückte ihr Becken nach vorne, damit ihr Geliebter seinen Mund noch tiefer zwischen ihren Schenkeln vergraben konnte. An seiner schwarzen Mähne zog sie ihn noch näher an und unter sich, bis sein Gesicht zwischen ihren Schenkeln verschwunden war. Sein Saugen und Lecken wurde härter, fordernder. Phoebe fühlte sich, als würde sie von Dariusz regelrecht aufgefressen werden. Ihre Beine zitterten vor Anstrengung, so dass sie froh war, ihren Rücken abstützen zu können. Dariusz war unersättlich. Er bohrte seine Zunge tief in ihre Vagina und zog sich dann wieder zurück, nur um kurz darauf erneut in sie einzudringen. Tief unter sich hörte Phoebe das Rauschen der vorbeifahrenden Autos, nahm wummernde Bässe aus geöffneten Fahrzeugfenstern und Stimmengewirr wahr. Und hoch oben, über all dem, auf ihrem Balkon, ließ sie sich von Dariusz' Liebkosungen zum Glühen bringen. Für einen winzigen Moment öffnete sie die Augen und blickte in das rote Strahlen der Nacht, dann zog sie Dariusz auf sich. Sie konnte es kaum erwarten, ihn zu küssen, doch er ließ sich Zeit und verweilte lange an ihren Brüsten und an ihrem Hals.

»Baby.« Dariusz reckte sich ihr entgegen, legte sich mit seinem ganzen Gewicht auf sie. Sein Atem roch nach ihrer Lust, sein Kuss schmeckte nach ihrer Nässe, nach ihrer Erregung. Am liebsten hätte sich Phoebe in seiner Zunge verbissen, so sehr überkam sie die Leidenschaft. Sie wollte seine Hose öffnen, aber er drehte sich so, dass es ihr unmöglich war. Mit einem unwilligen Laut ließ sie von ihm ab. Wenn Dariusz etwas nicht wollte, wollte er es einfach nicht, und sie würde sich gedulden müssen.

»Baby.«

Phoebe spürte, wie er seine Finger in sie hineinschob und sie weit machte. Plötzlich zog er sie zurück und steckte sie ihr in den Mund.

»Du schmeckst … so … gut, weißt du das?«

Phoebe hatte vor Verlangen Tränen in den Augen. Er sollte sie jetzt endlich nehmen, hier auf dem Balkon oder sonstwo, Hauptsache, sie würde ihn bis hoch zum Nabel spüren. Jetzt. »Komm zu mir, Dariusz, bitte ... Ich halte das nicht aus. Du machst mich vollkommen verrückt. Gib ihn mir. Stoß mich. Bitte, besorg es mir. Tu etwas. Bitte ...«

Phoebe atmete schwer. Sie würde gleich kommen, aber es wäre noch schöner, ihn in diesem köstlichen Moment in sich zu haben. Dariusz lächelte, sagte aber nichts. Langsam stand er auf und löste seinen Gürtel. Die alte rissige Jeans rutschte auf seine nackten Füße. Mit dem Fuß schob er die Hose zur Seite und zog sein Hemd aus. Langsam öffnete er Knopf für Knopf, ohne den Blick von Phoebe zu lassen. Er sah an sich hinunter. Sein Schwanz lag fast senkrecht am Bauch an. Dariusz umfasste den Schaft an der Wurzel und drückte ihn fest. Phoebe stöhnte vor Erregung. Sie wusste, dass er in seiner Hand noch größer und härter wurde.

»Bitte.« Phoebe blickte zu Dariusz hoch und streckte ihm eine Hand entgegen, um ihn zu sich zu ziehen, doch er schüttelte den Kopf.

»Nein. Erst auf der Vernissage. Bis dahin schauen wir einander nur zu ...« Dariusz umfasste seinen Schwanz noch fester und begann ihn zu massieren, während er Phoebe fixierte, die ihn mit einer Mischung aus Sehnsucht und Empörung ansah. Er machte einen Schritt nach vorn, so dass er jetzt genau zwischen ihren geöffneten Schenkeln stand. Er müsste sich nur hinknien und wäre schon in mir, dachte Phoebe, aber er will nicht. Der sture Kerl will einfach nicht. Sie legte ihre Hände zwischen ihre Schenkel und spürte, wie nass sie wirklich war. Mit der einen Hand zog sie ihre Schamlippen auseinander, mit der anderen touchierte sie leicht deren geschwollenen Innenseiten, tastete sich zum Kitzler vor, der so empfindlich war, dass sie ihn kaum berühren konnte. Sie zog die Beine an und begann sich zu streicheln. Erst langsam, dann schneller. Dariusz stöhnte auf, und plötzlich spürte sie etwas Heißes auf ihrer Brust, anschließend auf ihrem Bauch. Die Luft roch nach Dariusz. Phoebe hörte auf, sich zu streicheln, und sah Dariusz herausfordernd an, der nun seinen Saft auf ihren Brüsten verteilte. Phoebe stöhnte.

»Was willst du jetzt?«, fragte Dariusz leise.

»Dich«, erwiderte Phoebe leise.

Dariusz leckte über ihren Mund, küsste ihre Augen, ihren Hals.

»Nein«, raunte er, »erst auf der Vernissage. Wenn sie alle mit ihren Häppchen beschäftigt sind. Komm jetzt.« Er stand auf und zog sie mit sich hoch. Er schien irgendetwas mit ihr vorzuhaben, also folgte sie ihm an seiner Hand ins Schlafzimmer. Auch hier herrschte ein schreckliches Chaos. Dariusz hätte zu gern gewusst, was das zu bedeuten hatte, aber die Erklärung hatte auch bis morgen Zeit.

»Leg dich hin«, sagte er sanft, »ich habe etwas für dich mitgebracht … und für deine Lust.«

Gehorsam tat Phoebe wie ihr geheißen und wartete gespannt darauf, was nun kommen würde. Dariusz griff in seine Hosentasche und holte etwas heraus, das wie ein stacheliger Fingerling aussah. »Gib mir deine Hand«, sagte er und zog ihr das Ding über den Mittelfinger.

»Und jetzt?«, fragte Phoebe belustigt. Sie wusste genau, was Dariusz wollte. Sie spielten ein gemeinsames Spiel.

»Und jetzt? Jetzt machst du es dir. Ich habe gehört, es soll sehr intensiv sein.« Er legte sich zu Phoebe und kniff vorsichtig in ihre Brustwarzen, die sofort hart und klein wurden.

»Ich warte, Phoebe«, flüsterte er und hauchte einen Kuss auf ihren Mund. Dann zog er sich vollkommen zurück. Phoebe atmete heftig. Es war ungewohnt für sie, dass ihr Geliebter dermaßen unbeteiligt war. Sie schenkte ihm einen tiefen Blick, während sie ihren Finger in sich hineinschob. Sie stöhnte auf. Nie hätte sie gedacht, dass sich dieses Gummiteil so gut anfühlen würde. Sie stimulierte sich mit langsamen Bewegungen. Die stacheligen Noppen schienen in jede Hautfalte einzudringen. Unruhig rutschte Phoebe hin und her, entdeckte immer neue Stellen in sich, die sie erregen konnte. Sie spürte, dass ein heftiger Orgasmus auf sie wartete.

»Dariusz«, flüsterte sie, »komm endlich zu mir, bitte.«

»Nein«, sagte er leise, und wie um ihre Lust noch zu steigern, legte er seine Hand auf ihren Venushügel und bewegte ihn langsam. Phoebe wand sich vor Erregung. Das Gefühl, Dariusz so nah bei sich und doch so unerreichbar fern zu wissen, machte sie unglaublich an. Jetzt war sie es, deren Duft das ganze Zimmer erfüllte. Phoebes Atem wurde lauter, ihre Lider flatterten. Dariusz lächelte, als er es sah. Er wusste, dass sie jetzt so weit war.

»Du wirst es dir jetzt machen und wirst dabei an mich denken und wie schön es auf der Vernissage werden wird, ja? Sag ja, Phoebe.«

»Ja«, flüsterte sie fast tonlos, weil ihr die Erregung alle Kraft zu sprechen nahm. Sie hörte ihre eigene Stimme wie aus weiter Ferne, dann war da nur noch Lust, glühend heiß und rot. Und dieses Rot gehörte ihr allein.

Elf

»Ich bin so aufgeregt, Phoebe.« Amelie kicherte nervös und nahm sich ein frisches Geschirrtuch aus dem Schrank, um die Gläser vor sich auf Hochglanz zu bringen. Phoebe stand neben ihr, die Beine der alten Latzhose hochgerollt, barfuß. Sie erwiderte nichts, war total in Gedanken. Es konnte doch nicht so schwer sein, in der kleinen Küche alles so anzuordnen, dass heute Abend nicht das absolute Chaos ausbrach. Sie hatte zwar eine Servierkraft engagiert, aber Phoebe wusste, wie es ablaufen würde. Es war immer dasselbe. Je später der Abend, desto mehr neigten die Gäste zur Selbstbedienung, und zum Schluss waren alle in der Küche zu finden. Sie trat von einem Fuß auf den anderen und sah auf ihre Uhr. Es war erst kurz nach neun, aber sie musste damit rechnen, dass ab Mittag die ersten Blumen und Anrufe kamen, und sie von da an keine Zeit mehr haben würde, irgendetwas zu organisieren. Vielleicht reichte es ja schon, die Espressomaschine einfach weiter in die Ecke zu schieben und alles, was kaputt gehen könnte oder aus ihrem privaten Haushalt stammte, in den Keller zu bringen? Sie nickte zufrieden. Einfache Idee, aber gut.

»Amelie, weißt du, wann der Caterer kommt?« Geräuschvoll räumte Phoebe die Mineralwasserflaschen in den Kühlschrank und blickte fragend zu ihrer Freundin hoch, die mit den Schultern zuckte.

»Keine Ahnung. Bei wem hast du denn bestellt?« Sie nahm sich das nächste Glas vor und polierte es mit Inbrunst. Langsam stand Phoebe auf. Sie hatte es vergessen. Sie hatte vergessen, das Angebot zu bestätigen. Scheiße! Ihr wurde flau im Magen. Amelie stellte das Glas zur Seite und legte den Kopf schief. Sie kannte ihre Freundin gut genug, um zu wissen, dass sich gerade eine Katastrophe zusammenbraute.

»Wir haben kein Catering?«, fragte sie vorsichtig.

Phoebe sah sie offen an und nickte. »Leon hat mir ein paarmal angeboten, den Part zu übernehmen, aber ich war so wütend auf ihn, dass ich abgelehnt habe. Eigene Schuld, würde ich sagen.«

»Dann häng ich mich mal ans Telefon, hm?« Amelie knuffte die Galeristin freundschaftlich in die Seite, dann nahm sie ihren Kaffeebecher und verschwand ins Büro.

»Du bist ein Schatz!«, rief Phoebe ihr nach und wischte sich eine Träne von der Wange. Der Tag fing ja gut an.

Falk stand im Blumenladen und wartete auf den Strauß für Phoebe. Er überlegte, ob er für Nadeshna auch Blumen mitnehmen sollte, entschied sich aber dagegen. Ach ja, seine süße, immer willige Nadeshna. Im Moment erlebte sie wohl so etwas wie einen kleinen Höhenflug und bildete sich ein, ihn einwickeln zu können. Zugegeben, sie war eine sehr erotische Frau, und auch an Phantasie mangelte es ihr nicht, aber es erschien ihm vollkommen übereilt, die Wohnung am Nikolassee zu kündigen und ihr wieder den Schlüssel für seine Villa auszuhändigen. Zum hundertsten Mal. Nein, er würde sie von nun an wieder ein wenig auf Abstand halten, das hatte bisher noch immer gefruchtet. Und zu Phoebes Vernissage würde sie ihn auch nicht begleiten, basta. Er zahlte, nahm die Blumen entgegen und stieg in seinen

Wagen. Als er auf den Ku'damm einbog und in Richtung Mommsenstraße fuhr, atmete er tief durch. Der Deal mit dem niederländischen Sammler war in letzter Sekunde über die Bühne gegangen. Alle Stücke waren termingerecht beim neuen Besitzer angeliefert worden. Die Kröte, die er dafür hatte schlucken müssen, war nur auf den ersten Blick eine gewesen. Letztendlich war es ihm vollkommen gleich, ob Dariusz nun doch bei Phoebe ausstellte. Ihr Vater war ein alter Fuchs, und sein Coup, Leon als Geschäftsführer einzusetzen, verdiente gebührlichen Respekt. Mit dem verrückten Briten würde er schon noch das eine oder andere Geschäft machen, so viel war jetzt schon klar, und Phoebe würde es irgendwie verschmerzen. Phoebe ... Ob sie wohl immer noch sauer auf ihn war? Falk dachte an die gemeinsamen Nächte, an die kleinen Dominanzspielchen, die sie immer wieder aus der Reserve gelockt hatten. Wenn sie erst einmal aufgeheizt war, konnte sie sehr leidenschaftlich sein. Vielleicht könnte er sie, wenn alles vorbei war, zu einem kleinen Schäferstündchen überreden. In sich hineinlächelnd stellte er den Motor ab. Das Wetter war einfach herrlich. Er würde die letzten paar hundert Meter zur *Factory W.* zu Fuß gehen. Falk nahm die Blumen vom Rücksitz und schloss den Jaguar ab, dann hörte er sein Handy klingeln. Es war Nadeshna.

Amelie war bereits gegangen, um sich umzuziehen. Sie hatte es in der Eile tatsächlich geschafft, den Caterer davon zu überzeugen, dass er es war, der den Auftrag vergessen hatte. Das mochte moralisch vielleicht nicht ganz in Ordnung sein, aber der Zweck heiligte bekanntlich die Mittel. Phoebe goss sich einen Becher Kaffee ein und lehnte sich an die Eingangstür, um eine Zigarette zu rauchen. Aber sie hatte keine Ruhe. Nur noch vier Stunden. Ihr Herz raste vor Aufregung. Der Kaffee war heiß und stark. Phoebe nahm einen tiefen Schluck und wärmte ihre kalten Finger an der Tasse. Wie lange hatte sie von diesem Moment geträumt. Ganz allein mit Dariusz' Werken zu sein, sie zu genießen, bevor sich der Kunstbetrieb darauf stürzen würde. Langsam ging sie von Exponat zu Exponat und versuchte sich die Installationen einzuprägen. Wenn alles gutginge, würden sie bald bei Sammlern und in Galerien in ganz Europa ein Zuhause gefunden haben. Phoebe nahm noch einen Schluck aus dem Becher. Es wurde Zeit, nach Hause zu fahren und sich ein Schaumbad zu genehmigen. Sie zog ihre Sneaker an und grüßte den Wachmann, der vor der Galerie Position bezogen hatte. Ihr Vater hatte darauf bestanden. Von mir aus, dachte Phoebe. Ab morgen wäre all das sowieso nicht mehr ihr Problem.

»Baby.« Dariusz stand plötzlich und unerwartet vor ihr, die Hände auf dem Rücken verschränkt. Er sah blass aus und war unrasiert. Seine Haare hingen ihm ins Gesicht. Phoebe lächelte ihn an. Sie hatte sich schon den ganzen Tag gefragt, wo er wohl steckte.

»Für die beste Galeristin der Welt.« Er hielt ihr eine langstielige rote Rose entgegen. Phoebe nahm sie strahlend an.

»Wo warst du denn den ganzen Tag?«, wollte sie wissen und strich ihm eine Haarsträhne hinter das Ohr. »Du siehst ja aus wie ein Räuber.«

Dariusz blickte über sie hinweg und tat so, als habe er nichts gehört. Einerseits war das jetzt der perfekte Moment, um mit Phoebe zu sprechen, andererseits – sollte er das wirklich tun, direkt vor der Vernissage? Sie würde ihn nicht verstehen, so viel war sicher. Und Matthew konnte es eigentlich egal sein, wann er mit Phoebe reden würde. Dariusz trat auf Phoebe zu und nahm sie in den Arm, aber sie ließ sich nicht täuschen.

»Was ist los?«, fragte sie ernst und drehte die Rose in ihrer Hand hin und her. Der Künstler zuckte mit den Schultern. »Nichts. Ich bin nur nervös.« Er berührte ihre Haut mit seiner Hand; sie war eiskalt. Phoebe nickte. Wenn er nicht wollte, wollte er nicht, das bezog sich nicht nur auf den Sex, sondern auch auf das Reden.

»Ich auch, Dariusz, und ich bin müde«, sagte sie leise und gab ihm einen zarten Kuss auf die Wange, bevor sie sich umdrehte und zu ihrem Wagen ging. Ihre Antennen waren sensibilisiert. Etwas stimmte nicht. Als sie den Motor startete, öffnete sich die Beifahrertür, und Dariusz ließ sich auf den Sitz fallen. Gemeinsam fuhren sie schweigend in die Mollstraße.

»Willst du dich nicht auch langsam mal fertig machen?« Phoebe stand vor ihrem Kleiderschrank und kramte nach Wäsche. Als sie nichts hörte, ging sie zum Balkon. Dariusz hatte sich mit geschlossenen Augen an die Wand gelehnt. Tränen liefen über sein Gesicht.

»Was ist los?« Phoebe war es von jeher suspekt, wenn Männer weinten. Sie vertrat die Ansicht, dass sie generell eher um sich weinten als wegen etwas, was sie angestellt hatten oder ihnen widerfahren war.

»Jetzt sag schon.« Sie trat zu ihm und umarmte ihn. Dariusz schluchzte auf und presste Phoebe an sich. Sein Herz schlug schnell, viel zu schnell. Ein Gefühl der Sehnsucht überkam sie. Ihre Hände wanderten über seine Brust, öffneten den schwarzen Kaftan, schoben sich unter seine Achseln. Sie atmete den Duft, der ihr entgegenströmte, tief ein.

Er hatte aufgehört zu weinen und küsste ihr Haar. Dann hob er ihr Gesicht zu sich und sagte leise: »Wir sollten das jetzt besser lassen, Baby.« Seine Augen blickten traurig. Phoebe nickte und ging ins Bad. Einen Blick in den Spiegel vermied sie; sie ahnte, wie genervt sie jetzt aussehen musste. Als sie den Wasserhahn aufdrehte, hörte sie die Wohnungstür ins Schloss fallen. So ein Arschloch, dachte Phoebe und goss eine große Portion des Schaumbads in die Wanne. Sie würde schon noch herausbekommen, warum sich Dariusz so merkwürdig verhielt, aber im Moment war sie selbst der wichtigste Mensch in ihrem Leben, und dieser erforderte jetzt ihre absolute Aufmerksamkeit.

»Meine liebe kleine Phoebe – du siehst wahrlich entzückend aus. Und Gratulation zu der Veranstaltung hier.« Falk machte eine Geste, als wolle er den gesamten Raum umarmen. Bevor Phoebe etwas entgegnen konnte, nahm er ihr den großen Blumenstrauß wieder ab und drückte ihn der Servierkraft in den Arm. Dann beugte er den Kopf zu ihr hinunter und flüsterte: »Das habe ich gerade übrigens ernst gemeint: mein, klein und entzückend. Wann sehen wir uns mal wieder?«

Zur Antwort schossen ihm aus Phoebes Augen Blitze entgegen. Falk gab ihr einen Kuss auf die Wange und meinte lachend: »Immer noch die alte Kratzbürste, stimmt's? Na, wenigstens guckst du jetzt nicht mehr so ernst, kleine Phoebe.« Er nahm sich etwas Fingerfood vom Tablett und deutete eine Verbeugung an, bevor er sich Dariusz' Exponaten zuwandte. Phoebe blickte auf ihre Uhr. Es war kurz nach acht, und die Galerie war voll. Nur ihr Vater und Leon fehlten noch, und – was viel schlimmer war – auch Dariusz war noch nicht aufgetaucht. Sie blickte sich suchend im Raum um, konnte aber keinen der drei entdecken. Das einzige vertraute Gesicht gehörte Amelie. Sie stand mit dem Pressefotografen zusammen und winkte ihr kurz zu, als sich ihre Blicke begegneten.

Eine Stunde und drei Espressi später war die Situation unverändert – Matthew, Leon und Dariusz waren nicht aufgetaucht. Phoebe entschloss sich zum Handeln. Sie hatte sowieso eine kurze Ansprache vorbereitet und würde nun den Part des Künstlers mitübernehmen. Schließlich kannte sie seine Sicht auf die Dinge und seine Ausdrucksformen, als wären es ihre eigenen.

»Auch wenn dir das jetzt nicht hilft«, zischte Amelie im Vorbeigehen, »ich bringe sie um. Alle drei. Und zwar eigenhändig.« Phoebe nickte und straffte die Schultern. Allerdings. Aber zunächst musste sie die Vernissage über die Bühne bringen. Sie gab dem Pressefotografen ein Zeichen und stellte sich neben das Tryptichon, ihre Lieblingsinstallation. Vielleicht würde ihr die Nähe des Kunstwerks ja ein wenig Kraft geben. Sie klopfte an ihr Glas.

»Willkommen …« Weiter kam sie nicht, denn aller Augen richteten sich auf die Tür. Der Fotograf war der Erste, der zum Eingang sprintete und die Neuankömmlinge ablichtete. Es waren Matthew, der in Begleitung der Senatoren für Kunst und Wirtschaft war, und Leon mit zwei Bodyguards. In einigem Abstand folgte Dariusz neben einem Mann. Der Künstler sah noch immer elend aus. Matthew ging zielstrebig auf seine Tochter zu, umarmte sie publikumswirksam und richtete dann sofort das Wort an die Gäste, als sei er der Hausherr, auf den alle gewartet hätten. Scheinbar gerührt dankte er seiner fleißigen Tochter Phoebe, dem, wie er sich ausdrückte, einmaligen, hochbegabten Künstler und begrüßte wiederholt die beiden Senatoren auf das Herzlichste. Ich könnte kotzen, dachte Phoebe, während sie in die Kamera eines TV-Teams lächelte, das gerade die Galerie betreten hatte. Sie sah sich um. Ihr Vater strahlte, die Senatoren redeten, Leon futterte Fingerfood, und das Volk staunte. Falk stand lässig an einen der Eisenpfeiler gelehnt und nickte ihr anerkennend zu, als er ihren Blick bemerkte, Amelie trank Prosecco und flirtete mit dem Fotografen. Und Dariusz? Sie nutzte die Gelegenheit, als Matthew noch einmal Worte des Dankes auf die Anwesenden niederprasseln ließ, um in Richtung Küche zu verschwinden. Er stand vor dem Kühlschrank, ein Glas Wasser in der Hand und wich ihrem Blick aus.

»Ich kann dir alles erklären«, sagte er leise, ohne sie anzusehen.

»Na, da bin ich aber gespannt.« Phoebe verschränkte die Arme unter der Brust. »Ich warte, Dariusz.«

»Dariusz, *boy oh boy*, wo bist du denn?« Leon steckte wie immer gutgelaunt seinen Britpopkopf durch den Türrahmen. Als er den Künstler entdeckte, grinste er breit.

»*Come on, Mr. Big*, jetzt kommt deine Show!«

Ohne Phoebe noch eines Blickes zu würdigen, schob er Dariusz aus der Küche. Sie folgte den beiden in den Ausstellungsraum.

Innerhalb der wenigen Minuten, die seit dem Eintreffen der Politprominenz vergangen waren, war die Stimmung in der Galerie komplett umgeschlagen. Ein Flirren lag in der Luft, etwas Nervöses, Heiteres. Wer heute Abend hier war, der erlebte etwas Besonderes. Phoebe sah, dass Dariusz sich ein Mikrophon geben ließ. Sofort wurde es still. Der Künstler blickte in die Runde und atmete tief ein. Dann erzählte er. Von den letzten drei Jahren, von seinen Höhen und Tiefen und von der Galeristin, die immer an ihn geglaubt und ihn inspiriert hatte.

»Es war ein gemeinsamer Traum«, sagte er sichtlich bewegt, »und dieser Traum ist heute wahr geworden. Matthew Friedewald hat meine Exponate gerade so intensiv beschrieben, dass ich dem nichts hinzuzufügen habe, außer meinen Dank. Ich danke allen, die meinen Weg begleitet haben, und ich danke dir, Phoebe. Danke.« Er warf ihr einen Handkuss zu und nahm einen Schluck aus seinem Glas. Applaus brandete auf. Leon zog ihn zur Seite, drückte ihm einen Teller mit Häppchen in die Hand, und auch Phoebe gesellte sich zu ihnen. Sie hätte sich zwar lieber im letzten Winkel der Erde verkrochen, aber heute war sie der Chef hier. Eigentlich.

»Wer ist eigentlich der Typ da hinten, den ihr im Schlepptau hattet?«, fragte sie unumwunden. »Ist das jemand aus der Szene? Er spricht gerade mit Schumann.«

Leon verdrehte in seinem Anzug aus rosa Babycord die Augen. Rosa steht dir absolut nicht, dachte Phoebe, als der künftige Galeriechef sein Schulmeistergesicht aufsetzte.

»Der Typ ist Nathan Woods jr. – Nathan Elias Woods jr., Boss.«

»Aha.« Phoebe konnte mit dem Namen nichts anfangen. Als Leon das merkte, sagte er leicht genervt: »Das ist einer der bedeutendsten Sammler der Welt. Kommt aus Berlin. Seine Eltern starben in Buchenwald. Lebt jetzt in Texas und sucht Öl. In Berlin will er ein Museum bauen. Und – jetzt halt dich fest, Boss – er hat schon fünf Installationen von Dariusz gekauft. Für einen Haufen Moos, *yeah.*«

»Glückwunsch, Dariusz«, sagte Phoebe matt. »Ich verstehe nur nicht, warum du dann so elend aussiehst.«

»Weil das nicht alles ist«, antwortete der Künstler und leerte sein Glas. »Er hat die Werke nur gekauft, wenn ich eine Auftragsarbeit für ihn anfertige. Er hat da ganz bestimmte Vorstellungen. Etwas für seine Ranch.«

»Eine Auftragsarbeit? Für seine Ranch?« Phoebe konnte es nicht fassen. Das durfte doch einfach nicht wahr sein. »Eine Auftragsarbeit!« Sie fasste sich an den Kopf und begann, auf und ab zu gehen.

»Und du erzählst mir jahrelang etwas von deinen Idealen, von der Selbstbestimmung der Kunst? Dass Kunst nur Kunst ist, wenn sie ausschließlich aus sich selbst lebt. Und nun Auftragsarbeit! Kaum ruft das Geld, wirst du schwach. Das ging ja wirklich sehr schnell, Dariusz! Und bald stehen deine Installationen dann bei Möbeldiscountern rum, super!«

»Ich wusste, dass du mich nicht verstehst, aber es ist wirklich eine große Chance. Und außerdem: Ich will endlich leben, Phoebe. Und zwar ohne von dir oder anderen Leuten abhängig zu sein. Ist das so schlimm?«

»Nein.« Phoebe drehte sich um und ließ die beiden Männer einfach stehen.

Sie brauchte dringend frische Luft. Als sie durch den Ausstellungsraum rauschte, kümmerte sie sich weder um Leon noch um Amelie, die sie beide ansprachen. Sie hatte einfach genug. Mit Tunnelblick stolperte sie zwischen ihren Gästen hindurch, wohl wissend, dass sie gerade keine souveräne Figur abgab. Egal. Alles war egal. Galerie egal, Dariusz egal, alles egal. Draußen lehnte sie sich an die Hausmauer und heulte.

»Ich weiß, was du jetzt brauchst.« Das war Falks Stimme. Schniefend blickte sie hoch. In der einen Hand jonglierte er zwei gefährlich volle Prosecco-Gläser, mit der anderen bot er ihr eine bereits glimmende Zigarette an.

»Danke.« Sie nahm einen tiefen Zug und spürte, wie Falk sie beobachtete. Sie streckte ihm ihre freie Hand entgegen, und er gab ihr eines der Gläser. Sie wusste, dass sie zitterte.

So bizarr die Vorstellung auch war, aber Falk schien in diesem Moment der einzige berechenbare Mensch in ihrem Umfeld zu sein. Phoebe blickte zu ihm hoch und nahm einen weiteren Zug. »Du weißt, was ich brauche?« Sie lachte heiser. »Dann, bitte, sag's mir. Tu dir keinen Zwang an.«

»Komm mit, und ich zeige es dir.« Das Timbre seiner Stimme hatte etwas Schwingendes, Lockendes. Phoebe wusste, dass sie dabei war, eine Dummheit zu begehen, und das Schlimme daran war, dass sie nicht einmal betrunken war, sondern einfach nur enttäuscht. Und sie wusste, dass Falk es wusste und ihren Gemütszustand ausnutzen würde. Phoebe trat die Zigarette aus und ergriff Falks Hand. Er zog sie mit sich die Gipsstraße hinunter. Als er sie nach ein paar Metern in den Arm nahm, krallte sich Phoebe an sein Jackett und weinte wieder los. Falk seufzte. Das hatte er eigentlich nicht beabsichtigt, als er sie eben angesprochen hatte, aber egal. Solange sie keine Mascaraflecken auf seinem Hemd hinterließ, war alles gut. Er kramte in seiner Hosentasche nach einem Taschentuch, aber vergeblich.

»Hör auf zu weinen, Phoebe. Ich kann dich so nicht sehen.« Vorsichtig löste er ihre Hände von seinem Revers und sah sie aufmunternd an. Phoebe versuchte ebenfalls ein Lächeln.

»Ich sehe bestimmt schrecklich aus«, sagte sie leise.

»Allerdings«, stimmte ihr Falk zu, »und deshalb sollten wir etwas aus dem Licht gehen.« Ohne ihre Antwort abzuwarten, hakte er sie unter.

»Da hinten in der Bar kannst du dir die Nase putzen.«

Phoebe wunderte sich, als sie neben dem Kunsthändler herstolperte. Das schienen ja direkt freundschaftliche Züge zu sein, die da unerwartet zutage traten. Als sie die Bar erreicht hatten, steuerte Phoebe direkt die Waschräume an. Man lernt doch nie aus, dachte sie.

Dariusz stand neben dem Tryptichon und sah sich um. Inzwischen war die Galerie halb leer. Nachdem sich die Senatoren samt Bodyguards und Medienpack in Richtung *Café France* verabschiedet hatten, waren ihnen bald die üblichen Claqueure und Zaungäste gefolgt. Zusammen mit Leon hatte Matthew den Tross angeführt, den texanischen Kunstmäzen hatten sie im Schlepptau. Amelie war das einzig verbliebene und bekannte Gesicht hier, stellte er fest und ging langsam auf sie zu. Ihre Augen leuchteten, als sie ihn ansah, aber das Leuchten galt nicht ihm. Dariusz schmunzelte und stieß mit ihr an.

»Da ist aber jemand so richtig verknallt, oder sehe ich das falsch?«

Amelie wurde verlegen und brachte nur ein leises »Hm-hm« heraus. Er betrachtete sie zum ersten Mal mit den Augen eines Mannes. Was er sah, gefiel ihm. Nicht so gut wie Phoebe, aber er konnte sich durchaus vorstellen, dass man sich in sie verlieben konnte.

»Dann wünsche ich dir mal viel Glück, ja?« Er trank sein Glas leer und wandte sich zur Tür. Das war die Nacht seines Erfolges, und er Blödmann hatte sie versaut. Er hätte es Phoebe nur anders verkaufen müssen. Dariusz seufzte. Und nun noch dieses Dinner mit Matthew und all den anderen. Aber das ist der Preis, dachte er bitter, dann zog er die Eingangstür zur Galerie hinter sich ins Schloss.

»So gefällst du mir schon wieder viel besser.« Falk saß neben Phoebe am Bartresen und reichte ihr ein Glas Champagner. Phoebe lächelte noch etwas angeschlagen und prostete dem Kunsthändler zu. Für einen kurzen Moment dachte sie an Dariusz und wo er sich jetzt wohl gerade aufhielt. Es war die Nacht ihres gemeinsamen Erfolges, und sie hatte sie mit ihrer Moral und ihrem zickigen Getue gründlich versaut. Phoebe seufzte. Mit einem Mal fühlte sie sich so leer. Jetzt, wo die Vernissage hinter ihr lag und bereits mehr als die Hälfte der Werke verkauft war, hatte sie keine Aufgabe mehr. Sie stellte das Glas ab und blickte auf ihre Hände. Vielleicht sollte sie zur Abwechslung mal etwas Praktisches tun? Blumen binden, Schafe züchten oder so etwas in der Richtung. Hauptsache, es würde sie nicht an ihre Galeriezeit erinnern. Sie schaute Falk an, der sie schon die ganze Zeit beobachtet hatte.

»Und was machen wir denn jetzt?«

»Höre ich aus deiner Stimme eine gewisse Provokation heraus, meine liebe Phoebe?« Falk schüttelte den Kopf und zog seine Manschetten zurecht. Er ist aufgeregt, dachte Phoebe, wie lustig. Sie trank noch einen Schluck und rutschte wie ein ungeduldiges Kind auf ihrem Stuhl hin und her.

»Wir könnten tanzen gehen.« Sie sah ihn so unschuldig wie möglich an. In Falks Augen blitzte es kurz auf, dann lachte er.

»Ich weiß da ein Hotel im Grunewald, die haben eine hervorragende Bar.«

»Mit Tanzmusik?« Sie hatte sich zu ihm hinübergebeugt und sprach die Worte ganz dicht vor seinem Mund aus. Falk winkte dem Barmann, ohne den Blick von ihr zu lassen.

»Soweit ich mich erinnere, kann man dort sehr gut tanzen …«

Er schob dem Barmann einen Schein zu und nahm Phoebe in den Arm. Sein fordernder Kuss war genau das, was sie jetzt brauchte.

Als sie das kleine Schlosshotel erreichten, war es bereits weit nach Mitternacht, und es waren nur wenige Gäste da. Falk hatte während der Fahrt angerufen und ohne Schwierigkeiten ein Zimmer bekommen. Wortlos nahm er den Schlüssel entgegen, gab dem Nachtportier Trinkgeld und zog Phoebe hinter sich die Treppe hoch. Nachdem er die Zimmertür geschlossen hatte, ließ er sich auf das Bett fallen und sah sie erwartungsvoll an. Der Blick ging Phoebe durch und durch. Er verscheuchte die erlittenen Kränkungen, gab ihr das Selbstbewusstsein zurück und lockte das Weib in ihr hervor. Langsam knöpfte Falk sein Hemd auf und warf es dann auf den Boden, dahin, wo schon sein Jackett lag. Dann griff er zu seinem Gürtel, riss ihn auf, zog sich die Hose aus. Ohne Phoebes Blick loszulassen, schob er sich langsam seine Shorts von den Hüften, bevor er ihr ein Zeichen machte, zu ihm zu kommen. Phoebe lächelte und ging zum Bett. Wortlos griff sie unter ihren Rock, zog sich ihr Höschen aus und warf es achtlos in irgendeine Ecke. Dann kniete sie sich zwischen seine Beine und fing ohne jede vorherige Berührung und ohne einen Kuss an, ihn heftig zu saugen. Falk entfuhr ein überraschter Laut, und er drückte sie noch tiefer in seinen Schoß. Phoebe nahm ihn so weit in sich auf, wie sie konnte. Falk stöhnte auf und griff in ihre Locken. Genauso hatte er sich dieses Tête-à-tête vorgestellt. Phoebe saugte immer heftiger an seinem Schwanz, lutschte ihn, biss ihn vorsichtig, ließ ihn aus ihrem Mund gleiten und massierte ihn mit der Hand weiter, während sie nach Luft japste. Falk wusste, dass das alles nicht wirklich ihm galt, dass er für sie eher ein Blitzableiter als ein Geliebter war, aber das war ihm gleichgültig. Er genoss die Aktivität, die von Phoebe ausging, ihre unverhohlene Absicht, sich von ihm das zu nehmen, was sie woanders heute Nacht nicht mehr bekommen würde. Es störte ihn nicht im Geringsten, dass sie ihn nicht liebte, ihn sogar bestenfalls mochte. Im Gegenteil. Sie würden eine wunderbare Nacht miteinander verbringen, aber ohne jegliche emotionale Konsequenzen. Er stöhnte laut auf. Phoebe war wirklich gut heute, aber so langsam musste sie einen Gang runterschalten, sonst würden noch alle Pferde mit ihm durchgehen. Vorsichtig entzog er sich ihrem gierigen Mund. Heftig atmend blickte sie zu ihm hoch. Ihre Augen glänzten vor Gier. Er steckte seinen Daumen zwischen ihre Zähne und ließ sie an ihm lutschen. Sie hatte wirklich Hunger. Mit einem Ruck zog er sie an sich heran. Falk schob ihren Rock hoch und umschloss ihren Venushügel mit seinem Mund, als wolle er einen reifen Pfirsich essen. Seine Zunge, seine Zähne, seine Lippen waren auf einmal überall. Saugten, bissen, spielten mit ihren Säften. Er schluckte. Und schluckte wieder. Phoebe war so nass, dass ihre Lust aus ihr heraustropfte wie der Nektar aus einer überreifen Frucht. Sie drückte ihn mit ihrem Gewicht weiter zurück in die Kissen, setzte sich auf sein Gesicht, stöhnte. Sie wusste nicht mehr, wo ihr Körper aufhörte und sein Mund anfing. Alles war so warm und weich und nass. Sie atmete tief ein. Das Zimmer roch nach ihr. So war es gut, sehr gut sogar, aber sie wollte noch nicht kommen. Phoebe ließ sich zurücksinken und zog seinen Kopf zu sich. Sie küsste seine Lippen, trank seinen Atem, roch und schmeckte sich selbst dabei. Sie zitterte vor Erregung.

»Worauf wartest du noch?«, flüsterte sie. »Komm endlich zu mir …« Er begann, ihre Bluse aufzuknöpfen und schob ihr den dünnen Stoff über die Schultern. Dann hob er ihre Brüste aus den BH-Schalen und spielte mit den kleinen harten Nippeln. Phoebe schien die Berührungen zu mögen, denn sie atmete heftig und drückte den Rücken durch, um ihm ihre Brüste noch besser anbieten zu können.

»Dreh dich um.« Er hatte sie an den Hüften gefasst.

»Zeig mir deinen schönen Hintern, Phoebe, na los, nun mach schon.«

Falk klatschte leicht auf ihre Pobacken, glitt mit der Zunge in die Spalte dazwischen, zog sie mit den Händen auseinander. Mit der einen Hand hielt er sie an der Taille, mit den Fingern der anderen drang er in ihre Vagina ein. Seine Bewegungen waren hart und schnell und brachten Phoebe zum Wimmern. Sie spreizte die Beine, damit er sich noch tiefer graben konnte, aber er zog die nassen Finger wieder heraus und begann ihren Hintern zu kneten. Dann drückte er seinen Schaft zwischen ihre Schenkel und rutschte in der nassen Spalte vor und zurück. Phoebe wand sich unter seinen Bewegungen. Sie war so weit. Sie wollte ihn spüren. Und zwar sofort. Auch Falk schien genug von dem Geplänkel zu haben. Er nahm seinen Schwanz in die Hand und presste ihn gegen ihre Rosette. Unter Stöhnen nahm sie ihn auf, regungslos, um das Eindringen in ihre Enge bewusst zu spüren. Auch Falk bewegte sich nicht. Erst als ihre Backen vor Anspannung zu zittern begannen, ließ er sein Becken sanft, fast zärtlich, kreisen. Seine Gespielin reagierte mit unwilligen Lauten. Er lächelte; damit hatte er gerechnet. Wenn Phoebe so erregt war wie jetzt, wollte sie es nur noch hart. Und das sollte sie auch bekommen. Er fasste sie fest an den Hinterbacken und stieß zu. Rhythmisch und schnell und tief. Er konnte sich nicht mehr lange zurückhalten, und Phoebe spürte das. Sie kannte ihn gut genug, um zu wissen, wann er sich gehenließ. Und er machte es ihr so gut heute, er hatte es sich wirklich verdient, als Erster zu kommen. Sie wandte den Kopf zu ihm um.

»Gib mir deinen heißen Saft«, stöhnte Phoebe, »mach mich nass damit.« Ihre Worte brachten das Fass zum Überlaufen. Er zog seinen pulsierenden Schaft aus ihr hinaus und ergoss sich auf ihren Rücken, ihre Schultern und ihren Nacken. Phoebe zitterte vor Lust; sie blieb in ihrer Stellung, ließ sich von Falk den klebrigen Saft einmassieren. Sie atmete tief ein. Ja, so musste es sein. Hemmungslos, vertraut, aber bitte ohne Liebe. Sie spürte seine Hände, sanft auf einmal, die sie auf den Rücken drehten. Falks Gesicht war entspannt und glücklich. Er sieht so jung aus, schoss es Phoebe durch den Kopf, dann öffnete sie einladend ihre Schenkel. Falk grinste und drückte seinen Daumen vorsichtig gegen ihren Kitzler. Dann zog er ihr Becken zu sich heran und begann, sie zu küssen. Seine Zunge war sanft und vorsichtig, zärtlich umkreiste sie den Eingang ihrer Vagina. Sie spürte einen Finger in sich, dann zwei, dann hörte sie an den Geräuschen, die sie machten, wie feucht sie war. Das Blut in ihren Schläfen pochte. Da war ein Rot, das auf sie zurollte, ein unaufhaltsames, riesiges Rot. Sie ließ sich in die Kissen zurückfallen, krallte sich im Laken fest. Falk beugte sich über sie und küsste zart ihre Lider, ihren Mund, sog an ihren Brustwarzen. Sie wusste, dass er es sehr genoss, sie so hinzuhalten. Sie hatte die Augen geschlossen, konzentrierte sich nur noch auf ihre Lust. Unter ihrem Nabel braute sich ein Sturm zusammen, der sie gleich mit sich fortreißen würde. Sie jaulte auf, griff in seine Haare, wand sich unter seinen Berührungen. Endlich hatte Falk ein Einsehen. Er senkte sich wieder zwischen ihre Schenkel, sog an ihrem Kitzler, und Phoebes Welt erstrahlte in heißem Rot.

Zwölf

»Letzter Aufruf für Passagier Badz, gebucht auf Flug 862 mit Continental Airlines nach San Antonio, 9:35 Uhr von Gate 5 …« Dariusz hörte die Stimme des Servicecomputers wie aus weiter Ferne. Ohne seinen Schritt zu beschleunigen, trottete er in Richtung des Sicherheitsbereichs. Die würden schon nicht ohne ihn fliegen. Woods hatte ihm gerade eine SMS geschickt. Er war schon an Bord und hatte mit dem Purser gesprochen. Erschöpft erreichte Dariusz schließlich die Kabine und wollte sich gerade nach rechts wenden, als ihn die freundliche Stewardess bat, ihr in die andere Richtung zu folgen. First Class. Dariusz war noch nie erste Klasse geflogen, geschweige denn interkontinental, von einem Trip nach New York vor ein paar Jahren einmal abgesehen. Mit dem Kauf des Tickets hatte er damals das Erbe seiner Großmutter verjubelt.

Die Flugbegleiterin nahm ihm Tasche und Jacke ab und führte ihn zu seinem Platz. Woods, der auf der anderen Seite des Gangs saß, hob entspannt grüßend die Hand. Dariusz lächelte müde zurück, müde und froh, dass es nun einen neuen Anfang geben würde. Er bestellte einen frisch gepressten Orangensaft und ließ sich ein paar Zeitungen bringen, aber noch bevor das Flugzeug startete, war er bereits eingeschlafen.

Während Dariusz sich auf dem Weg nach San Antonio befand, räumte Phoebe ihr Büro aus. Leon hatte sich neue Möbel bestellt, die bereits am nächsten Tag geliefert werden sollten. Heute war der siebte Juli, der dritte Tag nach ihrer persönlichen Apokalypse. Phoebe versuchte, bei dem Gedanken nicht in Tränen auszubrechen. Nachdem sie an Tag eins das Schlosshotel verlassen hatte – Falk war noch in der Nacht gefahren –, hatte sie sich ein Paar Ohrenstöpsel und eine Schlafbrille gekauft. Aus Handy und Laptop hatte sie die Batterien entfernt und dann die Türklingel abgestellt. Anschließend hatte sie zwei Aspirin genommen und fast den ganzen Tag eins verschlafen. Als sie am Abend wach wurde, huschte sie unter die Dusche, nahm sich einen Joghurt aus dem Kühlschrank und legte sich wieder ins Bett. Am nächsten Tag stand sie bereits mittags auf, machte sich einen Milchkaffee und stellte das Fernsehen an. Dann legte sie sich in die Badewanne und beschloss, zu Fuß zur Galerie zu gehen. Leider Gottes war es ein wunderbarer Sommertag. Bei den Hacke'schen Höfen stellte sie erstaunt fest, dass der Schlaf ihr geholfen hatte, etwas von ihrer inneren Balance wiederzufinden. Sie fing an, sich mit dem Gedanken zu arrangieren, dass von nun an alles anders sein würde. Dass sie sich mit der Vorstellung anfreundete, dafür war es noch zu früh, aber ihre flammende Wut war verflogen und einer verhaltenen Neugier gewichen. Ob sie Dariusz in der Galerie treffen würde? Sie hatte ihm ja keinerlei Chance gegeben, sich bei ihr zu melden, und – das kam noch hinzu – sie wollte nicht auf die Nacht vor Tag eins angesprochen werden. Mit ihrer Verweigerungstaktik hatte sie ihm wunderbar aus dem Weg gehen können.

Wie sie von Leon erfuhr, der sie strahlend begrüßte, war Dariusz nicht da, und nun, wo er sein Ziel erreicht hatte, war der Brite wieder so nett und drollig wie vor ein paar Wochen, als sie ihn am Flughafen abgeholt hatte. Ihr Vater sei noch in der Stadt, berichtete Leon, habe aber zurzeit einen Termin nach dem anderen mit seinen neuen Senatsfreunden. Außerdem habe Falk angerufen und sich nach Phoebe erkundigt, und Dariusz, tja, der sei gerade beim Kofferpacken für San Antonio. Als Phoebe das hörte, wurde es ganz still in ihr, und sie konnte ihr Herz klopfen hören. Für einen winzigen Moment spürte sie den Impuls, zum Telefon zu greifen, widerstand ihm jedoch. Sie konnte Dariusz verstehen, und vielleicht war es besser, dass es auf diese Weise endete statt mit einem weiteren Streit und noch mehr Tränen. Nach diesem Informationscocktail von Leon war sie nach Hause gegangen und hatte sich wieder ins Bett gelegt, wo sie so lange geheult hatte, bis sie schließlich eingeschlafen war. Und nun war bereits Tag drei, Dariusz irgendwo über den Wolken, und sie würde in ein paar Minuten Leon den Schlüssel für die Galerie übergeben. Ihr Vater hatte sich noch immer nicht bei ihr gemeldet, ihr aber durch Leon ausrichten lassen, dass er noch bis Ende Juli in Berlin bliebe und ob sie sich in den nächsten Tagen nicht zum Lunch sehen wollten.

Jetzt noch eine Schublade, und es war geschafft. Phoebe sah die Zettel und Quittungen durch, die dort wild verstreut lagen – alles Schnee von gestern. Für die letzte Steuererklärung hatte sie genau diese Unterlagen gebraucht, doch nun: weg damit. Sie betrachtete die beiden Umzugskartons, die vor ihr auf dem Boden standen. Das war also alles, was von acht Jahren Galerie, fünf Jahren Galerieleitung und drei Jahren Dariusz-Projekt übrig geblieben war. Sie schloss die Kartons und schob sie mit dem Fuß zur Tür. Ein Kurier sollte den Kram abholen und ihn in den Wannsee kippen. Phoebe blickte aus dem

Fenster; durch die Linden auf der anderen Straßenseite war das Büro mittlerweile trotz Sonnenschein vollkommen dunkel. Komisch, dass ihr das nie etwas ausgemacht hatte. Jetzt empfand sie es als unangenehm. Sie suchte in ihrer Clutch nach Zigaretten, als Leon hereinkam. Sein monochromes Ensemble hatte heute die Farbe von hellem Nougat. Belustigt sah Phoebe ihn an.

»Sag mal, wie viele einfarbige Outfits hast du eigentlich? Oder färbst du deine Klamotten abends um, bevor du ins Bett gehst? Und hast du vielleicht eine Zigarette für mich?«

»Klar, Boss.« Leon zog eine ungeöffnete Packung aus seiner Weste hervor und öffnete sie. Dann zündete er sich eine an und reichte sie an Phoebe weiter. Die nächste war für ihn. Schweigend standen sie nebeneinander, starrten in das dunkle Blättergrün der Linden und rauchten. Leon inhalierte zweimal tief, dann trat er seine Zigarette aus.

»Es hat nichts mit dir zu tun, *my lady*. Bitte sei nicht sauer auf mich. Bitte.« Er war etwas näher an Phoebe herangetreten und sah sie fast traurig an. »Das macht alles keinen Spaß mehr, wenn du sauer bist. Keinen Spaß *at all, you know, baby*.«

Bei seinem letzten Wort warf Phoebe ihm einen so zornigen Blick zu, dass Leon erschrocken einen Satz zur Seite machte.

»Sag nie wieder ›Baby‹ zu mir, hast du mich verstanden. Das Wort gehört Dariusz. Und zwar allein, ist das klar?«

Beschwichtigend hob Leon die Arme. »Na klar, Boss. Alles klar.« Dann drehte er sich um und ging. Im Türrahmen blieb er noch einmal kurz stehen und sagte mit ernster Miene: »Ich wusste, dass du ihn liebst. Nur blöd, dass du es ihm nie gesagt hast. Er hat so darauf gehofft. Was meinst du, wie oft er vor seinem Backofen geheult hat. Und nun ist er weg.«

Wie vom Donner gerührt blickte Phoebe dem Engländer hinterher, der schnell zwischen den Exponaten verschwand. Dariusz hatte geweint? Im Beisein von Leon, dem Affen? Sie zog die Stirn kraus. Hatte sie Dariusz wirklich nie gesagt, was er ihr bedeutete? Nein, das hatte sie nicht. Und wenn er ihr irgendetwas in der Art gesagt hatte, dann war sie mit flapsigen Bemerkungen darüber hinweggegangen. Sie seufzte und griff nach dem Telefon. Als sie den Kurier für die Kartons bestellt hatte, ging es ihr bereits wieder etwas besser. Sie fühlte sich irgendwie leichter, unbeschwerter als in den letzten Wochen. Leon trat ihr entgegen, als sie zur Eingangstür ging.

»Können wir nicht Freunde sein, Boss? Bitte. Ich brauche das. Ich bin kein Schwein, *believe me*. Ich mag dich sehr. Ich möchte noch ein Huhn mit dir essen gehen. Einen Drink am Abend nehmen. Und ich verspreche dir, dieses eine Wort nie wieder zu sagen. *Never ever, Ma'm.*« Er grinste, aber in seinen Augen schimmerte es feucht. Er scheint ja wirklich so etwas wie ein Herz zu haben, dachte Phoebe und umarmte ihn. Mit einem Schluchzen legte Leon ebenfalls die Arme um sie und wiegte sie hin und her.

»Du kriegst deinen Dariusz noch, *my lady*, dafür sorge ich persönlich.«

Phoebe sagte nichts, sondern löste sich aus seinem Griff und winkte ihm zu, bevor die Tür hinter ihr ins Schloss fiel. Ende, finito, aus die Maus. Sie wischte sich eine Träne von der Wange.

»So ganz allein, schöne Frau?« Das war Falk. Er hielt eine gelackte Papiertasche in der Hand. Roter Lack, schwarzes Band, schwarzes Logo. Unzweifelhaft eine Tasche vom Geschäft mit dem schönen Namen *Liasonable*. Wahrscheinlich kaufte er dort auch immer die Dessous für Nadeshna. Sie musste inzwischen einen ganzen Kleiderschrank voll davon besitzen. Phoebe lächelte ihm schwach zu. Seit der Nacht im Schlosshotel schien eine Ewigkeit vergangen zu sein. Sie fühlte sich, als sei sie in den letzten drei Tagen zu einer anderen Frau geworden. Als Falk näher kam, schien er ihre veränderte Ausstrahlung zu bemerken, denn er runzelte leicht die Stirn und gab ihr nur einen zarten Wangenkuss, statt sie einnehmend zu umarmen, wie es sonst seine Art war.

»Ich habe etwas für dich.« Er streckte ihr die Lacktasche entgegen, während ein Lächeln seinen Mund umspielte und ihn verletzlich aussehen ließ. Phoebe war wirklich überrascht. Sie nahm die rote Luxustüte entgegen und versuchte, einen Blick hineinzuwerfen. Doch der delikate Inhalt war in raschelndes Seidenpapier gewickelt und nicht zu identifizieren.

»Woher kennst du meine Größe?«, fragte sie unvermittelt. Als Antwort machte Falk Greifbewegungen mit seinen Händen.

»Ich zeige der Verkäuferin einfach, wie groß sie sind, und dann findet sie das Passende. Ich hoffe, du magst es. Es ist etwas ungezogen.«

»Ich mag es ungezogen, das weißt du doch«, erwiderte Phoebe, und obwohl sie sich dagegen wehrte, spürte sie ein leichtes Prickeln unter ihrem Nabel.

»Wann darf ich die Tüte öffnen?« Sie sah ihn fragend an. Falk lachte.

»Wann immer du magst, aber am liebsten heute Abend bei mir. Kleines Dinner in meinem Haus. Nur du und ich und deine neuen Dessous … Was meinst du?«

»Und Nadeshna? Kocht sie für uns, oder schickst du sie ins Kino?« Phoebe lachte leise. »Sei mir nicht böse, Falk, aber lass uns an einem neutralen Ort treffen.« Sie lächelte.

»Wenn ich sage bei mir, dann meine ich bei mir«, erwiderte er mit scharfem Unterton in der Stimme. »Und was Nadeshna anbelangt: Sie weiß, dass du mich besuchen wirst, und sie muss es aushalten. So einfach ist das. Und falls sie die Frechheit haben sollte, aufzutauchen und uns zu stören, dann war es das. Und zwar ein für alle Mal.« Falk schien bemerkt zu haben, dass er laut geworden war, und räusperte sich.

»Sorry, ich wollte nicht ungehobelt sein. Aber Nadeshna besteht darauf, dass ich sie heirate, aber eine Frau, die ihr Leben mit mir teilen will, muss mich in bestimmten Situationen eben auch mit anderen Frauen teilen. Wir werden sehen, ob sie so großzügig sein kann.« Sein Blick wurde weich, als er Phoebes Hand nahm.

»Du kennst mich doch. Es gibt immer mehr als eine Frau in meinem Leben. Und das hat nichts mit Liebe zu tun. Ich bin eben so. Ob es gut ist, ist eine andere Frage, aber ich kann und will mich nicht ändern. Für Nadeshna nicht und auch für keine andere. Ist das so schlimm?« Er guckte wie ein junger Cockerspaniel, und Phoebe lachte kurz auf.

»Ich weiß, was du meinst, Falk. Auch ich kann nur so sein, wie ich bin. Alles andere funktioniert einfach nicht. Also wann?« Sie schüttelte die Tüte, als ob sich so der Inhalt bestimmen ließe.

»Acht Uhr, kleine Phoebe«, sagte Falk leise, drehte sich auf seinen Absätzen um und ging.

Phoebe stand auf ihrem Balkon. Die heiteren Geräusche des Sommers stiegen zu ihr hoch. Lachen, Kinderkreischen, Musik aus vorbeifahrenden Autos. Sie betrachtete die rote Lacktüte, die sie vor sich auf den Balkontisch gestellt hatte. Wenn sie sie öffnen würde, gäbe es keinen Weg mehr zurück, denn ganz gleich, was ihr Inhalt war – er würde ihr gefallen und sie neugierig machen. Sie nahm einen tiefen Zug von ihrer Zigarette und erstickte die Kippe in einem ihrer verwaisten Balkonkästen. Im letzten Jahr war das hier ein echter Garten Eden gewesen: mit Blumen, Kissen und Sonnenschirm. Aber letztes Jahr hatte es auch Dariusz noch gegeben, der sich um die Pflanzen kümmerte. Phoebe seufzte. Sie wollte nicht an den vergangenen Sommer denken, der zweifelsohne ihr verliebtester – sofern man überhaupt von Verliebtsein sprechen konnte – gewesen war. Komisch, in diesem Jahr hatte Dariusz überhaupt keine Anstalten gemacht, den Balkon zum Leben zu erwecken. Sie runzelte die Stirn und ärgerte sich über sich selbst. Was sollte dieses Selbstmitleid jetzt noch? Es war aus, Dariusz war in Texas, und sie würde neu durchstarten. Entschlossen griff sie nach der roten Papiertasche. Falk hatte recht gehabt. Wie schon so oft. Was sie sah, gefiel ihr sehr. Als sie die Dessous herausnahm, um sie besser betrachten zu können, hörte sie das Signal einer eingehenden SMS.

planänderung, liebe phoebe. hole dich um 20:00 ab. zieh die dessous noch nicht an. möchte dir dabei zusehen. f.

Er möchte mir zusehen … Bestimmt nicht nur beim Anziehen, dachte Phoebe. Er ist und bleibt ein Voyeur. Sie drapierte die Wäsche auf ihrem Bett, ging in die Küche, mixte sich einen Drink aus Aperol und Soda und setzte sich an ihren Schreibtisch. Bis gestern hatte sie nicht gewusst, dass es in Texas eine Stadt mit dem klangvollen Namen San Antonio gab. Wenn dieser Woods jr. dort lebte, musste im Internet ja irgendetwas über ihn zu erfahren sein. Sie scrollte sich bereits seit über einer Stunde ohne wesentliche Erkenntnisse durch die Ergebnisse der Suchmaschinen, als eine neue E-Mail angezeigt wurde. Ihr Herz klopfte schneller, als sie den Absender sah: Dariusz. Sie öffnete die Mail und las:

Liebe Phoebe, bin gut angekommen. Leon hat erzählt, dass es dir wieder bessergeht. Das ist schön. Viele Grüße, Dariusz.

Viele Grüße? Wütend klappte sie ihr Laptop zu. Das war ja wohl das Allerletzte! Und überhaupt. Die E-Mail war eine einzige Unverschämtheit. Er wollte ihr wohl zeigen, dass er sie nicht brauchte und gleichzeitig andeuten, dass er bestens über sie informiert war – siehe Leon –, und die Grüße waren ja wohl das Synonym für das Ende ihrer wie auch immer gearteten Beziehung. Phoebe kochte innerlich, aber sie würde ihm nicht antworten, auch wenn es ihr noch so in den Fingern juckte. Sie würde sich heute Nacht die Seele aus dem Leib vögeln lassen und morgen und übermorgen und überhaupt so lange, bis sie ihn vergessen hatte, ganz einfach. Sie klappte das Laptop noch einmal auf, klickte sich in das E-Mail-Programm und löschte Dariusz' Nachricht. Dann marschierte sie immer noch wütend in die Küche und goss sich Aperol nach.

Während sich Phoebe in der Wanne liegend ihrem Rendezvous mit Falk entgegenträumte, saß dieser mit ihrem Vater und Leon im *Café France*. Die drei hatten sich spontan auf einen Drink verabredet: Die Übergabe der Geschäftsleitung von Phoebe an Leon und die damit endende Rivalität zwischen ihr und Falk sowie der Verkaufserfolg von Dariusz' Installationen, all das hatte die Männer milde gestimmt, und jeder fühlte sich als Sieger. Matthew, weil er sich gegen seine Tochter durchgesetzt hatte und wieder alle Fäden in der Hand hielt, Leon, weil er endlich auf dem Stuhl saß, auf den er so lange spekuliert hatte, und Falk, weil ihm zum einen die neuen beruflichen Konstellationen günstig erschienen und zum anderen Phoebe Friedewald nun sein Privatvergnügen war und er sich Ränkespielchen sparen konnte. Leon, der wie immer am meisten getrunken hatte, orderte bereits vergnügt die nächste Runde, als Falk auf die Uhr sah. Er hatte sich mit ihrem Kauf für den glücklichen Ausgang der Probleme in den letzten Wochen belohnt, bevor er für Phoebe die Dessous erstanden hatte. Meine Güte, Phoebe! Fast hätte er vergessen, dass er sie abholen wollte. Ohne auf den enttäuscht blickenden Leon zu achten, bat er um die Rechnung. Matthew protestierte, wie es sich gehörte, aber der Kunsthändler setzte sich mit der Bemerkung durch, dass ihm wohl bewusst sei, wie glücklich er sich schätzen dürfe, und dass man ihm diesen kleinen Dank doch bitte nicht verwehren möge. Matthew lehnte sich zufrieden zurück: Die Worte waren genau das, was er hatte hören wollen. Schumann hatte ihn als neue Nummer eins in Berlin anerkannt und das auch ausgesprochen. Die kommenden Geschäfte würden reibungslos und fair ablaufen, davon war er jetzt überzeugt. Als die drei sich erhoben und zum Eingang schlenderten, zog der Kellner bereits den roten Samtvorhang zur Seite. Falks Jaguar parkte direkt vor der Tür. Der Kunsthändler hatte es auf einmal sehr eilig und zupfte nervös an seinen Manschetten, während die anderen Männer in bester Laune ein Taxi bestiegen, das Leon herbeigewunken hatte. Als Matthew und sein neuer Statthalter endlich im Inneren des Wagens verschwunden waren, hob Falk noch einmal grüßend die Hand, dann stieg er hastig in sein Auto. Er fluchte; er würde sich fürchterlich beeilen müssen. Als er den Motor startete, sprang seine Musikanlage an. Die Stones spielten »Satisfaction«. Genau das, dachte Falk und entspannte sich ein wenig, genau das und noch viel mehr, kleine Phoebe.

Um Viertel vor acht war Phoebe bereit für Falk. Obwohl kein Grund dazu bestand, war sie aufgeregt. Es waren jetzt ganz neue Voraussetzungen, unter denen sie sich trafen. Dariusz war nicht mehr da, Nadeshna musste mit den Tatsachen fertig werden, und Falk hatte nichts mehr gegen sie in der Hand, womit er sie gefügig machen konnte. Genauso wie sie keine Absichten mehr hegte, bei denen ihr Falk hätte nützlich sein können. Nützlich war das treffende Wort. Sie suchte nach Zigaretten. Nützlichkeit und Abhängigkeit konnten ja durchaus erotische Schwingungen aussenden, wie sie beide wussten, denn daraus hatte ihre Affäre bislang ihre Lebenskraft gezogen, aber nun? Würden sie sich überhaupt noch attraktiv finden? Oder wäre Falk für sie ab heute ein dekadenter Alt-68er mit halblangen Haaren, voyeuristischen Neigungen und einem exzellenten Geschmack in puncto Kleidung und Champagner? Und du, Phoebe? Sie stand vor ihrem Badezimmerspiegel und betrachtete sich. Was bist du für ihn ab heute? Eine kleine, braungelockte Frau ohne Job und ohne Ambitionen, dafür aber mit einer großen Portion Liebeskummer, die sich nur zu gern von erfahrenen Berührungen verführen lässt? Sie trat näher an den Spiegel heran. Irgendetwas war anders in ihrem Gesicht, aber sie konnte nicht sagen, was es war. Als die Türglocke läutete, brauchte Phoebe nicht auf die Uhr zu sehen. Es war genau acht Uhr. Falk war immer pünktlich. Sie drückte die Gegensprechanlage.

»Falk? Möchtest du raufkommen?«

»Nein, ich möchte, dass du runterkommst. Im Bademantel. Du trägst doch gerade einen Bademantel, oder?«

Phoebe seufzte. Das hörte sich nach einem durchgeplanten Abend an. Aber es hatte keinen Zweck, sich zu widersetzen. Was das anbelangte, war Falk genauso eigensinnig wie Dariusz.

»Gib mir zwei Minuten.«

Phoebe ging ins Schlafzimmer, nahm die Dessous vom Bett, stopfte sie in die Lacktüte zurück und schlüpfte in ihre neuen Abendsandaletten, die aus einem Nichts von schwarzem Satin bestanden, der mit kleinen bunten Steinen besetzt war.

Dann wickelte sie sich in ihren roten Kimono, dessen Rücken von einem wunderschönen Vogel mit langen Schwanzfedern geschmückt wurde. Die Seide war kühl und angenehm auf ihrer Haut. Phoebe griff nach ihrer Tasche, löschte das Licht im Bad und ging zum Fahrstuhl.

Falk erwartete sie unten am Ausgang. Er sah aus wie der große Gatsby in seinem weitgeschnittenen hellen Leinenanzug mit Weste und breitgestreifter Krawatte. Allein der Hut fehlte.

»Guten Abend, Miss Phoebe. Ich bin entzückt.« Er deutete galant einen Handkuss an und führte sie zu einer Stretchlimousine, die nur wenige Meter entfernt parkte. Phoebe dachte kurz daran, einen Kommentar abzugeben, entschied sich aber dann dagegen. Vom Chauffeur ließ sie sich in das Fahrzeug helfen und war gespannt, was Falk sich ausgedacht hatte. Die Tatsache, sie überrascht zu haben, bereitete ihm sichtliches Vergnügen. Er hatte neben ihr Platz genommen, öffnete das Barfach und entnahm ihm gekühlte Gläser und eine Flasche

Dom Pérignon. Phoebe musste grinsen: Das war typisch Falk. Ein anderer Schampus hätte es auch getan, aber er hatte es wohl auf eine Imitation von James Bond abgesehen. Der Kunsthändler entkorkte die Flasche mit geübten Griffen, und der Verschluss gab nur einen kleinen, empört klingenden Laut von sich, als er sich aus der Flasche löste. Falk schenkte ein und reichte Phoebe ein Glas.

»Auf diesen Abend, meine Liebe. Darf ich dir sagen, dass du wunderschön aussiehst?« Er leckte ihr zart über den Mund, dann trank er einen Schluck. Auch Phoebe trank und sah sich in der Limousine um. Das letzte Mal, dass sie in so einem Ding gesessen hatte, war beim Junggesellinnenabschied einer Kommilitonin in Kiel gewesen. Sie waren bis nach Hamburg gefahren und hatten die Nacht auf dem Kiez verbracht.

»Willst du gar nicht wissen, wohin die Reise geht?« Falks Stimme holte sie aus ihrer Gedankenwelt zurück. Sie sah ihn so an, wie er es erwartete. Das alles gehörte bei Falk zum Spiel.

»Okay. Wohin geht denn die Reise?« Sie rückte näher an ihn heran. Falk löste das Band ihres Kimonos, schob die Seide auseinander und streichelte ihre Brüste.

»Wir fahren zu mir, aber mit einem kleinen Umweg. Es wird dir gefallen, da bin ich mir sicher.« Er beugte den Kopf zu ihr herab und begann sie leidenschaftlich zu küssen. Dann zog er ihr den Kimono aus und schenkte ihre Gläser wieder voll, bevor er sie weiterküsste, sehr behutsam, sehr vorsichtig. Phoebe stöhnte lustvoll auf. So viel Zärtlichkeit war sie von Falk nicht gewöhnt. Sie legte den Kopf zur Seite und sah aus halbgeschlossenen Augen, dass sie inzwischen auf der Avus fuhren. Wo er wohl hinwollte? Ihr fiel nichts ein. Seine Villa lag bereits hinter ihnen. Phoebe wandte den Kopf zu Falk und sah ihn fragend an: »Wohin geht die Reise? Jetzt sag schon.« Ihre Hände waren dabei, seine Weste aufzuknöpfen. Falk zog sich gerade die Krawatte vom Hals und rollte sie ordentlich auf, bevor er sie in die Hosentasche steckte. So ein Spießer, dachte Phoebe und machte mit seinen Hemdknöpfen weiter.

»Lass dich einfach überraschen, Süße.« Er schnappte nach ihrer Brust und sog fest an ihren Nippeln. Phoebe nickte und drückte sich ihm entgegen, damit er sie noch besser packen konnte. Das sonore Geräusch des Motors hatte etwas Beruhigendes, und unter Falks Berührungen wurde ihre Welt immer kleiner. Alles war so einfach. Keine Verpflichtungen, keine Verwicklungen, nur pure Lust. Als sie seine Hand auf ihrem Venushügel spürte, öffnete sie vor Verlangen ihre Schenkel. Er goss ihr einen Schluck Champagner in den Nabel, der sich in ein dünnes Rinnsal verwandelte und ihre erregten Lippen kühlte. Sie stöhnte leise. Aber sie wollte mehr. Phoebe griff nach Falks Gürtelschlaufe, um sie zu öffnen, doch er nahm ihre Hand fort und küsste leicht ihre Fingerspitzen.

»Du wirst heute noch genug Gelegenheit haben, dich um ihn zu kümmern, wart's ab …«

Phoebe wollte protestieren, doch Falk verschloss ihr den Mund mit einem langen Kuss. Als sie sich besänftigt aus seinen Armen löste, bemerkte sie, dass die Limousine stehen geblieben war. Falk stopfte sein Hemd zurück in die Hose und schloss seine Weste. Dann machte er dem Fahrer ein Zeichen, die Tür zu öffnen. Phoebe zog den Kimono wieder an, stieg aus und blickte sich um. Kein Zweifel, das waren die Ruinen über dem Garten von Sanssouci. Bislang hatte sie die künstliche Ruine nur vom Vorplatz des Schlosses aus betrachtet. Sie lag auf einer kleinen Anhöhe und war nicht mehr als ein getarntes Wasserbecken, mit dessen Inhalt die Gärten bewässert wurden. Die zerstört aussehenden Wände im Hintergrund waren als solche bereits gebaut worden und reine Dekoration. Phoebe blickte auf den Schlossplatz und dachte kurz an ihr unbedeutendes Abenteuer mit Leon zurück. Was hatte sie damals bloß geritten, seinem Drängen nachzugeben? Sie schüttelte kurz den Kopf. Als sie wieder hochsah, fing sie Falks Blick auf.

»Komm mit.« Er nahm sie bei der Hand und zog sie auf die Rückseite der Trümmermauer. Ein System von Leitern ermöglichte es, in dem Bauwerk herumzuklettern, was eigentlich verboten war. So zumindest stand es auf einem Schild. Falk schien sich hier auszukennen, denn er führte sie geschickt über die Leitern zu einer großen Fensteröffnung. Sie lag hoch genug, um einen wunderschönen Blick über die Schlossanlage zu haben, und bot genug Platz, um sich bequem hinzusetzen. Die Steine waren noch warm vom Tag.

»Zieh dich aus, Phoebe.« Er hatte sich hingesetzt, sich mit dem Rücken gegen die Mauer gelehnt und sah sie herausfordernd an. Phoebe gehorchte und ließ den Kimono langsam zu Boden gleiten.

»Nimm ihn dir.«

Sie kniete sich zwischen seine Schenkel und öffnete seinen Gürtel, seine Hose. Verwundert bemerkte sie, dass er heute keine Unterwäsche trug. Für einen kurzen Augenblick war sie verstimmt, die Situation erinnerte sie zu sehr an Dariusz. Schnell beugte sie sich mit dem Gesicht über seinen Schwanz, rieb an ihm, leckte ihn. Falk sollte nicht sehen, was sie gerade dachte. Der Kunsthändler griff in ihre Haare und drückte sie tiefer in seinen Schoß. Ihr Lutschen und Knabbern quittierte er mit tiefem Stöhnen. Phoebe reckte den Hals, um Luft zu holen, dabei wanderte ihr Blick über die Landschaft, die allmählich in der Nacht verschwand. Nur das Weiß der Limousine hob sich deutlich vom grau werdenden Hintergrund ab. Sie suchte nach dem Chauffeur und sah ihn auf dem Bassinrand sitzen, den Blick nach Sanssouci gerichtet. Typisch Falk, ging es ihr durch den Kopf, dann saugte sie seinen Schaft in sich hinein, so tief sie konnte. Er schmeckte heute besonders gut, oder empfand sie das nur so? Ihre Zunge glitt immer wieder um seine Schwanzspitze, saugte daran, brachte ihn wieder und wieder zum Stöhnen. Seine Hände, mit denen er sie noch immer fest in seinen Schoß presste, wurden heiß und nass. Phoebe holte Luft und stöhnte ebenfalls. Sie genoss es, ihn so zu erregen, und ja, es machte sie total an, wenn er so laut war. Die Muskeln ihrer Vagina zuckten. Sie wollte ihn spüren. Jetzt, sofort. Mit einer energischen Bewegung entzog sie sich seinen Händen und lehnte sich an die Mauer. Ihr Atem ging schnell. Sie rutschte an der Wand hinunter, bis auch sie auf dem Boden saß, und spreizte die Beine. Sie zog ihre Schamlippen auseinander und glitt mit ihren Fingern in die samtige Nässe dazwischen. Es fühlte sich so gut an, dass Phoebe der Versuchung nicht widerstehen konnte, sich selbst zu streicheln.

»Hör sofort auf damit, Phoebe.« Falks Stimme hatte einen scharfen Unterton. Die Variante schien seinen geplanten Spielablauf zu stören.

»Nur wenn ich mich jetzt auf dich setzen darf«, sagte Phoebe leise, ohne ihre Hand fortzunehmen.

»Verdammt, Phoebe, hör auf. Das hier ist nur ein Appetizer. Gegessen wird bei mir, klar?« Er löste ihre Hand von ihrem Venushügel und zog sie zu sich.

»Mach weiter«, sagte er und drückte ihren Kopf fest in

seinen Schoß, »und schluck alles, was ich für dich habe. Ich hasse Flecken auf meinen Sachen.«

In Phoebes Augen standen Tränen der Wut. Sie hatte es gewusst: Falk und seine Dominanzspielchen. Aber nun war es zu spät, um sich darüber aufzuregen. Sie würde ihn bis zum letzten Tropfen aussaugen. Und darauf hoffen, dass sie später beim Dinner auf ihre Kosten kam, denn ansonsten würde ihr Bauch explodieren. Sie zitterte vor Erregung, aber sie würde Falk bis zum Wahnsinn lecken.

»Gutes Mädchen.« Ein fabelhaft gelaunter Falk bot Phoebe ein Glas Champagner an. Er schob ihr den Kimono auseinander und berührte ihren Kitzler. Phoebe drehte den Kopf weg. Falk lachte.

»Ach, Phoebe, nun sei doch nicht mehr sauer. Du weißt doch, wie ich bin.« Er trank sein Glas in einem Zug leer, dann griff er nach ihren Brüsten, zog mit den Zähnen an ihren Brustwarzen und fasste zwischen ihre verschwollenen Schenkel. Phoebe bäumte sich seinen Händen entgegen. Falk kannte sie so gut, er hätte sie mit ein paar Berührungen zum Orgasmus bringen können, aber er hielt sie auf diesem Punkt kurz davor, und das über Stunden. Sie hasste ihn dafür.

»Du kannst mich gerade gar nicht gut leiden, stimmt's?« Falk drehte ihren Kopf zu sich und strich ihr eine nassgeschwitzte Locke aus der Stirn.

»Ich habe dich nur auf die passende Betriebstemperatur gebracht, das ist alles. Ich verspreche dir, dass du für den Rest der Nacht der Mittelpunkt sein wirst. Okay?« Er hob ihr Kinn und küsste sie zart, dann löste er sich von ihr. Die Limousine hatte gehalten. Falk nahm Phoebes Hand und zog sie aus dem Wagen, während der Fahrer die Tür aufhielt und unbeteiligt in die Ferne blickte. Mit weichen Knien folgte sie ihrem ehemaligen Rivalen zur Haustür. Ihre Schuhe hatte sie zu den Dessous gestopft, ihr Kimono hing offen an ihr herunter. Sie hörte die Tür der Stretchlimo mit einem satten Ton zufallen. Als Falk die schwere Eichentür aufschloss, war der Wagen bereits nicht mehr zu sehen.

»Ich schlage vor, wir gehen jetzt duschen, und dann gibt es etwas zu essen. Ich sterbe vor Hunger – und du?« Falk gab ihr einen Kuss auf die Nase und schob sie in das Gästebad im Erdgeschoss, bevor er die weitgeschwungene Holztreppe hinauflief. »Bin in zehn Minuten wieder da«, rief er und verschwand, doch Phoebe antwortete nicht. Sie stand vor dem großen Barockspiegel, der über den beiden gläsernen Waschbecken hing und für einen angenehmen Bruch in der sonst so kühlen Atmosphäre des Badezimmers sorgte, und betrachtete sich eingehend. Wer war das da im Spiegel? Mit der blassen, aufgeregten Phoebe aus der Mollstraße hatte diese Frau, die provozierend ihrem Blick standhielt, nichts mehr zu tun. Ihre Augen waren groß und glänzten, die Haut war rosig, ihre Wangen glühten. Die Nippel waren hart und schienen die Brüste regelrecht nach vorn zu ziehen. Ihre Locken klebten ihr durchgeschwitzt am Kopf und verliehen ihr das Aussehen einer Putte. Ihr ganzer Körper schien von innen heraus zu strahlen. Phoebe strich über ihren Bauch und weitete die rasierte Spalte. Wie mit einem kirschroten Lack überzogen leuchteten ihr die nassen Schamlippen entgegen. Sie legte eine Hand auf den Venushügel und spürte ihre Hitze. Wenn das alles hier das Ergebnis von Falks Spielchen war, dann konnte sie ihn gut verstehen. Er schien die Begabung zu haben, eine Frau vollkommen verwandeln zu können. Schön, Sie kennenzulernen, Mrs. Hyde, dachte Phoebe, während sie in die Duschwanne stieg, denn Sie gefallen mir viel besser als die langweilige Mrs. Jekyll. Dann drehte sie den Hahn auf und genoss das warme Wasser, das sanft wie ein Sommerregen aus dem großen, tellerförmigen Duschkopf auf sie hinabsprudelte. Mit beiden Händen stemmte sie sich an der Wand ab, drückte ihren Rücken in den Wasserstrahl. Es war herrlich, nein, korrigierte sie sich, es war mehr als herrlich, was Falk gerade mit ihr anstellte. Phoebes Wut war vollkommen verflogen, als sie aus der Wanne stieg. Sie nahm sich ein Handtuch und trat wieder vor den Spiegel. Mit dem Handtuchzipfel wischte sie eine Ecke trocken, um zu sehen, ob Mrs. Hyde noch da war oder ob sie sich schon wieder zurückverwandelt hatte. Nein. Die Augen der Frau, die ihr voller Lust und Neugier entgegenblitzten, gehörten auf keinen Fall zu Phoebe Friedewald.

Dreizehn

»Darf ich bitten, gnädige Frau?« Falk stand am Eingang zum Salon und streckte Phoebe seine Hand entgegen. Bis auf ihre Satinsandaletten war sie nackt und schritt ihm selbstbewusst entgegen. Phoebe hatte Körperöl in seinem Gästebad entdeckt und ihre Haut damit verwöhnt. Der feuchte Glanz betonte ihre Figur und ließ sie sich unheimlich sexy fühlen. Falk, das war nicht zu übersehen, lag offensichtlich auch daran, ihr zu gefallen. Die graublonden Haare trug er zurückgegelt und im Nacken zu einem kleinen Schwanz gebunden. Sein Outfit bestand aus einem klassischen Smoking mit Fliege und Lackschuhen. Als er sah, dass Phoebe ihn musterte, setzte er ein entschuldigendes Lächeln auf: »Guck bitte nicht so, Phoebe – im Sommer trage ich nie Strümpfe. Auch nicht zum Smoking.« Er wackelte mit seinen Lackschuhen.

»Auch nicht zum Smoking?« Phoebe war an ihn herangetreten, sah ihm in die Augen, dann gab sie ihm einen langen Kuss. Sie spürte den Kampf in ihrem ehemaligen Konkurrenten, fühlte, dass er sie am liebsten sofort auf den Tisch gelegt und genommen hätte. Aber Falk war in dieser Angelegenheit tausendmal besser als sie und konnte sich beherrschen. Er gab sie wieder frei und führte sie zu ihrem Platz. Kaum hatten sie beide Platz genommen, kam ein Diener herein und servierte Horsd'œuvres und Champagner.

»Auf uns«, sagte Falk leise und sah Phoebe strahlend an, »und auf diese wundervolle Nacht.«

»Was hast du nur vor, du alter Gauner?« Phoebe hatte ihr Glas in einem Zug geleert, kaute an den Häppchen und zeigte mit ihrer Gabel auf Falk. Die Situation bereitete ihr immer mehr Spaß, das war nicht zu übersehen.

Der Kunsthändler reagierte aufgesetzt theatralisch: »Ich will, dass du nach Erlösung schreist, kleine Phoebe. Was dachtest du denn?«

»Ich stehe schon seit Stunden unter Dauerstrom, lieber Falk, falls du das nicht bemerkt haben solltest.« Phoebe hatte ihre Serviette auf den Tisch gelegt und war aufgestanden. Langsam ging sie um die lange Tafel herum und auf ihn zu.

»Mach's mir. Mach's mir endlich.« Fordernd stand sie vor seinem Stuhl und drängte sich an ihn. Falk stand auf, nahm sie an der Hand und führte sie wie ein ungezogenes Kind an ihren Platz zurück. Sanft küsste er sie auf den Mund und flüsterte: »Du bleibst jetzt hier sitzen, bis ich dir etwas anderes sage, ist das klar?« Dann griff er an ihre erregten Brüste und wog sie in seinen Händen. Als er hart in ihre Nippel kniff, stöhnte Phoebe auf. Ihre Säfte sammelten sich unter ihrem Nabel, und wenn Falk sie jetzt nicht bald stoßen oder sonst irgendetwas mit ihr tun würde, dann wäre sie über den Punkt hinweg. Sie sah ihm nach, wie er wieder zu seinem Platz ging und sich setzte. Der Diener kam, schenkte nach und stellte eine Platte mit gemischten Vorspeisen auf den Tisch. Dann zog er sich so lautlos, wie er gekommen war, zurück. Falk stand auf, um ihre Teller zu füllen, und sah Phoebe mit unverhohlener Lust an.

Die nippte an ihrem Glas und fragte ihn kokett: »Was ist denn nun mit den Dessous, Falk? Bist du gar nicht neugierig, ob sie mir stehen?« Sie lächelte ihm absichtsvoll zu und trank. Der Champagner hatte es in sich, sie spürte bereits seine Wirkung. Aber noch war sie nicht betrunken genug, um sich irgendwelchen weiteren Spielen von Falk hinzugeben. Sie griff sich zwischen die Schenkel und fühlte die warme, dichte Feuchtigkeit, die zwischen ihnen hochströmte. Das Blut pochte in ihren Schläfen.

»Falk, so geht das nicht.« Phoebe stand auf und ging zur Mitte des Tisches, wo ihr Gastgeber gerade Garnelenschwänze dekorativ auf ihren Tellern drapierte. Sie legte eine Hand auf seine Schulter und bemerkte, dass ihn bei ihrer Berührung ein Schauer überkam.

»Dessous hin oder her – seit mehr als drei Stunden hältst du mich kurz vor dem Orgasmus – charmant ist das nicht. Und gesund übrigens auch nicht.« Sie stahl sich eine Garnele und ließ sie in ihrem Mund verschwinden. Erst jetzt bemerkte sie, wie hungrig sie war. Aber es war ein merkwürdiger Hunger, denn er ging über die Gier nach Essen und Trinken weit hinaus. Sie hatte Hunger auf diese Speisen, auf Falk, auf das, was der nächste Tag bringen würde. Lebenshunger, sinnierte sie, ich habe das Schlimmste hinter mir. Zu ihrem Gastgeber gewandt sagte Phoebe ernst: »Warum lässt du mich so lange warten, Falk?«

»Ich weiß es nicht«, war die lapidare Antwort. »Ich habe nun einmal Lust dazu, ganz einfach. Wenn es dir nicht passt – da ist die Tür.« Falk ließ sich im Verteilen der Krustentiere nicht stören und zeigte mit dem Messer zur Tür, ohne Phoebe anzusehen.

»Dann gehe ich wohl wirklich besser«, antwortete sie genauso emotionslos und drehte sich zur Tür. Sie wollte, nein, sie musste Falk einfach provozieren, denn so hielt sie es einfach nicht mehr aus. Sie konnte kaum noch laufen, und das lag nicht etwa am Schampus, sondern an seiner elenden Verführungstechnik. Vielleicht würde er sie bis zum Morgengrauen mit Garnelen füttern, sie hin und wieder bis kurz vor den Orgasmus bringen, ihr zwischendurch alte Stones-Platten vorspielen und von der Kommune 1 und davon erzählen, dass die Badeseen damals sauberer waren, die Luft besser und überhaupt. Überhaupt: Phoebe hatte die Nase voll vom Warten. Sie wollte die ganze Aufmerksamkeit dieses Mannes, sie wollte seine Stöße spüren.

Sie hatte die Türklinke noch nicht ganz in der Hand, als Falk herbeigestürmt kam. Seine Augen blitzten zornig auf. Er sah wirklich hinreißend aus, wenn er wütend war, aber Phoebe spürte, dass sie gerade eine wichtige Regel verletzt hatte, und die lautete: Du machst das, wonach mir gerade ist. Und ausschließlich das. Falk hob sie wie ein Gepäckstück hoch und trug sie zu ihrem Platz zurück.

»Wenn ich sage ›sitzen bleiben‹, heißt das auch sitzen bleiben. Hast du mich verstanden?«

Ohne sie weiter zu beachten, kehrte er zur Mitte des Tisches zurück, um sich erneut den Vorspeisen zu widmen. Phoebe drehte an ihrem Glas herum.

»Genau. Und darum hast du ja auch gesagt, ich soll gehen, wenn es mir nicht passt. Und weißt du was: Mir passt es nicht.« Wieder stand sie auf und ging zu ihm. Ihr Herz klopfte. Ob er sie für diese Frechheit übers Knie legen würde? Ohne Vorwarnung griff sie an seine Hose und stellte zufrieden fest, dass er sehr erregt war. Trotzdem schob er ihre Hand weg, ohne auf ihre Worte zu reagieren, nahm die Teller, stellte sie auf die Plätze und setzte sich. Der Diener kam lautlos herein und schenkte nach. Als sie allein waren, warf ihr Falk einen unergründlichen Blick zu. Sie nickten sich kurz über die lange Tafel hinweg zu und begannen zu essen. Als Phoebe von ihrem Teller hochsah, bemerkte sie, dass ihr Gastgeber sie beobachtete. Nervös wich sie seinem Blick aus. Sie presste ihre Schenkel fest zusammen und spürte ihre eigene Erregung. Was er wohl mit ihr vorhatte? Ob sie es wollte oder nicht, Falks Dominanz machte sie an. Unter ihrem Nabel zuckte es.

»Komm zu mir, kleine Phoebe.« Falk klatschte auf seinen Oberschenkel. Wie man einen Hund heranlockt, dachte Phoebe, stand aber auf. Langsam und sich ihrer Wirkung bewusst ging sie auf ihn zu.

»Und?«

»Und was?«

»Was kommt jetzt?«

»Ein erotisches Intermezzo, um dich etwas abzukühlen.« Falk griff nach ihrem Arm und zog sie auf sich, so dass sie auf seinem Schoß saß und ihn ansah. Ohne den Blick von ihr zu lassen, schob er seinen Daumen in sie hinein und bewegte ihn rhythmisch. Phoebe stöhnte und stützte sich mit den Armen auf den Sessellehnen ab. Sie atmete schwer.

»Hör nicht auf«, flüsterte sie leise und küsste seinen Mund, »hör bloß nicht auf.«

Statt eine Antwort zu geben, machte Falk einfach weiter. Er schien es nicht eilig zu haben. Phoebe kostete jede seiner Berührungen aus, ließ sich von jedem Gleiten seines Daumens höher tragen, immer weiter, aber immer in der Angst, Falk könnte sich wieder zurückziehen. Doch das tat er nicht. Mit stoischer Geduld drang er in sie ein, drehte seinen Daumen in den weichen, nassen Falten ihrer Vagina hin und her, schien selbst berauscht zu sein von ihrer Hingabe, ihrem Stöhnen. Phoebe begann zu schwitzen; ein feiner kühler Schimmer lag auf ihrer Haut, und auf ihrer Oberlippe standen kleine Tropfen.

»Es reicht«, sagte Falk und nahm seine Hand fort. Aus Phoebes Augen schossen Blitze, doch er lächelte, gab ihr einen langen Kuss und setzte sie auf seine Hüften. Dann stand er auf, schob mit einer Bewegung Porzellan und Besteck zur Seite und legte Phoebe vorsichtig auf der Tischplatte ab. Sie wusste nicht, wie er das fertiggebracht hatte, aber im nächsten Moment war er in ihr, hielt sie an den Fesseln und stieß in sie hinein. Phoebe ließ sich treiben und kam genau wie ihr Liebhaber. Als sie die Augen öffnete, sah er sie grinsend an und half ihr, sich wieder aufzusetzen. Auch Phoebe lächelte.

»So eine leckere Vorspeise«, sagte sie und glitt mit dem Zeigefinger durch ihre Spalte. Sie schob sie vom Tisch und steckte ihm den Finger in den Mund. »Unsere Säfte«, flüsterte sie und ging langsam zurück zu ihrem Platz. Falk nickte und trank einen Schluck Champagner. Phoebe brauchte einfach nur Betriebstemperatur, das war das ganze Geheimnis. Er grinste. Er würde mit ihr noch viel Spaß haben.

Dariusz stand vor der geöffneten Reisetasche, räumte seine Sachen in den hellen, wandhohen Kleiderschrank und blickte sich zwischendurch um. Das Zimmer war geschmackvoll eingerichtet und spiegelte wie das gesamte Haus ein natürliches Gespür für Proportionen und Farben wider. Er fühlte sich wohl. Woods und seine Familie hatten ihn herzlich aufgenommen. Für sie war es selbstverständlich, Künstler um sich zu haben, denn sie waren nicht nur gut informierte Sammler, sondern darüber hinaus auch interessante Gesprächspartner mit ihrem eigenen Blick auf den Kunstbetrieb. Die gute Atmosphäre und das ständige Beisammensein mit anderen Menschen würden Dariusz über seine Trennung von Phoebe ein wenig hinweghelfen. Er litt zwar noch darunter, dass sie sich vor seinem Flug nicht mehr gesehen hatten, aber die vielen neuen Eindrücke, unter denen er stand, machten es ihm leichter, zu vergessen. Nachdem er den Inhalt seiner Tasche im Schrank verstaut hatte, stellte er sich nur kurz unter die Dusche und schlüpfte dann in seine Arbeitskleidung. Woods hatte darum gebeten, sobald wie möglich ein Gespräch über die Installation für sein Haus zu führen, und Dariusz wollte seinen neuen Auftraggeber nicht warten lassen. Woods sah ihm mit entspannter Miene entgegen, als er wenige Minuten später den großzügig geschnittenen Wohnraum betrat, das Zentrum des Hauses. Aber der Kunstsammler war nicht allein. Ein weiterer Mann, der Dariusz als Innenarchitekt vorgestellt wurde, begrüßte ihn ebenfalls und hieß ihn in Texas willkommen. Gemeinsam zogen sich die drei in das Arbeitszimmer des Hausherren zurück, wo Dariusz überrascht war, zu erfahren, dass die Installation nicht für dieses bestehende, sondern für ein weiteres Haus bestimmt war. Woods hob entschuldigend die Schultern und bat um Verständnis. Er sei dabei, in SoHo in Manhattan ein altes Stadthaus umzubauen, in dem er wohnen wolle, wenn er geschäftlich in New York zu tun habe.

»Ich träume schon lange davon«, sagte er mit weicher Stimme, »in einem Haus zu wohnen, in dem ich meine Lieblingskunst immer um mich herum habe. Wenige Stücke, Auftragsarbeiten, perfekt in Szene gesetzt.« Er sah Dariusz fragend an. »Können Sie das verstehen, Dariusz?«

Er antwortete mit heftigem Kopfnicken. »Das klingt phantastisch, ganz phantastisch«, sprudelte es aus ihm heraus, »ein Haus, in dem die Kunst genauso wohnt wie Sie.«

»*That's it.*« Woods stand auf und klopfte dem Künstler auf die Schulter.

Dariusz drehte sich zu ihm um: »Aber warum haben Sie nicht schon früher davon erzählt? Das ist doch eine wunderschöne Idee.«

Wieder hob Woods die Schultern. Er trat ans Fenster und blickte nachdenklich über die Gartenanlage, an die sich eine große Pferdekoppel anschloss.

»Bei dem Medienrummel momentan wollte ich lieber etwas den Fuß vom Gas nehmen – sozusagen. Ich habe nicht nur Freunde, wissen Sie. Und das Haus in SoHo ist absolut privat. Nur für mich und meine Frau. Wir haben nicht vor, dort Gäste zu empfangen oder es an Freunde zu vermieten, wenn wir nicht da sind. Niemand soll wissen, wer dort wohnt, deshalb werden wir die Fassade auch nur sehr unspektakulär in Stand setzen. Überhaupt wird alles über Strohmänner abgewickelt. Aber darum geht es heute ja gar nicht.« Woods lächelte und setzte sich wieder an den Tisch.

»Ich möchte, dass Sie Ted«, er zeigte auf den Architekten, »und mich nach New York begleiten, wenn der Bau entkernt ist und die Trockenbauarbeiten so weit abgeschlossen sind, dass das künftige Aussehen zu erkennen ist. Und dann kommt Ihre Zeit, Dariusz. Sie entscheiden, wo Sie sich Ihre Arbeit am besten vorstellen können, und dann können Sie loslegen. Sie haben alle Freiheiten. Mit Ihren Künstlerkollegen verfahre ich im Übrigen genauso. Sie werden sich ebenfalls den Rohbau ansehen und sich von ihm inspirieren lassen – das hoffe ich zumindest.« Er zwinkerte Dariusz zu, dann sah er auf die Uhr. »Was halten Sie von einem Steak, meine Herren?«

Falk sah Phoebe aufmerksam dabei zu, wie sie die Strümpfe an den Strumpfhalter knöpfte. Er genoss es, sie zu beobachten, und Phoebe genoss seine Erregung. Jetzt legte sie die Träger des BHs über ihre Schultern und schloss die Haken auf dem Rücken. Der BH saß perfekt. Seine fast durchsichtigen Schalen endeten genau auf ihren Brustwarzen und ließen sie neugierig durch den dünnen Stoff hindurchblitzen.

»Ein Höschen war aber nicht dabei ...«, neckte ihn Phoebe und stellte sich mit aufreizender Geste direkt vor Falk, der in einem Sessel am Kamin eine Zigarre rauchte.

»Du weißt, dass ich es ohne Höschen aufregender finde«, sagte er heiser und fuhr über ihren Venushügel. Phoebe stöhnte.

»Die kleine Abkühlung auf dem Tisch hat dir ganz gutgetan, hm? Und was machen wir jetzt mit der kleinen Phoebe?« Er legte seine Zigarre beiseite und zog sie an den Pobacken dicht an sich heran, bevor er leidenschaftlich ihren Bauch und ihre Hüften küsste. Phoebe schloss die Augen. Das war genau das, was sie brauchte. Sie trat noch näher und drückte seinen Kopf an ihre Scham. Es fühlte sich gut an, wenn sie ihm so ins Haar griff; sie mochte ihn. Ja, sie mochte Falk, bis auf diese Spielchen ... Aber die würde sie ihm wohl nicht abgewöhnen können. Er war so.

Sie erschauerte. Falks Zunge war zwischen ihre Lippen geglitten und hatte ihren Kitzler gefunden. Nun nahm er noch einen Finger dazu. Routiniert spielte er mit ihrer Lustperle und trieb sie in eine unerwartet heftige Erregung hinein. Phoebe atmete schwer und wurde nass. Sehr nass.

»Ich glaube, ich möchte dir ein wenig zusehen«, sagte

Falk heiser. Sein Atem strich heiß über ihre Haut. Phoebe wand sich vor Lust unter seinen subtilen Berührungen.

»Wobei möchtest du mir zusehen?«, fragte sie leise. Ihr Bauch glühte unter seinen Händen, und sie wollte alles tun, um diese Glut zu steigern, um letztendlich in ihr zu vergehen.

»Mach die Augen zu und vertrau mir«, sagte er zärtlich und löste sich von ihr. Dann zog er ein dunkles Tuch aus seiner Smokingtasche und hielt es ihr vor das Gesicht.

»Darf ich? Du würdest mir damit eine ganz besondere Freude bereiten.« Er trat neben sie und verband ihr mit der Seide die Augen.

»So ist es gut«, hörte Phoebe ihn flüstern, dann nahm er sie an der Hand und führte sie zu dem Sessel, der beim Kamin stand. Als Phoebe das Leder berührte, wusste sie, wo sie war, und lächelte.

»Setz dich«, sagte Falk und drückte sie sanft in den Fauteuil.

»Fühlst du dich gut, Phoebe? Können wir beginnen?« Phoebe nickte ungeduldig. Falk lachte und drückte ihr ein Glas in die Hand. Dann klatschte er in die Hände. Als Phoebe einen Schluck nahm, spürte sie ihr Herz schneller schlagen. Das kalte Leder unter ihrem nackten Po wurde langsam warm und angenehm. Auf einmal war da ein starker Luftzug. Wohl die Tür zum Flur, überlegte Phoebe und versuchte ihre Sinne für das, was da kommen sollte, zu schärfen. Schritte; sie hörte jemanden eintreten. Die Art der Schritte, das hohe Klack-Klack der Absätze und der sehr feminine Duft, der zu ihr herüberwehte, ließen keinen Zweifel zu: Falk hatte eine Frau bestellt. Also doch eine Ménage à trois. Den Geräuschen, die Phoebe nun hörte, war zu entnehmen, dass Falk die andere Frau küsste und erregte, sehr erregte sogar. Es war mehr ein Schnurren als ein Stöhnen, das an ihr Ohr drang und vor ihren verbundenen Augen liefen kleine, schmutzige Filme ab, die sie anmachten. Unruhig rutschte sie auf dem Sessel hin und her. Nun gut, dann eben zu dritt. Hauptsache, Falk würde sie jetzt endlich dazuholen und seinen harten Schaft in sie hineintreiben. Aber die beiden schienen sie ganz vergessen zu haben. Vielleicht sollte sie die Augenbinde abnehmen? Phoebe legte gerade ihre Hände an den Knoten, als sie Falks Stimme hörte. Seine Stimme hatte einen Unterton, den sie nicht kannte. Er klang vollkommen fremd.

»Wir kommen gleich zu dir, Phoebe. Bleib da sitzen …« Seine letzten Worte waren mehr gestöhnt als gesprochen und saugende Geräusche ließen sie ahnen, welchen Genüssen sich Falk gerade hingab. Zwei Atemzüge später hörte sie die Absätze der anderen klappern. Phoebe wusste, dass sie ganz nahe war, noch bevor die Frau sie berührt hatte. Es war ihr Duft, der ihr vorauseilte. Phoebe griff nach den Sessellehnen. Irgendetwas Besonderes würde jetzt passieren, und bei aller Erregung war sie doch nervös. Als sie die Hand der anderen auf ihrem Knie spürte, zuckte sie leicht zusammen.

»Entspann dich«, hörte sie Falk leise sagen. Er war hinter den Sessel getreten und strich ihr über das Gesicht, den Hals, die Schultern. Dann beugte er sich über sie und gab ihr einen Kuss auf den Mund. Als die Frau ihr anderes Knie berührte, nahm sich Phoebe zusammen und verhielt sich still. Die Hände der Frau waren angenehm warm und fest. Vorsichtig und zielstrebig zugleich wanderten ihre Finger Phoebes Innenschenkel hinauf, streichelten ihre Beine dann wieder hinunter bis zu den Fesseln, nur um wieder von vorne zu beginnen. Phoebe atmete tief und ließ sich von Falk weiter in den dicken

Ledersessel hineindrücken. Sie fing an, die Passivität zu genießen, und öffnete bereitwillig die Schenkel, als die andere mit zarten Berührungen ihren Venushügel erkundete. Phoebe begann ihr zu vertrauen und rutschte im Sessel weiter nach vorne, um ihre Beine noch mehr spreizen zu können. Die Frau schien die Einladung zu verstehen und zog Phoebe an den Kniekehlen näher zu sich heran. Sie muss irgendwie auf dem Boden sitzen, überlegte Phoebe noch, dann stöhnte sie auf. Sie spürte einen weichen, sinnlichen Mund an ihren Leisten, unter ihrem Nabel, an ihren Hüften. Der Mund schien es nicht eilig zu haben. Scheinbar ziellos wanderte er über Phoebes Bauch und behielt währenddessen dieselbe Sanftheit bei, die sein erster Kuss gehabt hatte. Phoebe holte tief Luft, als sei sie am Ertrinken. So eine Zärtlichkeit hatte sie bislang noch nie erlebt. Das war etwas, was sie auch von Dariusz nicht kannte. Das hier war so schön und so anders ... so besonders ... Wieder hob sich ihr Brustkorb, als sie nach Luft schnappte. Falk lachte leise und strich ihr über die Wange. Die Frau mit dem betörenden Duft hatte sich inzwischen ganz ihrer glattrasierten Spalte gewidmet. Vorsichtig schob sie ihre Zunge zwischen die nassen Schamlippen, erkundete auch hier Phoebes Körper auf sanfte und ruhige Art. Als die Frau Phoebes Kitzler küsste und ihn saugte, schrie Phoebe auf. Sie hatte das Gefühl zu verbrennen. Falk legte seine Hände auf ihre Brüste, tat aber sonst nichts. Entweder gehörte das zum Spiel, oder er war von den Liebeskünsten der anderen Frau so fasziniert, dass er nichts anderes tun konnte, als zuzuschauen. Phoebe krallte sich in den Sessellehnen fest, während der Mund der Frau sie unverändert ruhig und sanft weiterküsste. Dann heulte sie auf. Sie fühlte, wie ein Orgasmus in ihr heranwuchs, wie sie ihn bisher erst selten erlebt hatte. Ihre Beine begannen zu zittern. Falk stöhnte leise und begann nun doch, ihre Brüste zu kneten. Phoebe wimmerte. Die Berührungen der Frau zwischen ihren Schenkeln wurden noch sanfter, beinahe liebevoll. Phoebe hörte ihr Herz schlagen, und dann war es da, das Rot. Ihr Rot.

»Du bist wunderbar, Darling.« Falk küsste die Frau, die vor ihm stand, und reichte ihr ein Glas Champagner.

Phoebe hörte seine Stimme wie aus weiter Ferne. Sie war noch immer vollkommen erschöpft. Wie lange sie bereits hiersaß, wusste sie nicht. Jetzt hörte sie Falk an den Sessel treten. Er griff nach der Augenbinde und nahm sie ihr ab. Phoebe schüttelte den Kopf, um die Benommenheit loszuwerden, und öffnete die Augen. Bis auf den Schein der Kerzen war der Raum in Dunkelheit getaucht, was sie als sehr angenehm empfand. Sie versuchte sich zu orientieren, suchte nach der Frau, die ihr gerade ein so wunderbares Geschenk gemacht hatte. Falk half ihr aufzustehen und führte sie in die Mitte des Raumes, wo ihre Gespielin schon mit lasziver Gelassenheit auf sie wartete. Sie trug exakt das gleiche Ensemble wie Phoebe, nur in einem anderen Farbton. Zu ihren langen blonden Haaren sah die durchscheinende Kreation aus hellgrauem Nichts einfach umwerfend aus. Phoebe suchte ihren Blick und grinste. Respekt, Falk, dachte sie, jetzt hast du mich wirklich überrascht. Die andere lächelte zurück und deutete ein Kopfnicken an. Falk reichte Phoebe nun ebenfalls ein Glas. Sein Blick wanderte von einer Frau zur anderen. Er war gespannt, wie Phoebe reagieren würde.

»Immer für eine Überraschung gut, nicht wahr, Falk?«, sagte Phoebe und prostete ihm zu. »Aber dieses Mal, das muss ich sagen, hast du dich selbst übertroffen. Ich hätte ja mit vielem gerechnet, aber nicht mit Nadeshna.« Sie trat an die andere heran und gab ihr einen zarten Kuss auf den Mund.

»Danke. Das war wunderschön.«

Als Phoebe ihr Glas hob und beiden zuprostete, stellte sie mit Erstaunen fest, dass in Nadeshnas Augen Tränen glitzerten. Na so was, dachte sie, die Frau sollte doch schon so einiges bei einem narzisstischen Bonvivant wie Falk gewohnt sein. Sie war bestimmt nicht die Erste gewesen, die sie auf Falks Wunsch hin beglückt hat.

»Und nun?« Phoebe stellte ihr Glas ab und sah ihren Gastgeber fragend an. Der hob ihr Kinn und sagte dicht vor ihrem Mund: »Was hältst du davon, wenn du jetzt deine neue Freundin ein wenig verwöhnst? Sie hat es sich verdient, findest du nicht?« Falks Augen blitzten sie provozierend an. Du wirst dich noch wundern, dachte Phoebe und wandte sich Nadeshna zu: »Magst du wirklich?«

Die Blondine warf ihre Mähne in den Nacken und nickte. Phoebe nahm ihr das Glas aus der Hand und reichte es Falk. Dann küsste sie die Handinnenfläche, die Finger, saugte an ihnen. Nadeshna blickte sie offen, aber unbeteiligt an. Wie schade, dachte Phoebe, anscheinend macht sie das alles nur für diesen Voyeur, um ihm zu gefallen und seine Favoritin zu bleiben.

»Es war schön, von dir geküsst zu werden«, sagte Phoebe und strich der anderen über das schwere Haar. Dann klemmte sie Nadeshna eine widerspenstige Strähne hinter das Ohr und küsste sie zart auf ihren Mund. Obwohl die andere regungslos blieb, gab Phoebe nicht auf.

»Du warst so gut zu mir«, flüsterte sie an ihrem Ohr, »das möchte ich dir zurückgeben. Vertrau mir.« Phoebe drückte Nadeshnas Hand und zog sie mit sich auf den Teppich. Aus den Augenwinkeln sah sie, dass Falk sich in seinen Sessel am Kamin zurückgezogen hatte. Nadeshna lag ausgestreckt auf dem weichen Untergrund. Aus ihrem Körper schien alle Spannung entwichen zu sein. Sie sah Phoebe halb trotzig, halb erschöpft an. Anscheinend hatte sie die Spielchen schon tausendmal gespielt und nun keine Lust mehr darauf. Phoebe lächelte ihr zu. Keine Frau hatte es verdient, so behandelt zu werden, aber es gehörten ja auch immer zwei dazu. Einer, der macht, und einer, der es mit sich machen lässt. Vielleicht hatte Nadeshna ja so etwas wie eine masochistische Ader, aber es war nicht an ihr, Phoebe, das herauszufinden oder über Falk zu urteilen. Sie kniete sich über Nadeshna und begann, deren Körper mit vielen kleinen Küssen zu bedecken. Sie hatte noch nie zuvor mit einer Frau Sex gehabt, weshalb sie einfach das tat, was sie selbst gern mochte. Vielleicht würde es ihr ja so gelingen, Nadeshna zum Höhepunkt zu bringen. Sie küsste ihren Hals, leckte an ihren Ohren, nahm den Duft ihrer Haare auf. Nadeshna blieb ruhig liegen und sah sie noch immer distanziert an. Es war ihr nicht anzumerken, ob Phoebes Zärtlichkeiten ihr gefielen. Die aber ließ sich nicht beirren. Vorsichtig umfasste sie die Brüste der Blonden, wiegte sie in ihren Händen, küsste die Brustwarzen. Sie rieb die Nippel zwischen Daumen und Zeigefinger und zog dann leicht daran. Endlich bewegte sich Nadeshna. Sie schluckte und nickte Phoebe zu, als sie ihren Blick auffing. Phoebe verstand und lutschte und streichelte weiter. Auch sie tat es jetzt ohne Eile, genau wie Nadeshna zuvor. Sie hob ihre Brüste aus den Schalen des BHs heraus und fuhr ausgiebig über die üppigen Rundungen. Nadeshna schloss die Augen und gab einen hohen Laut von sich. Phoebe machte weiter. Sie beschäftigte sich ausschließlich mit den Brüsten der Blondine und spürte dabei ihre eigene Erregung wachsen. Wieder stöhnte Nadeshna leise auf. Phoebe machte eine kurze Pause, um sich zwischen ihre Schenkel zu setzen, dann beugte sie sich wieder über die Blondine und massierte deren Brüste. Nadeshna schien die Berührungen zu genießen, denn sie schnurrte leise wie eine kleine Katze. Phoebe ließ ihre Hände auf den Brüsten ruhen. Sie küsste ihren Nabel, leckte daran, spielte mit ihm und spürte, wie die Spannung in Nadeshnas Körper zurückkehrte. Nachdem sie die Nippel ein letztes Mal gedrückt hatte, ließ sie die Brüste los und küsste sich nabelabwärts hin zu Nadeshnas Venushügel. Bevor sie ihre Lippen aufsetzte, inhalierte sie den Duft der anderen Frau; er gefiel ihr. Nadeshnas Atemzüge wurden lauter, als Phoebe mit ihrer Zunge durch die Spalte glitt und sie sanft streichelte, doch erstaunlicherweise war sie überhaupt nicht feucht. Für sie ist das ein Job, dachte Phoebe, ein Deal. Spaß hat sie dabei wahrscheinlich so gut wie gar nicht. Sie ist eine zu gute Schauspielerin, als dass Falk in seiner Eitelkeit etwas merken würde. Vorsichtig touchierte sie den Eingang zu Nadeshnas Vagina. Die Frau stöhnte auf und griff nach Phoebes Schultern. Sie verstand den Hinweis und ließ ihre Zunge kreisen, machte kleine Bewegungen, hauchte hin und wieder einen Kuss auf den Kitzler. Aber sie blieb vorsichtig, fast reserviert. Nadeshna dankte es ihr mit einem tiefen Seufzer. Dann schien das Eis gebrochen zu sein, und die Blondine fing an, sich zu entspannen. Ihre Beine fielen zur Seite, sie schob ihr Becken vor, und ihre Hände glitten zaghaft durch Phoebes Locken. Falk ist ein solcher Idiot, dachte Phoebe und schenkte der anderen Frau wieder behutsame Küsse. Nun, endlich, war die Lust in Nadeshna angekommen. Tropfen um Tropfen suchte sie sich ihren Weg nach draußen und wurde von einer begierigen Phoebe sofort aufgeleckt. Wieder glitt sie mit ihrer Zunge in Nadeshnas Lusthöhle. Sie war jetzt nass und heiß und schmeckte nach mehr. Phoebe spürte, dass Nadeshna sich auf ihre Ellbogen stützte und zu ihr hochblickte. Die Augen der Blonden strahlten vor Leidenschaft und Vertrauen. Dann ließ sich Nadeshna zurücksinken und schloss die Augen. Phoebe griff sich zwischen die Beine. Auch sie war erregt, aber erst einmal war Nadeshna an der Reihe. Sie begann den Kitzler ihrer Gefährtin zu lecken und mit dem Finger in sie einzudringen. Phoebe veränderte den Rhythmus nicht, sie machte einfach weiter. Sie hoffte, dass Nadeshna heftig kommen würde …

Die Blonde brauchte lange. Sie bewegte sich nicht, lag da und schien nur auf den einen großartigen Moment zu warten. Ein letztes Mal unterbrach Phoebe ihre Zärtlichkeiten und schob sich über die schweren Brüste zu Nadeshna hoch, die sie fast ängstlich anblickte.

»Bitte nicht aufhören«, flüsterte sie kaum hörbar, »ich bin so nah dran.«

Phoebes Antwort war ein langer Kuss. Sie kannte diese Frau nicht, aber sie wollte ihr guttun. Sie verwöhnen, wie sie von ihr verwöhnt worden war.

»Du bekommst alle Zeit, die du brauchst«, sagte sie ebenso leise und legte sich wieder zwischen Nadeshnas Beine. Die Blonde stöhnte auf, als sie Phoebes Zunge und Finger spürte. Ihr Becken hob und senkte sich. Das Stöhnen wurde lauter, und Phoebe genoss es. Sie steckte ihre Zunge so tief in Nadeshna hinein, wie sie konnte. Wieder kam ein Schwall an Feuchtigkeit auf sie zu. Gierig leckte Phoebe die Nässe von ihren Schamlippen und liebkoste die blonde Frau weiter und weiter. Und dann spürte sie es. Nadeshnas Bauch fing von innen an zu beben. Der Uterus kontrahierte, hob und senkte sich, die Vagina wurde lang und eng. Phoebe leckte weiter. Nadeshnas Oberkörper schnellte hoch, sie schluchzte. Dann ließ sie sich zurückfallen und stöhnte. Phoebe zog sich langsam zurück und schloss die Schenkel der anderen. Sie fand es unangemessen, dass Falk sie so sehen konnte. Nadeshna verharrte noch ein paar Minuten schwer atmend auf dem Boden, dann setzte sie sich auf und sah Phoebe ernst an. Sie warf ihre Mähne in den Nacken und strich Phoebe über den Mund.

»Das war der beste Orgasmus, den ich jemals hatte«, sagte sie ruhig und stand auf. Sie reichte Phoebe die Hand und zog sie zu sich hoch. Falk hatte sich aus seinem Sessel erhoben und kam mit nachdenklichem Blick auf die beiden Frauen zu.

Vierzehn

Dariusz blickte auf seinen E-Mail-Eingang. Keine Nachrichten von Phoebe. Er seufzte. Inzwischen war er fast zwei Wochen in San Antonio und außer ein paar Belanglosigkeiten hatte er von Phoebe nichts gehört. Sie antwortete freundlich und unverbindlich, aber er kannte sie gut genug, um zu wissen, was sie ihm damit auf ihre Art mitteilen wollte: Lass mich in Ruhe. Ich werde dich aber nicht in Ruhe lassen, dachte er. Gut, zunächst war seine Wut groß gewesen, aber jetzt, nach so vielen Tagen ohne Phoebe, fühlte er sich mehr denn je in seinen Gefühlen für sie bestätigt. Sie war kein Engel, gewiss nicht, aber ohne sie fehlte etwas Wichtiges in seinem Leben, ob er es wahrhaben wollte oder nicht. Wie er bei einem Telefonat mit Leon erfahren hatte, verbrachte sie neuerdings viel Zeit mit Falks Dauerbegleitung Nadeshna. Einen anderen Mann – von Schumann einmal abgesehen – hatte Leon nicht mit ihr gesehen. Amelie übrigens auch nicht, die er ebenfalls angerufen hatte. Sie war noch immer völlig in ihren Fotografen verliebt und schien nicht auf dem Laufenden zu sein, was das Leben ihrer Freundin betraf. Natürlich hatte er auch bei Phoebe angerufen, aber außer ihrem Anrufbeantworter war niemand rangegangen. Dariusz sah auf die Uhr. Er musste sich beeilen. Für heute hatte Woods Gäste eingeladen; eine wichtige Kunstmaklerin aus Dallas war dabei, genauso wie ein paar Freunde des Hauses. Dariusz massierte seine Schläfen. Solange er hier war, jagte eine Einladung die nächste: Woods tat wirklich alles, um ihm hier in Texas Zugang zur Gesellschaft zu verschaffen. Er war es dem Sammler schuldig, eine gute Figur abzugeben, doch das fiel ihm bei seiner momentanen Nachdenklichkeit nicht leicht. Er brauchte dringend Zeit für sich, Zeit zum Nachdenken und überhaupt. Er musste sich etwas ausruhen. Er schloss die Knöpfe seines langen schwarzen Hemdes und band sich mit einem ebenso schwarzen Tuch die langen glänzenden Haare im Nacken zusammen. Dann zwinkerte er sich aufmunternd im Spiegel zu, bevor er die Tür hinter sich ins Schloss zog.

»Da ist er ja!« Woods zeigte erfreut auf den Künstler, der mit sportlich schnellen Schritten die Treppe zur Halle heruntergelaufen kam. Die Frau neben ihm schien regelrecht entzückt zu sein und machte daraus keinen Hehl. Sie reichte Dariusz ihre Hand, woraufhin er galant einen Handkuss andeutete. Die Frau strahlte und ließ ihren Blick aufmerksam zwischen dem Sammler und Dariusz hin- und herwandern. Dann sah sie ihm offen in die Augen und leckte sich für einen winzigen Moment verführerisch über die Lippen. Dariusz verstand. Er nickte ihr kaum merklich zu, dann ließ er sich von Woods den nächsten Gästen vorstellen, die soeben eingetroffen waren.

»New York? Welche Frage! Ich liebe New York!« Woods lachte und blickte sich entspannt um. Es war fast Mitternacht. Die Zahl der Gäste war auf einen harten Kern zusammengeschrumpft, was bedeutete, dass nur noch diejenigen anwesend waren, die ihm besonders am Herzen lagen. Er atmete tief durch. Es war wirklich eine gute Idee gewesen, den jungen Polen in sein Haus zu holen. Er verfügte über erstklassige Manieren und verstand es von

Mal zu Mal besser, sich ins rechte Licht zu rücken. Woods betrachtete den attraktiven Künstler mit Sympathie. Es war ihm anzumerken, dass seine anfängliche Scheu einer stillen Zurückhaltung gewichen war, die die Menschen dazu brachte, auf ihn zuzugehen. Ein bemerkenswerter Mann, dieser Dariusz. Nur schade, dass er immer etwas traurig wirkte. Seine deutsche Freundin schien ihm übel mitgespielt zu haben. Er blickte in sein Glas und in die Gläser seiner Freunde. Nun, aber was dieses Mädchen betraf, das war nicht seine Angelegenheit.

»Hat jemand noch Lust auf Wein? Dann verschwinde ich mal schnell im Keller.«

Dariusz legte ihm die Hand auf den Arm und machte dem Gastgeber eine Geste, er möge doch sitzen bleiben.

»Lassen Sie mich gehen. Ich möchte mich heute Abend auch einmal nützlich machen dürfen.« Er lächelte charmant und erhob sich.

»Und ich werde die Gelegenheit nutzen und meine Nase pudern«, flötete die Kunstmaklerin aus Dallas und verschwand in die andere Richtung. Sie kannte den Weg zum Weinkeller.

Dariusz war nicht überrascht, als Lydia, wie sie ihm vorgestellt worden war, im Weinkeller auftauchte. Frauen ihrer Art waren ihm schon mehrmals in seinem Leben über den Weg gelaufen. Sie waren auswechselbar, hatten kein Gesicht, keine Seele, nur eine Funktion … Er wusste nicht, was sie antrieb, aber alle schienen von einem unstillbaren Verlangen erfüllt zu sein. Er legte die Flasche, die er gerade dem Regal entnommen hatte, vorsichtig in den Korb, den er hier unten gefunden hatte, und blickte Lydia an. Das war das Signal. Sie kam auf ihn zu und zog ihren Rock hoch. Ohne den Blick von ihm zu lassen, schob sie ihr Höschen zur Seite und bot sich ihm an. Er griff nach ihr und drückte sie an die Mauer. Ein harter Kuss traf ihren Mund, während er die Kordel seiner Stoffhose löste, dann hob Dariusz sie auf seine Hüften und drang in sie ein. Sie stöhnte leise und lachte ihr hohes, künstliches Lachen, das er schon den ganzen Abend lang so unsympathisch gefunden hatte. Er mochte sie nicht, und er hatte keine Ahnung, was das Ganze hier sollte, aber sie hatte sich ihm angeboten, und ihm war es egal, was in ihr vorging. Seine Gedanken kreisten seit Tagen ausschließlich um Phoebe, um die Lust, die sie sich gegenseitig geschenkt hatten, und jetzt bot sich unvermittelt die Gelegenheit, einen anderen warmen Körper zu spüren und dabei an die zu denken, die er nicht haben konnte. Lydia schien nichts davon zu bemerken, und falls doch, dann störte es sie nicht. Sie bewegte sich geschickt und empfing seine Stöße mit gierigen Lauten. Dariusz dachte an Phoebe. An ihre Besuche im Kino, an Abende auf ihrem Balkon … Er kümmerte sich nicht um die Frau auf seinen Hüften, spürte nichts von ihrer Erregung, sah durch ihre Augen hindurch. Sie kam eher als er – oder tat zumindest so –, was er hinnahm, denn in Gedanken küsste er Phoebes Brüste, ihre Augen, ihren Mund. Als er spürte, dass er nicht mehr an sich halten konnte, ließ er Lydia von seinen Hüften gleiten und legte Hand an sich. Die Kunstmaklerin lächelte süffisant und assistierte ihm. Es war der erste Orgasmus in seinem Leben, der ihm keinen Spaß gemacht hatte. Einfach widerlich. Ohne Lydia noch einmal anzusehen, griff er nach dem Korb und ließ sie stehen. Sie strich ihren Rock glatt und zog ihre Lippen nach.

»Das war gar nicht mal schlecht für den Anfang«, sagte sie zu sich selbst und gab Dariusz etwas Vorsprung, bevor sie sich ebenfalls wieder zu den Gästen gesellte. Niemand schien etwas bemerkt zu haben, stellte Dariusz fest und nahm das Kellnermesser, um den Wein zu entkorken.

Doch als er das Glas seines Gastgebers füllte, raunte dieser ihm leise zu: »Sie hat es wieder getan, stimmt's?« Er seufzte und prostete Dariusz zu. »Man kann es ihr einfach nicht abgewöhnen«, setzte er tadelnd nach und sah Lydia strafend an, die unschuldig zurücklächelte.

Mit gurrender Stimme sagte sie: »Deine Weine sind wirklich die besten, mein Lieber.«

»Was hast du denn nun vor, Mädchen?« Ihr Vater hatte es trotz seiner vielen neuen Verpflichtungen tatsächlich geschafft, sich mit Phoebe zum Lunch zu treffen. Von dem Restaurant am Gendarmenmarkt hatte man einen prächtigen Blick auf die beiden Dome. Phoebe betrachtete die Reisegruppen, die sich auf dem Platz zwischen den beiden Kirchen sammelten. Ihr Vater zupfte sie ungeduldig am Ärmel.

»Tochter, ich rede mit dir. Also. Was willst du tun?« Friedewald sah seine Tochter aufmerksam an. Er wollte nicht nach London zurückkehren, ohne sie beruflich gut untergebracht zu wissen. Aber der Projektleiter von *Seven Oceans* hatte Druck gemacht. Diese Woche musste entschieden werden, wer die künstlerische Leitung des Museums übernehmen würde.

»Ich weiß es nicht. Ehrlich.« Phoebe drehte ihr Glas in der Hand und sah an ihrem Vater vorbei. Ihr war klar, dass er eine Entscheidung von ihr erwartete. Zunächst hatte sie den neuen Job kategorisch abgelehnt, erstens aus Prinzip und zweitens, weil ihr Vater ihn gekauft hatte, aber nach und nach hatte sie sich sachlich mit dem

Projekt auseinandergesetzt und festgestellt, dass Matthew recht behalten hatte. Sie war wirklich die Idealbesetzung für die Position. Aber wollte sie das? Wäre es nicht besser, Berlin zu verlassen und irgendwo anders hinzugehen? Sie kannte Rom recht gut und Barcelona auch; zur Not würde sie sogar nach Paris ziehen. Aber Berlin? Berlin ohne Dariusz war nicht mehr ihre Stadt.

»Tochter.« Matthews Stimme hatte einen strengen Unterton. Er bestellte zwei Espressi und nahm Phoebes Hand. Wenn sein Handeln wirtschaftlich auch richtig gewesen war, hätte er seine Tochter doch darauf vorbereiten müssen. Und das hatte er nicht getan, weil er zu feige gewesen war. Er seufzte.

»Ich hätte mit dir darüber sprechen müssen, Phoebe. Ich weiß das. Aber ich habe es immer vor mir hergeschoben, und dann war es plötzlich zu spät. Bitte, glaub mir, dass es mir sehr leid tut. Ich werde so etwas nie wieder tun, das verspreche ich dir.«

Dazu wirst du auch keine Gelegenheit haben, dachte Phoebe und entzog ihrem Vater die Hand. Matthew seufzte. Seine Tochter war genauso dickköpfig wie er.

»Also – was soll ich tun, Phoebe? Rückgängig kann ich es nicht machen. Und ich kann Dariusz auch nicht zurückholen, aber wenn ich es könnte, dann säße er in diesem Augenblick hier bei uns, *believe me.*«

Phoebe schluckte. »Ich werde mich mit dem Projektleiter treffen. Ich habe ihn vorhin angerufen. Keine Ahnung, ob der Job etwas für mich ist, aber ich werde mir seine Ideen anhören. Zufrieden, Vater?« Ihre Stimme zitterte. Es war immer dasselbe. Matthew setzte sich durch, und sie gehorchte ihm. Friedewald nickte zufrieden. Der Krieg war noch nicht gewonnen, aber eine wichtige Schlacht ging auf sein Konto. Er machte dem Kellner ein

Zeichen, die Rechnung zu bringen. Phoebe leerte ihr Glas und wartete schweigend, bis ihr Vater bezahlt hatte. In dem Bewusstsein, dass es noch einige Zeit dauern würde, bis sich ihr Verhältnis zueinander wieder als entspannt bezeichnen ließe, traten sie auf den Gendarmenmarkt. Jeder hing seinen eigenen Gedanken nach. Während sie in Richtung Friedrichstraße schlenderten, hakte sich ihr Vater bei ihr unter. Phoebe war irritiert über die vertraute Geste, die sie von ihm nicht kannte. Dann räusperte er sich und blieb plötzlich stehen. Touristen, denen sie im Weg standen, liefen murrend an ihnen vorbei. Auch das ist Berlin, dachte Phoebe, will ich das?

»Mädchen.« Matthew sah ernst aus. »Ich habe eine Idee. Aber ich verwirkliche sie nur, wenn du ja dazu sagst.« Jetzt leuchteten seine Augen spitzbübisch auf. »Ich nehme mir hier eine Wohnung.«

Phoebe blickte ihn mit Erstaunen an, fing sich aber schnell wieder und sagte dann mit ironischem Unterton: »Da wird sich Leon aber freuen.«

»Ich dachte eher, du würdest dich freuen. Ich habe gemerkt, wie schön es ist, wenn du in meiner Nähe bist, und da dachte ich …« Er zuckte mit den Schultern.

Jetzt war es Phoebe, die wie ein Spitzbube grinste. Sie tippte mit dem Finger auf seine Brust und sagte schelmisch: »Du willst nur kontrollieren, ob ich den Museumsjob gut mache, hab ich recht?«

Matthew nahm den Ball auf und spielte ihn zurück. »Du sagst es. Und Leon braucht auch ein bisschen – wie sagt man? – Supervision.«

Phoebe schüttelte den Kopf. Ihr Vater war wirklich unglaublich. »Du wohnst aber nicht zufällig auch in der Mollstraße, oder?«

»Nein.« Jetzt strahlte Friedewald über das ganze Gesicht.

»Ich kenne einen Kunsthändler, der hat eine Villenetage am Nikolassee zu vergeben. Für elf Monate. Zur Untermiete. Und was danach wird – das sehen wir ja dann.«

Dariusz öffnete seine Mailbox. *Mein Vater zieht nach Berlin. Ist das nicht der Hammer? LG Phoebe. PS: Wie geht es dir, und wie geht deine Installation voran?*

Friedewald, der alte Fuchs. Weiß genau, was er an seiner Tochter wiedergutzumachen hat. Dariusz lächelte in sich hinein, dachte an die letzten Tage vor der Vernissage. Und schon wieder war es da, dieses nagende Gefühl, das tief in seinem Bauch saß und ihm die Tränen in die Augen trieb. Gott, er litt unter Heimweh und Liebeskummer im Doppelpack. Er musste hier weg. Er klickte auf den Antwort-Button und schrieb: *Liebe Phoebe, das freut mich. Dein Vater hat ein schlechtes Gewissen, und das ist gut so. Und Leon kann ein bisschen Kontrolle gebrauchen, denke ich … Zu mir: Ich werde herumgereicht wie ein Wanderpokal, den jeder mal anfassen darf. Europäische Künstler findet man hier genauso cool wie wir einen alten Ford Mustang. Woods ist ein kultivierter Mensch und interessanter Gesprächspartner, und er tut alles, um mir meine Zeit hier angenehm zu machen. Nächste Woche fliegen wir mit einem weiteren Geschäftsfreund nach New York. Soll ich dir etwas Schönes mitbringen? LG Dariusz*

Dariusz musste mit sich kämpfen, um kein PS anzuhängen. PS: Du fehlst mir so. PS: Bitte komm nach New York. PS: Ich brauche dich, ich will dich, ich … Scheiße! Bob Marley hatte schon damals recht gehabt. *No woman, no cry.* Er kämmte seine Haare mit den Händen nach hinten und fasste den Strang mit einem Gummi zusammen. Dann wusch er sich die Hände und legte seinen Lieblingsduft auf. Woods und seine Familie hatten ihn eingeladen, einen Ausflug zu Goose Creek und ein paar anderen Ölfeldern zu machen. Ausflug war immer gut. Sie würden locker zwei Tage unterwegs sein. Dariusz griff nach seiner Reisetasche und schloss leise die Tür hinter sich.

Es war bei dem einen Mal geblieben, dass Phoebe und Nadeshna sich so nahe gekommen waren, aber das Erlebnis war für beide so tiefgreifend gewesen, dass sich zwischen ihnen so etwas wie ein unausgesprochenes Vertrauen entwickelt hatte. Es war keine konventionelle Freundschaft, eher ein gegenseitiges Begreifen und Verstehen, ein Ablegen von Vorurteilen und dafür stilles Wachsen von Respekt und Sympathie. Männer, Job, der Alltag – das waren nicht ihre Themen. Sie trafen sich, um über ihre Gefühle zu sprechen, um schweigend spazieren zu gehen oder um gemeinsam den großen Hamam in Kreuzberg zu besuchen. Phoebe erlebte die Nähe zu einem anderen Menschen in einer völlig neuen Qualität und war Falk zutiefst dankbar, dass er sie zueinandergebracht hatte, und auch Nadeshna blühte förmlich auf, das war nicht zu übersehen. Sie fühlte sich verstanden und gemocht; sie musste Phoebe nichts vorspielen, sie konnte so sein, wie sie war, und das machte sie glücklich. Irgendwann hatte sie sich sogar getraut, Phoebe von der Vorgeschichte jenes bedeutungsvollen Abends zu erzählen. Es war genauso gewesen, wie Phoebe es sich vorgestellt hatte. Falk hatte Nadeshna mit dieser Dreiernummer erpresst. Wenn sie ihre Eifersucht auf Phoebe für einen Moment vergessen und ihr einen Höhepunkt zaubern würde, dann stünden ihr die Türen zu seinem Haus weit offen. Es läge allein an ihr, und Falk hatte ihr geraten, diese einmalige Chance zu nutzen, wenn sie noch immer den ersten Platz in seiner Sammlung anstrebte. Falk war und blieb ein selbstverliebtes, arrogantes Arschloch.

»Du hast wirklich etwas Besseres verdient«, hatte sie zu Nadeshna gesagt.

Aber die hatte nur mit den Schultern gezuckt und geantwortet: »Ich liebe ihn. Da stellt sich die Frage nicht.«

Leon trug zur Feier des Tages Kirschrot. Nur seine Schuhe waren wieder einmal aus hellem Pythonleder. Phoebe musste lächeln, als er auf sie zukam.

»Du siehst ja aus wie Amor persönlich, Mr. McNeefe. Fehlen nur noch Köcher und Pfeile.« Sie strich ihm seine asymmetrische Ponysträhne aus der Stirn, um beide Augen sehen zu können. Sein einäugiger Blick irritierte sie noch immer. Leon setzte sich ungefragt und wedelte mit zwei Flugtickets.

»Wir fliegen nach New York, Boss. *Just the two of us, you know.*« Er zwinkerte ihr vertraulich zu.

»Ah ja? Und wer sagt, dass ich mitkomme?« Phoebe bemühte sich, möglichst unbeeindruckt zu klingen. Dass die Reise von ihrem Vater gesponsert war, war so klar wie irgendwas. Wahrscheinlich hatte er sich zwei Tische weiter hinter einem Heizstrahler versteckt und beobachtete gerade Leons Auftritt. Leon setzte eine betont unglückliche Miene auf und ließ seine herzförmige Sonnenbrille auf die Nase rutschen.

»Wir werden eine gute Zeit haben, Phoebe. Ich muss arbeiten, aber du kannst dir angucken, was du magst. Denk nur mal an die Clubs, an das *Oneoneone* am Meat Market. Also, ich find die Vorstellung geil.« Er griff nach ihrem Drink und nahm einen Schluck. Phoebe winkte dem Kellner und bestellte zwei Gin Tonic. Leon reagierte mit dankbarem Nicken und nahm ihre Hand.

»Dariusz wird auch da sein. Das weißt du doch, oder?«

Phoebe seufzte. Ja, das wusste sie. Aber nein, sie wusste nicht, ob sie mitkommen wollte. Als die Bedienung die Getränke brachte, nahm sie einen Schluck Gin Tonic und sah Leon gespielt verwundert an.

»Du willst mir doch nicht erzählen, dass du mich fast mitten in der Nacht aus der Wohnung klingelst, um mir eine Reise nach New York vorzuschlagen? Hätte das nicht auch Zeit bis morgen gehabt?« Sie nahm noch einen Schluck und winkte dem Kellner, eine weitere Runde zu bringen. Leon, inzwischen wieder einäugig und ohne Brille, nickte und trank dann sein Glas in einem Zug leer.

»Doch. Aber wenn du nicht mitkommst, Boss, kommt dein Dad mit, und das wäre nicht sehr lustig. *Not at all.*« Er machte einen entzückenden Schmollmund, und Phoebe regte sich langsam ab. Es schien wirklich um geschäftliche Dinge zu gehen und nicht darum, *postillon d'amour* zu spielen. Nun gut, über eine solche Reise ließe sich reden. Phoebe streckte die Beine von sich und genoss die sommerliche Hitze der Nacht. Vor ihnen floss dunkel und träge die Spree entlang; sie waren fast die letzten Gäste im *Beachclub*.

»Wann soll es losgehen?« Auf einmal war Phoebe hellwach.

»Am Freitag, Boss. Hast noch genug Zeit zum Kofferpacken.« Leon grinste. »Soll ich uns ein Doppelzimmer buchen?«

Phoebes Blick war Antwort genug. Er seufzte. »Okay. Also *two single bedrooms* … Ach ja.« Er seufzte erneut und nahm noch einmal ihre Hand.

»Wir kriegen das hin, mit dir und Dariusz, okay?« Seine Stimme wurde klein und hoch – er weinte. Jetzt war es an Phoebe zu seufzen. Sie nahm den Briten in den Arm und wiegte ihn hin und her.

»Was soll das, Leon?«, fragte sie leise. »Warum weinst du?«

»Weil alles Kacke ist, Boss, darum.« Leon atmete tief ein und heulte nun richtig los. »Du hältst mich für einen intriganten Typen, für einen Spinner. Deine Galerie ist weg, und wer ist schuld daran? Leon!«

Phoebe drückte ihn an sich. Leon heulte weiter. Scheint ein zartes Seelchen unter seiner dicken Haut verborgen zu sein, dachte sie. Natürlich war sie sauer auf ihn gewesen, und das mit Recht, aber nun war alles anders. Sollte er die Galerie haben und Erfolg und Umsätze – schön für ihn. Sie, Phoebe, hatte neue Ziele. Morgen war ihr Gespräch mit dem Projektleiter von *SevenOceans*, und danach würde sie weitersehen. Im schlimmsten Fall könnte sie immer noch in der Bretagne Schafe züchten. Sie lachte, als sie sich als Schafshirtin sah, ohne Makeup, mit Gummistiefeln und Kopftuch, aber das Bild gefiel ihr irgendwie. Leon putzte sich die Nase.

»Bitte komm mit nach Manhattan, Boss. Wird gut. Mit Dariusz, ohne Dariusz – *anyway*. Lass uns eine gute Zeit haben, und, bitte, sei mir nicht mehr böse.«

»Ich bin dir nicht böse, Leon. Ich bin von meinem Vater enttäuscht, nicht von dir. Du willst Karriere machen – das ist in Ordnung. Aber Matthew ist mein Vater, und er hätte mir das Ganze anders mitteilen können. Oder?« Sie hob ihr Glas und stieß mit Leon an.

»Chinchin, Leon.«

»Chinchin, Boss. Und du kommst mit?«

»Ich komme mit.«

Dariusz schob den unteren Teil des Fensters nach oben, um frische Luft in sein Zimmer zu lassen. Dann nahm er die Packung mit Entenman-Donuts vom Bett und legte sie in den Kühlschrank zu diversen Flaschen 7up und Budweiser. Die Tür des Kühlschranks schnappte mit einem satten Laut zu. Dariusz ließ sich auf das viel zu weiche Bett fallen, schloss die Augen und hörte der Stimme Manhattans zu, die der warme Wind zu ihm durch das offene Fenster trug. Es tat gut, wieder hier zu sein. Das kleine Schaumstoffkissen unter seinem Kopf war unbequem, der ganze Raum roch nach Chlor, und von draußen hörte er das schrille Pfeifen der Polizeisirenen. Kein Zweifel, er war in New York.

Woods waren fast die Augen aus dem Kopf gefallen, als er es abgelehnt hatte, im *Four Seasons* zu wohnen. Der Theatre District in der 42nd Street war schon eher seine Gegend. Hier fühlte er sich wohl. Von hier aus hatte er – wann auch immer es gewesen war – mit Phoebe Manhattan erkundet. Phoebe. Dariusz schluckte. Viel lieber als mit seinem Mäzen würde er mit ihr von Restaurant zu Bar ziehen und die Nächte zum Tag machen. Herrgott! Er zog sich die dünne Häkeldecke, die in dem Etablissement als Bettüberwurf diente, über den Kopf und schluchzte. Es tat so weh. Es tat schweinemäßig weh. Und noch schlimmer war, dass Leon eine Mail geschickt und seinen Besuch angekündigt hatte. Er kam mit Anhang, hatte er geschrieben, und einen Smiley dahintergesetzt. Anhang. Das konnte nur bedeuten, dass er Phoebe mitbringen würde. Dariusz stöhnte, stand auf, ging zum Fenster und zurück zum Bett. Schaltete den Fernseher ein. Bei *Predator* blieb er hängen. Er kannte den Film und hatte Mitleid mit dem krabbenköpfigen Außerirdischen, der sich am Ende lieber selbst in die Luft jagte, als von Arnold Schwarzenegger gevierteilt zu werden. Dariusz fischte nach der Flasche, die neben dem Bett stand, und trank einen Schluck Bier. Seltsam, dass ihm Budweiser nur in den USA schmeckte. Wieder heulte eine Polizeisirene. Phoebe und er hatten dabei immer neugierig aus dem Fenster geguckt und Mutmaßungen angestellt, wer da wohl gerade wieder auf der Flucht war. Erst am dritten Abend war ihnen das Spiel langweilig geworden, und sie hatten sich lieber auf sich selbst konzentriert. Dariusz dachte an verschwitzte braune Locken und sommersprossige Schultern in Tank-Tops. Er dachte an Sushi to go und Speezo Pizza. Und an Phoebe. Phoebe war immer bei ihm. Er seufzte und nahm noch einen Schluck. Die Welt ist zu klein für uns beide, dachte er, wir werden uns immer wieder über den Weg laufen. Er wollte eine Entscheidung. So oder so.

Leon war überglücklich, dass er Phoebe zu dem Kurztrip hatte überreden können und stand pfeifend neben dem Pagen am Aufzug. Der Bedeutsamkeit des Tages angemessen trug er geschäftsmäßiges Dunkelgrau. Phoebe hatte sich ein wenig hingelegt – sie war zurzeit nicht gerade ein Energiebündel, und er wollte die Zeit nutzen, um einen ersten Termin mit Woods wahrzunehmen. Wer weiß, dachte Leon, vielleicht ist Dariusz ja dabei? Sie hatten sich in einer kleinen Bar oben am Central Park West verabredet, so dass der Brite die wenigen Blocks zu Fuß gehen wollte. Als er kurz vor der 50. Straße an der Ampel warten musste, traute er seinen Augen kaum. Da vorn – das war Dariusz! Allerdings in Begleitung einer weitaus älteren, wenn auch sehr gut restaurierten Dame. Die Frau redete ununterbrochen, und Dariusz fixierte den Boden, während er schnellen Schrittes voraneilte, die Hände tief in seine schwarzen Leinenhosen vergraben. Seine Begleiterin sah ebenso wenig entspannt aus wie der Künstler. Ihr leuchtendroter Mund war in ständiger Bewegung. Trotz ihrer High Heels hielt sie erstaunlich gut Schritt und gestikulierte dabei mit ausladenden Gesten. Dariusz reagierte nicht und sah weiterhin stoisch auf den Fußweg. Leon grinste und folgte den beiden unbeobachtet auf der gegenüberliegenden Straßenseite bis zur Bar am Park. Erstaunlicherweise war selbst hier für die Frau noch nicht Endstation. Als Dariusz die Tür öffnete, zwängte sie sich blitzschnell an ihm vorbei und betrat die Bar ebenfalls. Leon beeilte sich, um nicht allzu viel von der nun folgenden und bestimmt sehr interessanten Konversation zu verpassen. Nicht einmal eine halbe Minute nach Dariusz und der unbekannten Lady öffnete er ebenfalls die Tür zu *Del Parque*. Er ließ seinen Blick umherschweifen, um sich zu orientieren, und ging dann mit energischen Schritten zum Bartresen. Woods war bereits mit einem Typen da, von dem Leon wusste, dass er sein Innenarchitekt war, und natürlich mit Dariusz. Die Dame hielt etwas Abstand zu der kleinen Gruppe und zog sich die Lippen nach. Heißes Geschoss für den Jahrgang, dachte Leon. Und ein Maul wie ein Vampir. Die würde er auch nicht von der Bettkante stoßen. In einer Nacht konnte die ihm wahrscheinlich mehr beibringen, als er sonst in einem ganzen Jahr lernte. Er deutete eine Verbeugung an, als er an ihr vorbei zu den drei Männern ging.

Woods rollte mit den Augen, dann griff er Leons Hand und schüttelte sie lang und heftig. Der Innenarchitekt begnügte sich mit einem Kopfnicken, und Dariusz umarmte ihn kurz, während er ihm zuflüsterte:

»Schaff mir den alten Geier vom Hals, bitte. Sie ist unersättlich und hat mir neulich einen Quickie in Woods Weinkeller aufgedrängt.«

Leon klopfte ihm beruhigend auf die Schulter, während er Lydia mit Interesse fixierte.

»Sieht aus, als würde sie Männer zum Frühstück degustieren«, antwortete er ebenso leise.

»Durchgeknallte Nymphomanin.« Dariusz entließ Leon aus seiner Umarmung und räusperte sich. Dann sah er Woods an und gab ihm das vereinbarte Stichwort.

»Wie war das mit Ihrem Haus in SoHo? Ich wollte Sie nicht unterbrechen.«

Woods nickte und begann zu erzählen. Von seinen Ambitionen, von seiner Liebe zu Manhattan und insbesondere für SoHo, von seinen Plänen für das Stadthaus und für die darin wohnende Kunst, wie er sein Projekt nannte. Leon hörte artig zu, nickte an den richtigen Stellen und nahm währenddessen den nymphomanen Vampir in Augenschein. Eher fünfzig als vierzig, aber erstaunlich junge Augen, das konnte er durch ihr maskenartiges Make-up gut erkennen. Unauffällig stellte er sich neben Dariusz und raunte ihm leise zu: »Was bekomme ich, wenn ich dir die Lady vom Hals schaffe, mein Freund?« Theatralisch ließ er seine Sonnenbrille auf die Nase fallen und zog erwartungsvoll die Augenbrauen hoch.

Ebenso leise und wie aus der Pistole geschossen antwortete Dariusz: »Ich tu alles für dich. Ich würde sogar mit dir ins Bett gehen, Leon. Und ich bin hetero. Falls du weißt, was das ist.«

Leons Antwort war ein leises Glucksen. Dann nickte er der Lady mit den blutroten Lippen zu, die in ihren Stuart-Weitzman-Stilettos langsam die Geduld verlor und am Tresen nervös auf der Stelle trippelte. Sie nickte zurück. Na wenigstens etwas, dachte Leon.

»Ich nehme sie bis zur Abreise in Beschlag. Ich verspreche, sie wird deinen Weg nie wieder kreuzen. Gerade bei der reiferen Zielgruppe komme ich zumeist ziemlich gut an. Und du triffst dich mit Phoebe und redest mit ihr, okay?« Effektvoll klappte er seine Brille hoch und sah Dariusz provozierend an. »Ich kann natürlich auch in den Central Park gehen und Enten füttern – nat nat nat nat –, wenn dir das lieber ist. *It's your choice, honey. It's up to you now.*« Wieder folgte ein Lächeln zu der einsamen Dame am Tresen. »Ich erlöse dich also hier und jetzt von diesem Weib, und dafür gehst du zu Phoebe. Ist das ein fairer Deal?« Leon hob die Hand zum Abklatschen, und Dariusz schlug ein. Leon zog eine Karte aus der Tasche, schrieb etwas auf ihre Rückseite, dann schob er sie zu der Vampirlady mit den jugendlichen Augen und machte das Zeichen zu telefonieren. Die Frau verstand. Sie lächelte etwas unsicher, schien aber erkannt zu haben, dass sie anders hier nicht weiterkommen würde. Also verstaute sie Leons Karte umständlich in ihrer Clutch und wandte sich dann dem Ausgang zu. Langsam und lasziv schob sie sich mit wiegenden Hüften an den vier Männern vorbei. Dariusz beachtete sie mit keinem Blick, Leon hingegen warf sie eine Kusshand zu, bevor sich der dicke rote Samtvorhang am Eingang hinter ihr schloss.

Fünfzehn

Falk saß mit konzentrierter Miene hinter seinem Schreibtisch und sortierte Zeitungsartikel. Seit der Vernissage bei Phoebe hatte es etliche Abdrucke gegeben. Von der überaus ausführlichen Besprechung von Darius' Installationen in einem lokalen Kunstmagazin bis hin zu kurzen Notizen in der internationalen Fachpresse. Zufrieden betrachtete er die Schnipsel, die vor ihm auf der Schreibtischplatte lagen, und drehte sich vergnügt in seinem Sessel hin und her. Genauso musste es laufen, das Business. So und nicht anders. Er kramte nach Zigaretten, bevor er zum Eingang der *Factory W.* schlenderte. Die Julisonne brannte heiß und malte harte Schatten an die Hauswände. Falk öffnete die Tür und atmete tief ein. Noch drei, vier Wochen, dann war es schon wieder vorbei mit dem Sommer. Er klopfte eine Zigarette aus der Packung und zündete sie an. Auf der anderen Straßenseite malten Kinder Kreidestriche für ein Hüpfspiel auf den Gehsteig, ein großer brauner Hund saß bei ihnen und hechelte in der Hitze. Der Kunsthändler inhalierte tief und blies den Rauch in den Himmel. In diesen Tagen war das Leben von einer unbekannten Leichtigkeit. Er grüßte einen Nachbarn mit Kopfnicken, trat die Zigarette aus und sah auf seine Uhr. Nadeshna hatte sich bei ihm angemeldet, um seine Mittagspause zu versüßen, wie es in ihrer SMS stand. Und wenn man sich auf eines bei ihr verlassen konnte, dann auf ihre Pünktlichkeit. Falk strich sich die Haare aus der Stirn und lehnte sich entspannt an den Türrahmen. Da war sie auch schon. Er betrachtete sie aufmerksam, als sie ihm entgegenschritt. Sie ging nicht so schnell, dass sie gehetzt wirkte, und auch nicht so langsam, als hätte sie kein Ziel. Der blonde Pferdeschwanz, den sie hoch am Kopf gebunden trug, wippte unablässig und gab ihrem Auftreten etwas Unbeschwertes, Junges. Nadeshna grinste, als sie Falk an seinem Büroeingang stehen sah und streckte ihren Rücken noch mehr durch, damit er ihr ausladendes Dekolleté in Augenschein nehmen konnte. Falk erwiderte ihr Grinsen und zog sie an sich heran, kaum dass sie eine Armeslänge von ihm entfernt war. Er roch an ihrem Haar, ihrem Hals. Ihr orientalischer Duft betörte ihn noch immer, nach all der Zeit.

»Und nun?«, fragte er. »Ich jedenfalls habe Hunger.«

»Den hast du doch immer«, schnurrte Nadeshna und presste sich an ihn. Dann nahm sie ihn bei der Hand und zog ihn in sein Büro. Sie schob ihn zu seinem Bürosessel und drückte ihn hinein. Er sagte nichts, er mochte es, überrascht zu werden. Nadeshna griff in ihre Tasche und zog zwei Paar Handschellen hervor.

»Vertraust du mir?« Sie leckte über seinen Mund und schloss das erste Paar um sein Handgelenk und um die Armlehne des Sessels. Sie lächelte. Gefügig legte Falk seinen anderen Arm auf die Sessellehne. Er stöhnte leise, als der Verschluss klickte. Nadeshna hatte ihn noch nie gefesselt. Was wohl als Nächstes kommen würde …?

»Sieh mich an, Falk, sieh mir ganz genau zu.« Nadeshna hatte sich einen Stuhl aus dem Besprechungszimmer geholt und stellte ihn direkt vor Falk. Dann nahm sie ihren iPod und verband ihn mit der Soundanlage. Schumann war erstaunt. Er hatte gar nicht gewusst, dass seine kleine Wildkatze so technikaffin war. Nadeshna drehte die Anlage auf mittlere Lautstärke und brachte sich hinter dem Stuhl in Position. Schlagzeug, Bass, Trompete. *The Lights are on …* Falk spürte seine Erregung wachsen. *Addicted to Love*. Wie oft hatten sie sich zu diesem Titel geliebt? Hart, rhythmisch, intensiv. Nadeshna schlug die Beine hoch, umtanzte den Stuhl und begann sich auszuziehen. Falk wollte aufstehen, zu ihr gehen, ihr zeigen, wie hart er bereits war, doch da spürte er seine Fesseln. Dieses Biest! Nadeshna lächelte ihm sphinxhaft zu, während sie sich langsam ihrer Kleidung entledigte. Sie tat es mit einer Natürlichkeit, als hätte sie nie etwas anderes gemacht. Robert Palmer sang noch immer. An den schnellen Beats, die untergemischt waren, erkannte Falk, dass es sich um ein Remix handelte. Und wenn schon. *Another kiss and you'll be mine …* »Küss mich«, sagte er leise, »bitte küss mich, Nadeshna.«

Nadeshna war inzwischen bis auf Strümpfe und Pumps nackt. Sie hatte sich rücklings auf den Stuhl gesetzt, so dass er ihren schönen Hintern bewundern konnte und bewegte langsam ihr Becken auf und ab. Plötzlich blitzte zwischen ihren Beinen etwas auf. Falk sah, dass es ein metallfarbener Dildo war, mit dem sie da spielte, und wurde noch unruhiger. *Your heart sweats, your body shakes …* Dieses Weib machte ihn verrückt. Mit einem Blick, der keinen Zweifel daran ließ, wie sehr sich Nadeshna ihrer Wirkung bewusst war, drehte sie sich um und spielte weiter mit dem künstlichen Liebesspender, berührte ihre Nippel und streichelte ihre Brüste mit der freien Hand. Dann stellte sie die Vibratorfunktion an und ließ sich, die Augen auf Falk gerichtet, auf dem Dildo nieder. Falk zerrte an seinen Handschellen, als seine Welt zu einem einzigen Wunsch zusammenschmolz: Er wollte in Nadeshna eindringen. Und zwar sofort.

»Gefällt es dir?«, fragte Nadeshna mit harmlosem Unterton. »Oder möchtest du selbst nachgucken, wie nass ich schon bin?« Sie schenkte ihm einen tiefen Augenaufschlag und zog den Vibrator langsam aus sich heraus. Falks Antwort war wieder ein Stöhnen. Er hatte das Gefühl, seine Hose würde im nächsten Moment bersten. Zu seiner Erregung gesellte sich jetzt auch noch die Wut über sein Ausgeliefertsein.

»Armes Baby.« Nadeshna war jetzt zu ihm gegangen und hatte ihre Hand auf seine Hose gelegt. Langsam öffnete sie den Reißverschluss und glitt mit ihrer Hand in die Hose hinein. Sie lachte ihr heiseres Lachen, als sie seinen steifen Schwanz spürte, und betastete ihn ein wenig, dann nahm sie ihre Hand wieder fort. Es wurde Zeit, ihm ihre Wünsche mitzuteilen. Ihre Bedingungen.

»Du leckst mich, bis ich komme, dann – und nur dann – bist du an der Reihe. Ist das klar?« Sie sah ihm ernst in die Augen, dann setzte sie sich vor Falk auf die Schreibtischkante und öffnete ihre Schenkel. Sofort witterte er ihren Duft. Es war eine Qual, sie nicht auf der Stelle vögeln zu dürfen.

»So geht das nicht«, sagte Falk leise.

»Doch, so geht das sogar sehr gut«, erwiderte Nadeshna und zog den Sessel, in dem er gefangen war, näher zu sich an den Schreibtisch. Sie griff sich einen Aktenordner und legte ihn sich unter den Hintern, um für Falk besser erreichbar zu sein. Ihr Herz klopfte. Sonst war es immer Falk gewesen, der dominant war. Schwer zu sagen, wie er mit vertauschten Rollen umgehen konnte.

»Komm noch ein wenig näher.« Falks Stimme war heiser vor Lust. Nadeshnas Augen blitzten. Er hatte verstanden. Sie tat, was er wollte, und schob sich noch weiter über die Kante. Im nächsten Moment spürte sie erst seine Haare, dann seine Nase und endlich seine weichen Lippen. Zärtlich liebkoste er den Eingang zu ihrer Vagina, stieß mit der Zunge vorsichtig hinein, leckte und lutschte an ihr. Wenn er eine Pause machte, um Luft zu holen, stöhnte er laut wie unter Qualen auf. Nadeshna schloss ihre Augen und gab sich seinen Berührungen hin. Sie nahm sich alle Zeit, die sie brauchte, sie genoss seine Samtzunge, die Art, wie er an ihr knabberte. Sie spürte, wie sich immer wieder neue Feuchtigkeit in ihr sammelte und aus ihr heraustropfte, dann war sie es, die stöhnte. Als sie so erregt war, dass ihre Schenkel zitterten, zog sie ihr Becken zurück. Sie genoss ihre Lust und das Wissen darum, wie sehr es Falk erregte, sie so zu erleben. Sie glitt vom Schreibtisch hinunter und gab ihm einen langen Kuss. Fasziniert schaute er sie an. Ihr Venushügel war gerötet und glänzte vor Nässe. Mit ein paar geschickten Griffen erlöste sie ihren Geliebten von seinen Fesseln und zog ihn zu sich hoch. Im nächsten Moment hatte sie bereits seinen Gürtel geöffnet und schob ihm seine Hose von den Hüften. Falk küsste sie gierig und rieb sich seinen Schwanz, um ihn noch härter zu machen. Nadeshna beugte sich vor und leckte an seinem Schaft, umschloss ihn mit ihrem Mund, saugte ihn in sich hinein. Falk registrierte kurz, dass die Musik nicht mehr lief, doch das war jetzt Nebensache. Nadeshna ging in die Knie, ohne von ihm abzulassen, und zog ihn schließlich mit sich auf den Boden. Ihr Saugen wurde noch dringlicher, und sie fühlte, wie die Adern an seinem Schwanz hervortraten. Vorsichtig ließ Nadeshna ihn aus ihrem Mund hinausgleiten, legte sich auf den Rücken und zog dann Falk zu sich. Als er in sie eindrang, entfuhr ihr ein kleiner Schrei, so gut spürte sie ihn. Falk bewegte sich langsam und stieß dabei so tief, wie es ging.

Dann verharrte er für einen Augenblick still in ihrer Lusthöhle und zog sich wieder zurück, um ein weiteres Mal zuzustoßen. Nadeshna verhielt sich jetzt passiv und quittierte jede seiner Bewegungen mit gurrenden Lauten. Falk fühlte sich gut. Mehr als das. Seine kleine Sphinx war heute alles andere als eine Wildkatze, aber wie immer ein Vollblutweib. Als er sah, dass sich kleine Schweißtropfen auf ihrer Stirn bildeten, wurde er noch langsamer in seinen Stößen. Nadeshna dankte es ihm mit einem lauten Schrei, als sie kam.

Leon saß an der Hotelbar und hörte der Frau neben sich zu, die unablässig auf ihn einredete. Er seufzte innerlich. Der Tag war lang und anstrengend gewesen. Das Haus in SoHo war noch eine komplette Baustelle, und bis auf den Innenarchitekten wusste niemand, wo später einmal was stehen sollte. Selbst der Hausherr nicht. Dariusz war trotzdem begeistert gewesen und hatte Woods fest zugesagt, eine Installation für sein Schlafzimmer anzufertigen. Wahrscheinlich verfügte er sogar über genug Phantasie, um sich das fertige Haus vorstellen zu können. Oder aber, er dachte ganz einfach praktisch und wollte den Job. War ja auch egal. Danach hatten sie ein paar Antipasti gegessen und sich für den kommenden Tag verabredet. Dariusz hatte Leon noch einmal das Versprechen abgenommen, dass er sich um die texanische Maklerin kümmern würde, dann war er ins nächste Taxi gesprungen. Und nun saß er, Leon, seit drei Stunden mit eben jener Lady an der Bar des *Four Seasons* und versuchte zu verdrängen, was heute Nacht noch vor ihm lag. Als Lydia ein paar Minuten auf der Toilette verschwand, nutzte er die Gelegenheit und versuchte Phoebe zu erreichen. Wie sich herausstellte, hatte sie den ganzen Tag verschlafen. Seiner Frage, ob Dariusz aufgetaucht wäre, kam sie schnell zuvor. Nein, kein Dariusz weit und breit und auch keine Nachricht von ihm. Ob Leon Lust hätte, mit ihr etwas essen zu gehen?

»Sorry, Phoebe«, sagte Leon, und das Bedauern in seiner Stimme war echt. »Ich bin noch im Einsatz. *Hard work, you know.*« Mit einem geflöteten »Bis morgen, Boss!«, beendete er das Gespräch, denn Lydia war frisch gestylt zurückgekommen, hatte sich eben neben ihn gestellt und legte ihm jetzt provozierend die Hand auf den Oberschenkel. Ihre Augen blitzten unternehmungslustig. Bestimmt will sie die ganze Nacht durchmachen, dachte Leon, als er sein Glas auf dem Tresen abstellte. Er sah sie an, und aus seinem Blick sprach Kapitulation. Lydia lächelte nachsichtig und nahm seine Hand. Zielgerichtet marschierte sie mit ihm Richtung Fahrstuhl. Als sie den Knopf für die vierte Etage drückte, stellte Leon erleichtert fest, dass sie Kurs auf ihr eigenes Zimmer nahm, denn seines befand sich auf der sechsten, genau wie das von Phoebe. Er atmete durch. Wenigstens etwas. Und wenn es allzu heftig würde, könnte er einfach fliehen.

Phoebe stand vor ihrem geöffneten Koffer und suchte nach ihrer Unterwäsche. Ungläubig stellte sie fest, dass sie wirklich nichts dabei hatte. Normalerweise machte sie sich vor Reisen immer eine Liste, aber dieses Mal hatte sie sich nicht besonders viel Mühe mit der Vorbereitung gegeben. Und das war nun ihre Quittung. Nur gut, dass die Läden hier bis in die Nacht geöffnet hatten. Sie wusch den BH und das Höschen, das sie getragen hatte, kurz mit Shampoo durch und hängte beides über eine Stuhllehne. Dann griff sie nach ihrer Lieblingsjeans und einem kurzärmeligen Kaschmirpullover. Die streichelweiche Wolle fühlte sich gut auf der Haut an. Anschließend schlüpfte sie in ihre Mokassins. Auf einmal konnte es ihr nicht schnell genug gehen. Sie wollte das Pulsieren der Metropole spüren, sich im Strom der Passanten treiben lassen. Wenige Minuten später saß sie im Taxi. Erster Anlaufpunkt für die ungeplante Shoppingtour war das *Saks* in der Fifth Avenue. Hier hatte sie schon öfter eingekauft und kannte sich aus – nein, falsch, sie hatte sich hier einmal ausgekannt. Sie zahlte den Fahrer und sah an der Fassade hoch. Phoebe liebte *Saks*. Sie seufzte voller Vorfreude und ging schnellen Schrittes zum Eingang.

Zwanzig Minuten später und ausgestattet mit vier sündhaft schönen Sets von *Victorias Secret* schlenderte Phoebe die Fifth Richtung Downtown entlang. Auch hier in New York war es Hochsommer; die Stadt war voll mit Menschen und Lachen. Phoebe kaufte sich ein Eis und ging weiter. Sie hatte kein Ziel, sie wollte einfach nur nicht stehen bleiben. Sie wechselte auf die Lexington und marschierte dem Times Square entgegen. Schon von weitem schleuderten ihr blinkende Leuchtreklamen bunte Farbblitze entgegen. Phoebe beschleunigte ihre Schritte, als ihre Neugier wuchs. Sie mochte den Mix aus Diners, XXX-Kinos und kleinen Tante-Emma-Läden. Und plötzlich standen vor ihr – ein ungewohntes Bild – überall Liegestühle. Sie hatte in der Zeitung davon gelesen. Der Bürgermeister von New York hatte den Times Square für sechs Monate zur autofreien Zone erklärt, und seine Bürger schienen es ihm zu danken. Der Platz sah aus, als fände dort gerade ein Happening statt. Kleinkünstler, Musiker und Wanderprediger buhlten um die Aufmerksamkeit der Menschenkarawane, die sich an dem heißen Sommerabend durch das Herz Manhattans schob. Phoebe ging langsamer, um alles in sich aufzunehmen. In einem Coffeeshop holte sie sich einen Karamel-Macchiato und blickte sich um. Sie suchte nach einem Platz auf einer Bank oder einem Mauervorsprung, um ein wenig auszuruhen und die Stimmung zu genießen. Nicht weit von hier entfernt befand sich das Hotel, in dem sie mit Dariusz gewohnt hatte. Da er nicht im *Four Seasons* abgestiegen war, schien es ihr wahrscheinlich, dass er sich dort einquartiert hatte. Sie nippte an ihrem Kaffee und spürte Unruhe in sich hochsteigen. Sie provozierte geradezu ein Zusammentreffen mit ihm, denn – so viel war klar – auch Dariusz würde das schöne Wetter nutzen und durch die Straßen bummeln. Phoebes Herz klopfte schneller, was nicht am eher koffeinschwachen Macchiato lag. Auf einmal hatte sie das Gefühl, sich sofort in Luft auflösen zu müssen, wenn sie einem Treffen entgehen wollte. Hastig trank sie den großen Pappbecher leer. Sie entsorgte ihn in einem Papierkorb, dann bahnte sie sich einen Weg durch die Menschenmassen hin zum Ende der verkehrsberuhigten Zone und winkte ein Taxi herbei.

Dariusz hatte die Donuts verzehrt und sich zu einem Spaziergang aufgerafft. Es war kurz nach zehn und noch angenehm warm. Sogar der Wind, der wie gewöhnlich durch die Häuserfluchten jagte, hatte etwas Seidiges, Streichelndes. In der Nähe vom Times Square stieß er auf einen Sushi-Imbiss und versuchte den Nachgeschmack der Donuts mit Misosuppe und Wasabi abzutöten. Von seinem Stehplatz am Fenster aus blickte er abwesend auf die vorbeiziehenden Menschen, während er den rohen

Fisch genoss. Die bunten Leuchtreklamen auf der anderen Straßenseite änderten in ununterbrochenen rhythmischen Zuckungen ihr Farbspiel. Dariusz schob sich gerade ein Ebi Sushi in den Mund, als er Phoebe sah. Sie schlenderte mit einem großen Kaffeebecher in der Hand langsam am Imbiss vorbei. Über ihrer Schulter hing eine Luxustüte von *Saks*, ihren Blick hatte sie auf die Häuserfronten gerichtet, als wollte sie sich alles ganz genau einprägen. Dariusz legte seine Stäbchen beiseite und folgte ihr. Bei der Menschenmenge war es unwahrscheinlich, dass sie ihn entdecken würde. Außerdem rechnete sie nicht damit, ihm hier zu begegnen. Oder vielleicht doch? Sein Hotel war nicht weit entfernt, und es war dasselbe, in dem sie bei ihrer gemeinsamen Reise gewohnt hatten. Phoebe hielt inne und trank. Blickte in ihren Becher, trank wieder. In tiefen Zügen, bis der Becher leer war. Ohne sichtbaren Grund schien sie auf einmal unruhig zu sein und sah sich andauernd um. Vielleicht hatte sie sich ja mit jemandem verabredet? Dariusz folgte ihr, wie sie sich zwischen den Liegestühlen hindurchzwängte und zum Ende der autofreien Zone ging. Ihre Körpersprache verriet Eile und Anspannung, und als er für einen winzigen Moment ihr Profil erhaschte, erschien sie ihm traurig. Dariusz ging schneller; auf keinen Fall wollte er, dass sie jetzt in ein Taxi stieg und davonfuhr. Phoebe hob schon ihren Arm, und ein gelbes Cab schaukelte heran. Fluchend verfiel Dariusz in schnellen Trab und versuchte dabei, mit so wenig Passanten wie möglich zu kollidieren. Er erreichte in dem Moment das Taxi, als Phoebe die Wagentür gerade öffnete.

»Tut mir leid«, sagte er atemlos und schloss die Tür wieder, »du kannst nicht fahren. Wir haben etwas zu besprechen.« Er machte dem verdutzten Fahrer ein Zeichen, dass er nicht gebraucht würde, so dass dieser sich mit einem Schulterzucken wieder in den mehrspurigen Verkehr einreihte. Ich habe es gewusst, dachte Phoebe, klar, dass ich ihm hier über den Weg laufe. So emotionslos wie möglich blickte sie ihn an. Es fiel ihr schwer, ihn nicht zu berühren, aber sie hatte sich im Griff. Auch Dariusz machte keine Anstalten, sie zur Begrüßung zu küssen oder in den Arm zu nehmen, was sie verletzte. Er schien total cool zu sein, konnte scheinbar besser mit dieser Situation umgehen als sie.

»Beobachtest du mich schon lange?«, wollte sie wissen und schloss dabei ihre Finger fest um die Kordel der Einkaufstasche. Dariusz schüttelte den Kopf und deutete mit dem Kinn in die Richtung, aus der er gekommen war.

»Ich habe dahinten Sushi gegessen. Du bist am Imbiss vorbeigelaufen, das ist alles.« Er hatte die Hände tief in seinen Hosentaschen vergraben und sah sie nachdenklich an. Phoebe hielt seinem Blick stand, fühlte sich aber zunehmend unwohl. Da Dariusz keine Anstalten machte, noch etwas zu sagen oder sich von der Stelle zu bewegen, beschloss sie, die Initiative zu übernehmen.

»Wollen wir etwas trinken gehen? Du hast doch etwas mit mir zu besprechen, oder hat sich das erledigt?«

Dariusz blickte auf ihre Hände und sah, dass die Knöchel der Hand, mit der sie die Tasche hielt, vor Anstrengung schneeweiß waren.

»Gut, dann komm.« Ohne ihre Reaktion abzuwarten, drehte er sich um und ging mit energischen Schritten vor ihr her. Im Strom der Touristen war es Phoebe unmöglich, zu ihm aufzuschließen. Sie war schon genug damit beschäftigt, ihn in der Menschenmasse nicht zu verlieren. Für einen kleinen Augenblick dachte sie daran, einfach stehen zu bleiben, bis seine Silhouette zwischen denen der anderen Fußgänger verschwunden war, doch sie wusste, dass es keinen Zweck hatte, schon wieder wegzulaufen. Sie hatte einmal den Fehler gemacht, sich ihrer Verantwortung nicht zu stellen, aber ein zweites Mal würde es nicht geben. Ein paar Blocks weiter blieb Dariusz vor einem Jazzkeller stehen und studierte das Programm. Es schien ihm zu gefallen, denn er stieg die Treppen hinunter, ohne auf Phoebe zu warten. Seine Arroganz war einfach zu viel für Phoebes Nerven. Sie lehnte sich an eine Hausmauer. Mit tiefen Atemzügen versuchte sie sich zu beruhigen und ihre Tränen hinunterzuschlucken. Erst als sie sich gesammelt hatte, stieg sie ebenfalls die Stufen hinab. Es dauerte ein paar Momente, bis sich ihre Augen an das schummerige Licht gewöhnt hatten. Die Musiker machten gerade Pause, es lief leise Musik vom Band. Dariusz hatte einen Platz ganz hinten im Raum ergattert. Als er sie sah, hob er einen Arm und winkte sie zu sich. Phoebe schlängelte sich an den anderen Tischen vorbei und spürte erst, als sie sich setzte, dass ihre Beine zitterten. Der Jazzladen war gut besucht, die Stimmung heiter. An einem anderen Abend würde sie sich hier richtig wohl fühlen. Sie rückte ihren Stuhl so, dass sie einen guten Blick auf die Bühne hatte, denn die Bandmitglieder hatten inzwischen wieder ihre Plätze eingenommen und begannen mit einem neuen Set. Schon die ersten Töne des Saxophons machten Phoebe Gänsehaut. Die Melodie war langsam, schwermütig und wunderschön. Der Kellner brachte zwei Gläser Rotwein und einen Teller mit Oliven. Dariusz hob sein Glas, sah Phoebe kurz an und trank. Phoebe nahm nur einen kleinen Schluck. Mit Ausnahme des Eises und des Kaffees hatte sie heute noch nichts zu sich genommen. Ihre Blicke wanderten immer wieder zu Dariusz, der einfach nur dasaß und der Musik lauschte. Wenn er etwas nicht will, will er nicht, dachte Phoebe. Sie hatte es schon fast vergessen gehabt. Also würden sie später reden. Sie nahm eine Olive aus dem Schälchen und kaute darauf herum. Dariusz trank ab und zu einen Schluck und beachtete sie nicht weiter, er war ganz von der Musik gefangen. Phoebe versuchte ebenfalls, sich auf die Stücke der Band zu konzentrieren: Das Schlagzeug begleitete nur sacht und verhalten die Melodie, hin und wieder klinkte sich der Bass ein. Phoebe schloss die Augen. Ihr war melancholisch zumute, sie wollte aber nicht an die vergangenen Zeiten mit Dariusz denken. Stattdessen bemühte sie sich, ihre Zukunft auszumalen, doch es erschienen keine Bilder dazu vor ihrem geistigen Auge.

Sie seufzte. Vielleicht sollte sie es wie Dariusz machen und sich einfach der Musik hingeben. Die Bedienung kam und brachte einige Tapas und neuen Wein; Phoebe hatte gar nicht bemerkt, dass Dariusz eine Bestellung aufgegeben hatte. Als er ihr den Teller mit den kleinen Leckereien zuschob, sah er sie kurz an. Phoebe schluckte. Es schien ihm genauso elend zu gehen wie ihr. Sie hob ihre Hand, um sie intuitiv auf seine zu legen, doch im selben Moment zog er seine zurück und blickte wieder auf die Bühne. Nachdem das Trio mit viel Applaus in die nächste Pause verabschiedet worden war, leerte sich der Raum. Die Gäste gingen nach draußen, um zu rauchen, oder traten den Heimweg an. Schließlich war es schon nach Mitternacht. Phoebe beschäftigte sich eingehend mit dem Stiel ihres Weinglases, drehte es hin und her. Sie hatte sich vorgenommen zu warten, bis Dariusz anfangen würde zu reden. Er konnte ja nicht die halbe Nacht schweigen. Trotzdem wurde sie von Minute zu Minute unruhiger. Sie fühlte sich wie vor einem Examen, auf das sie nicht vorbereitet war.

»Was ist eigentlich in deiner Tasche?«, hörte sie auf einmal Dariusz' Stimme. Erleichtert registrierte sie, dass ein gewisses Interesse darin lag.

»Unterwäsche. Hab meine zu Hause vergessen.« Sie zuckte entschuldigend mit den Schultern.

»Und was trägst du jetzt?«, wollte der junge Pole wissen. Phoebe spürte, dass sie errötete. Es ging ihn nichts an. Er war nicht ihr Freund und nicht einmal mehr ihr Geliebter.

»Phoebe, was trägst du drunter?«

Da war ein Ansatz von Samt in seiner Stimme. Phoebe atmete tief ein und sah ihn an. »Nichts.«

Auf Dariusz' Gesicht erschien ein breites Grinsen, das ihn hinreißend machte, was er auch wusste. Sein Grinsen steckte sie an, und sie konnte nicht anders, als etwas schief zurückzulächeln.

»Dann habe ich eine Idee, wo wir uns unterhalten sollten«, sagte Dariusz leise und winkte nach dem Kellner, um zu zahlen. Mit klopfendem Herzen folgte Phoebe ihm auf die Straße, wo er ein Taxi anhielt. Beim Einsteigen ließ er ihr den Vortritt und gab die Adresse seines Hotels an. Waren meine Gedanken also doch nicht ganz falsch, schoss es Phoebe durch den Kopf. Die Minuten bis zum Hotel erlebte sie wie in Trance. Sie sah die Lichter, die Straßen, die Menschen, und doch nahm sie nichts wahr, hörte nur ihr Blut durch den Körper rauschen. Dariusz saß neben ihr, so dicht, dass sie seine Wärme spürte, aber er berührte sie nicht ein einziges Mal. Nach einer gefühlten Ewigkeit stoppte das Cab, und Phoebe stieg aus, während Dariusz dem Fahrer ein paar Dollarscheine durch das Kunststofffenster im Inneren reichte. Sie betrat die Halle und ging bis zum Fahrstuhl, wo sie wartete. Phoebe war zutiefst verunsichert. Sie wusste, dass in den nächsten Minuten alles geschehen konnte. Vielleicht würden sie wirklich nur reden, vielleicht würden sie übereinander herfallen und sich die Kleidung vom Leib reißen – irgendwie war alles möglich. Sie blickte zu Boden, um Dariusz' Blick zu entgehen, als sie gemeinsam den Fahrstuhl betraten. Er drückte auf einen der vielen leuchtenden Knöpfe und lehnte sich an die Wand. Auch er fixierte den Boden. Phoebe spürte, wie sich etwas zusammenbraute. Da war so viel an Emotion und Leidenschaft und Verletztheit. Am liebsten hätte sie auf der Stelle kehrtgemacht, doch nun war es zu spät. Mit einem hohen Klingeling öffnete sich die Tür, und beide stolperten in den abgedunkelten Hotelflur. Dariusz ging wieder vorneweg, während er nach seinem Schlüssel kramte. Das Zimmer lag am Ende des Flurs. Phoebe atmete den Geruch von Chlor und Sommerhitze; er war ihr vertraut. Das ganze Szenario hier war ihr vertraut, bis auf das, was im Kopf des langmähnigen Mannes vorging, der sich gerade mühte, die Zimmertür aufzuschließen. Fast schüchtern betrat sie nach Dariusz das Zimmer und ließ die Tür leise ins Schloss fallen. Der Fernseher lief und tauchte den Raum in grünlichblaues Licht. Dariusz nahm zwei Flaschen 7up aus dem Kühlschrank und bot Phoebe eine an. Dann ging er zum halbgeöffneten Fenster und sah hinaus. Die Schlaflosigkeit der Nacht drang mit ihren Lichtern und Geräuschen in den Raum. New York kam nie zur Ruhe. Dariusz seufzte und traf einen Entschluss. Er drehte sich zu Phoebe um und sagte leise: »Du hast mir mal etwas versprochen, Phoebe, und das ist noch gar nicht lange her. Erinnerst du dich?«

Phoebe nickte. Natürlich.

»Aber du hast es nicht gehalten. Kannst du mir sagen, warum? Dann lasse ich dich auch in Ruhe, versprochen. Und ich halte meine Versprechen, Phoebe.« Nach den letzten Worten schluckte er hart. Es war ihm anzumerken, dass er mit sich kämpfte, um die Fassung zu bewahren. Phoebe konnte im Gegenlicht nur seine Silhouette erkennen. Es hatte alles keinen Zweck mehr. Alles war nur noch reine Selbstzerfleischung. Mit dem Rücken lehnte sie sich an die Zimmertür. Da sie Dariusz sowieso nicht richtig sehen konnte, schloss sie die Augen.

»Ich hatte Angst.« Ihre Stimme klang belegt. Vom Fenster her hörte sie ein bitteres Lachen.

»Angst«, wiederholte Dariusz mit Pathos. »Die Frau Galeristin hatte also Angst! Pah!« Er verschränkte seine Arme vor der Brust und holte tief Luft. Aber bevor er weiterreden konnte, kam Phoebe ihm zuvor, und auch sie wurde nun lauter. Die Worte sprudelten nur so aus ihr heraus. Es war, als hätten sie sich für diesen Moment in ihr angesammelt. Sie redete von ihrer Angst, abhängig und verletzbar zu sein, stampfte dabei mit den Füßen auf und gestikulierte wild. Als sie fertig war, als kein Wort mehr in ihr war, das sie loswerden musste, rutschte sie vollkommen erschöpft an der Tür hinunter und ließ sich auf den Boden gleiten. Sie atmete heftig, dann sagte sie leise: »Außerdem bin ich keine Galeristin mehr. Also lass das.«

»Du hast mir versprochen, dass du für immer bei mir bleibst«, beharrte Dariusz, »und ich möchte gern wissen, warum du das plötzlich nicht mehr willst.«

Phoebe verdrehte die Augen. Dieser Mann verstand sie einfach nicht. Sie erhob sich, schüttelte ihre Locken und sah in Richtung Fenster. Der Umriss bewegte sich nicht.

»Lass uns damit aufhören, Dariusz. Es führt doch zu

nichts. Wir tun uns nur gegenseitig weh.« Phoebe lächelte schwach. Wie gern hätte sie jetzt seinen Kuss an ihren Brüsten gespürt, seine Hände auf ihrem Bauch. Aber es war besser so. Leise drehte sie den wackeligen Knauf und öffnete die Zimmertür.

»Gute Nacht«, hauchte sie und zog dann die Tür hinter sich zu.

Als Phoebe und Leon sich am nächsten Morgen im Frühstückssaal trafen, waren beide einsilbig, wenn auch aus ganz unterschiedlichen Gründen. Phoebe hatte sich nach ihrer Rückkehr ins Hotel in den Schlaf geheult und sah dementsprechend aus, und Leon war vollkommen entkräftet. Die Vampirlady hatte ihm alle Lebenssäfte aus dem Körper gesogen, so dass er zu Phoebes Überraschung nicht nur sein übliches englisches Frühstück, sondern zusätzlich auch noch ein Steak verspeiste.

»Dariusz geht es auch nicht gut«, begann Leon die Konversation ohne Vorgeplänkel und tippte an Phoebes Sonnenbrille. »Und Heulen macht hässlich, *you know*. Mach dich ein bisschen hübsch, Boss. Wir haben heute noch viel vor. Alle zusammen.«

Phoebe stöhnte. Leon schien über eine Standleitung zu Dariusz zu verfügen. Sie wollte protestieren. Ihr war absolut nicht danach, Dariusz schon wieder zu begegnen, aber Leon tätschelte ihr väterlich die Hand. Dann schenkte er ihr Tee nach und widmete sich seinem Steak. Als er fertig war, erzählte er ihr von der Tagesplanung. Sie würden sich mit Woods und Dariusz treffen, denn der Sammler hätte so viel Interessantes von Dariusz über Phoebe gehört, dass er sie endlich einmal kennenlernen wollte. Bei der Vernissage hatte das aus bekannten Gründen ja nicht geklappt. Dariusz und Woods würden sie und Leon zum Lunch abholen, danach wollten sie gemeinsam ins MoMa, um sich eine Retrospektive von Frank Serra anzusehen.

»Lunch – und wann?« Phoebe wusste, dass sie diesen Termin wahrnehmen musste. Dariusz würde sie ganz einfach übersehen, sonst könnte sie das Ganze nicht durchhalten.

»Um halb eins.« Leon kaute bereits an einem Stück Bacon.

»Du hast da einen Knutschfleck, Leon.« Phoebe konnte es kaum glauben. Der Brite kaute fröhlich weiter und nickte.

»Nur für dich, Boss.« Er sah sie treuherzig an. »Verstehst du nicht, ich weiß, macht aber nichts.« Er nahm noch ein paar Pilze und zeigte mit der Gabel auf Phoebes Sonnenbrille.

»Mach dich hübsch, okay? Sind ja noch zwei Stunden.«

Phoebe nickte und stand auf. Der verrückte Kerl hatte recht, so konnte sie sich nicht zeigen. Entschlossen ging sie zum Servicedesk. Der freundliche Concierge hatte schnell einen Salon für sie gefunden, und wenige Minuten später saß Phoebe im Taxi. Jetzt, bei Tage, sah die Stadt ganz anders aus. Der Zauber der Nacht und die bunten Lichter waren verschwunden, und es roch nach Adrenalin und Geschäftsmäßigkeit. Phoebe hing ihren Gedanken nach. Hätte sie bei Dariusz bleiben sollen? Die Stimmung war kurz davor gewesen, zu kippen. Warum hatte er sie nicht zurückgeholt? Ganz klar, weil er endgültig die Nase voll von mir hat, gab sie selbst die Antwort. Ich selber habe ja schon die Nase gestrichen voll von mir, dachte sie und bezahlte den Fahrer. Aber darum ging es jetzt nicht mehr. Sie musste sich als ehemalige

Galeristin von Dariusz ins rechte Bild rücken. Und in ein möglichst attraktives noch dazu. Wird schon irgendwie, machte sich Phoebe Mut, dann betrat sie den Schönheitssalon und nahm sich vor, in den nächsten zwei Stunden an nichts zu denken.

Dariusz war der Dritte an diesem Morgen, der schon bessere Tage gesehen hatte. Nachdem Phoebe gegangen war – womit er absolut nicht gerechnet hatte –, war er bis zum Morgengrauen durch die umliegenden Bars gezogen, um dem aufsteigenden Gefühl von Einsamkeit und Panik zu entgehen. Getrunken hatte er nur Wasser. Dass Phoebe ihn einfach so verlassen hatte, wurde ihm erst bewusst, als er am späten Vormittag allein aufwachte. Ihre Abwesenheit war wie ein Schmerz, von dem er sich nie wieder erholen würde. Er war immer da, ließ sich nicht abstellen, nicht mindern. Dariusz schleppte sich unter die Dusche, dann telefonierte er mit Woods und Leon, zog sich an und beschloss, zwei Blocks zu Fuß zu gehen, um seinen Kreislauf wieder in Schwung zu bringen. Pünktlich um halb eins betrat er das *Four Seasons* und entdeckte Leon und Woods eifrig plaudernd in tiefen Clubsesseln. Er begrüßte die beiden Männer möglichst unbefangen und erfuhr, dass Phoebe noch unterwegs sei. Da er keine Lust hatte, sich in die Unterhaltung von Leon und dem Sammler einzuklinken, beschloss Dariusz, noch ein paar Minuten vor die Tür zu gehen und die Sommersonne zu genießen. Kaum hatte er sich umgedreht, stieß er mit Phoebe zusammen, die etwas in ihrer Tasche suchte und nicht darauf geachtet hatte, wohin sie trat. Erschrocken sah sie ihn an.

»Ich muss mich noch schnell umziehen«, stammelte sie verlegen und verschwand Richtung Aufzug. Dariusz machte auf dem Absatz kehrt und gesellte sich zu ihr, während Phoebe auf den Aufzug wartete.

Jetzt klangen ihre Stimmen bis zu Leon und Woods. Es war unüberhörbar, dass Phoebe und Dariusz miteinander zankten. Woods zog seine Augenbrauen verständnislos hoch, während Leon nur ein unbeteiligtes Gesicht aufsetzte und lakonisch sagte: »Die lieben sich.«

»Ich will sofort wissen, warum du wieder weggelaufen bist«, zischte Dariusz, als sich endlich die Fahrstuhltür hinter ihnen schloss. Phoebe schaute zu Boden und schwieg. Auf ihrer Etage ging sie mit energischen Schritten zu ihrem Zimmer, doch Dariusz folgte ihr. Ohne Notiz von ihm zu nehmen, zog sie T-Shirt und Jeans aus und nahm ein korallenfarbenes Etuikleid aus dem Schrank. Dann streifte sie BH und Slip ab, griff nach einem Set ihrer neuen Dessous, verschwand kommentarlos im Bad und knallte hinter sich die Tür zu. Dariusz grinste. Phoebe war so süß, wenn sie sauer war, besonders, wenn sie sich über sich selbst ärgerte, so wie jetzt.

Er setzte sich auf ihr Bett und wartete artig, bis sie fertig war. Als sie die Badtür öffnete und an ihm vorbeirauschen wollte, griff er nach ihrem Arm.

»Du bist wunderschön«, sagte er heiser und ließ sie los. In Phoebe tobte es. Fast hatte sie es geschafft, und nun war da wieder seine Samtstimme und betörte sie. Es würde wohl nie aufhören, sie konnte vor ihm nicht weglaufen, auch wenn es für sie beide besser wäre. Sie drehte sich langsam zu ihm um und sagte gefasst: »Komm jetzt mit runter, wir unterhalten uns später.«

»Nein.« Dariusz war aufgestanden und ging einen Schritt auf sie zu. Seine Augen glühten vor Leidenschaft.

»Ich gehe nirgendwohin, wenn ich nicht einen Kuss von dir bekomme.«

Phoebe lächelte matt. »Das ist Erpressung. Jetzt komm schon. Die beiden warten schon auf uns.« Sie wandte sich wieder zur Tür, doch Dariusz machte keine Anstalten, ihr zu folgen. Sie fühlte ihren Puls schlagen. Ein wirklich sturer Mensch, dachte sie und drehte sich wieder in seine Richtung. Noch ein einziger Schritt, schoss es Phoebe durch den Kopf, und wir sind wieder da, wo wir in Berlin schon waren. Sie nahm seine Hände und stellte sich auf die Zehenspitzen, um seinen Mund zu erreichen. Ihr Kuss war sanft und vorsichtig; sie hatte schon fast vergessen, wie weich und zart seine Lippen waren. Dariusz nahm die Berührung hin, erwiderte sie nicht, seufzte nur kurz und schob Phoebe dann entschieden von sich weg. Langsam schlenderten sie nebeneinander zum Fahrstuhl und warteten schweigend, bis er vor ihnen hielt. Die wenigen Sekunden bis zur Hotelhalle gerieten für Phoebe zur Ewigkeit. Sie ertrug es einfach nicht, länger mit Dariusz zusammen an einem Ort zu sein, ohne sich natürlich geben zu können. Als sich die Fahrstuhltür endlich wieder öffnete, sprang sie wie befreit heraus. Dariusz folgte ihr mit etwas Abstand und lächelte gequält, als Leons Blick ihn traf.

»Sie sind sich sicher«, sagte Woods zu Leon und winkte die beiden Neuankömmlinge zu sich an den Tisch, »Sie sind sich also sicher, dass diese zwei sich – äh, lieben?«

»Absolut«, erwiderte Leon und grinste. Dann stand er auf, um ein Taxi zu rufen.

Sechzehn

Nadeshna hatte ihr Ziel erreicht. Bei einem feierlichen Dinner im Nobelrestaurant des *Adlon* hatte Falk ihr den Haustürschlüssel zurückgegeben. Sie wusste zwar nicht, ob das aus Überzeugung geschehen war oder Falk auf charmante Weise kapituliert hatte – aber letztendlich war das auch nebensächlich. Das Ergebnis zählte schließlich.

Nun stand sie in ihrer Beletage am Nikolassee und packte Umzugskartons. Viel Zeit hatte sie dafür nicht: Ihr Nachmieter drängte bereits darauf, seine neuen Räumlichkeiten in Besitz zu nehmen. Vor der Garage stand bereits ein Container mit Möbeln. Nadeshna ging zum Kühlschrank und mixte sich einen Aperol mit Soda. Zufrieden blickte sie sich um. Noch ein paar Stunden, und sie hatte es geschafft. Schade, dass Phoebe noch in New York war, sie hätte ihrer neuen Freundin zu gern von den positiven Entwicklungen der letzten Tage berichtet. Phoebe. Nie hätte sie es für möglich gehalten, dass sie sich jemals einen Gedanken mehr als unbedingt notwendig um sie machen würde. Wie hatte sie Falk dafür gehasst, als er von ihr verlangte, sie zu verführen. Doch im Nachhinein war das eine sehr gute Idee von ihm gewesen, denn die Galeristin hatte sich auf besonders zärtliche Weise revanchiert und ihr einen wundervollen Höhepunkt beschert. Sie seufzte. Zehnmal besser als das, was sie mit Falk erlebte. Immerhin hatten sie in der letzten Zeit schon Fortschritte gemacht, und er schien begriffen zu haben, dass eine Frau – bei aller Geilheit – auch ein gewisses Quantum an Zärtlichkeit brauchte, um sich ganz verlieren zu können. Sie lächelte, als sie an den Striptease in seinem Büro dachte. Ihre Nummer hatte ihn so unglaublich angemacht, dass er in ihrer nassen Enge regelrecht explodiert war. Sie nahm noch einen Schluck Aperol, dann machte sie sich wieder an die Arbeit. In drei Stunden würde der Transporteur kommen, dann musste sie fertig sein. Nadeshna faltete gerade einen neuen Karton auseinander, als es klingelte. Nicht sonderlich begeistert über die unerwartete Unterbrechung öffnete sie die Tür. Es war Falk. Er gab ihr einen langen Kuss und schob sie, immer noch mit ihren Lippen beschäftigt, durch den Flur in ihren Salon. Die restlichen Möbel standen zur Abholung bereit an der Seite. Nadeshna befreite sich aus seinem Kuss und lächelte ihr unergründliches Sphinx-Lächeln.

»Was willst du?«, fragte sie schließlich. »Ich dachte, du wolltest die letzten Stunden ohne mich in stiller Klausur verbringen?« Falks Antwort war ein weiterer Kuss. Dann griff er in Nadeshnas Bluse und riss sie an der Knopfleiste auf. Sie protestierte, aber er murmelte nur, sie solle sich später etwas Neues kaufen und ihn jetzt lieber küssen. Gierig griff er nach ihren Brüsten, hob sie aus den Schalen des BHs und sog fest an ihren Brustwarzen. Überrascht stöhnte Nadeshna auf, dann streifte sie sich selbst die Bluse und den BH ab und wollte Falks Hemd aufknöpfen. Er nahm ihre Hände beiseite und drückte sie tiefer, auf den Reißverschluss seiner Hose. Mit geschickten Bewegungen holte Nadeshna seinen harten Schwanz hervor, rieb und massierte ihn, presste ihn unten an der Wurzel. Falk stöhnte, öffnete Nadeshnas Hose und zog sie ihr bis auf die Knie, dann drehte er sie um, schob sie an die Rückenlehne des Sofas und klatschte ihr auf den Po. Mit einer Hand fasste er zwischen ihre Schenkel und zog ihren Slip zur Seite, mit der anderen drückte er ihren Rücken nach unten. Sie verstand und beugte sich über das Sofa. So konnte sie Falk ihren schönen Hintern entgegenstrecken, doch die bis zu den Knien heruntergezogene Jeans hinderte sie daran, ihre Beine zu spreizen. Falk schien das jedoch nicht im Geringsten zu stören. Er drückte ihre Backen auseinander und ließ seine Zunge um ihre Rosette kreisen. Dann drückte er einen Daumen auf den Muskel und versuchte, Einlass zu finden. Wieder stöhnte Nadeshna auf und gab willig nach. Sie hob ihr Becken so weit wie möglich an, um ihm einen guten Winkel zum Eindringen zu bieten, und wartete auf das erregende Gefühl, wenn ihre delikate Enge durch seinen Schaft geweitet wurde. Falk nahm sie langsam und konzentriert. Seine heiseren Laute sprachen dafür, dass er es genauso genoss wie sie. Immer wieder klatschte er auf ihre Pobacken, wie um sie anzufeuern. Dann griffen seine Hände nach ihren schweren Brüsten. Er drückte sie, drehte die Nippel zwischen seinen Fingern, bis sie klein und hart waren. Nadeshna atmete schwer und fühlte seinen Schwanz in sich noch härter werden. Gleich würde er kommen. Die Muskeln ihrer Vagina zogen sich zusammen. Sie nahm eine Hand vom Sofa und berührte ihren Venushügel. Er war heiß und nass. Suchend glitten ihre Finger in ihre Spalte. Ihr Kitzler war bereits empfindlich, er wartete auf die Streicheleinheiten, die sie sich nun selbst geben wollte. Zart umspielte sie ihn, zupfte daran, rieb ihn. Die Lust in ihr wuchs weiter, ihr wurde heiß. Bei einem ihrer Spaziergänge hatte ihr Phoebe etwas von Feuerwellen erzählt, die sie beim Orgasmus spürte. Alles in ihr würde zu einem großen Rot, das sie wie eine riesige Welle zudeckte und mit sich riss, in den Höhepunkt hinein. Nadeshna spürte Falks Bewegungen, bewegte sich in seinem Rhythmus, streichelte sich. Plötzlich hielt Falk inne und zog sich vorsichtig zurück: »Beweg dich nicht.« Nadeshna gehorchte; hörte seine Schritte, wie sie sich entfernten und dann wieder näher kamen. Als er wieder hinter ihr stand, strich er ihr beruhigend mit der Hand über den Rücken und gab ihr einen aufmunternden Klaps auf den Po. Dann suchte er die Enge zwischen ihren Pobacken und schob ein naturgetreues Prachtstück aus Gummi in sie hinein, das er mit dem Druck seines Beckens bewegen konnte. Nadeshna stöhnte auf.

»So kannst du mich von beiden Seiten spüren«, flüsterte er und zog Nadeshna noch enger an sich, die sein Tun mit wimmernden Lauten quittierte. Sie hatte die Augen geschlossen und gab sich seinen Stößen hin, die immer tiefer und fordernder wurden. Falks Atem ging schneller. Voller Lust registrierte Nadeshna, dass er schwitzte. Wieder stöhnte sie auf. Sie konnte ihre Hingabe riechen. Alles fühlte sich so unglaublich intensiv an. Nadeshna wusste nicht mehr zu sagen, wo Falk in ihr war und wo der Dildo. Sie versuchte sich auf einzelne Körperstellen zu konzentrieren, aber es gelang ihr nicht. Ihr Unterleib verschmolz mehr und mehr zu einer einzigen, riesigen Zone der Leidenschaft, so dass sie sich gedankenlos von seinen Stößen tragen ließ. Als ihr Geliebter sich nicht mehr halten konnte, ergoss er seine Säfte auf ihrem Rücken. Nadeshna atmete laut. Sie genoss den Geruch, sie genoss das Gefühl, sich ihm ganz hinzugeben. Und dann spürte sie es. Da war ein Rot, ihr eigenes, ganz spezielles Rot der Lust. Sie ließ sich von der Welle tragen, bis sie Falks Kuss an ihrem Hals spürte.

»Du warst noch nie so laut«, flüsterte er an ihrem Ohr. »Es war wunderbar. Ich liebe dich.«

Erschöpft ließ sich Nadeshna zu Boden gleiten. Glücklich blickte sie zu Falk hoch, der schon wieder aussah, als sei nichts geschehen. Er beugte sich kurz zu ihr herunter und gab ihr einen leichten Kuss auf den Mund, dann richtete er seine Manschetten und verließ ohne ein Wort die Wohnung. Das Leben kann wirklich sehr angenehm sein, dachte er beschwingt, als er in seinen Jaguar stieg. Dann nahm er die CD mit den Stones heraus und steckte eine andere in das Gerät. Es war gar nicht einfach gewesen, sie zu besorgen, aber jetzt drückte er schnell Track 4. *Addicted to Love*. Süchtig nach Liebe ... Falk startete den Wagen und drehte, kaum war er auf der Avus, den Lautstärkeregler an den Anschlag. Er war süchtig nach Nadeshna, süchtig nach ihrem Körper, nach ihrem Geschmack. Auch wenn ihm der Gedanke bisher unangenehm gewesen war. Sie gehörten zusammen, und es wurde Zeit, dass er sich daran gewöhnte.

Matthew Friedewald war aufgeregt. Die Beletage am Nikolassee entsprach genau seinen Erwartungen. Wie gut, dass dieser Schumann endlich Vernunft annahm und zu seiner langjährigen Partnerin stand. Nadeshna mochte nicht jedermanns Sache sein – seine im Übrigen auch nicht, sie hatte einfach den Touch des Gewöhnlichen – aber sie schien das Herz auf dem rechten Fleck zu tragen. Ansonsten hätte sie es wohl kaum die ganzen Jahre über mit einem Hallodri wie Falk ausgehalten. Friedewald lachte leise in sich hinein. Er freute sich auf die längeren, kommenden Aufenthalte in Berlin. Gut, seine Tochter war ihm noch böse, und zum Teil, das musste er zugeben, hatte sie nicht ganz unrecht damit, aber sie würde sich schon wieder beruhigen. Phoebe hatte eben das Temperament seiner Frau geerbt. Er packte seine Koffer, gleich würde er auschecken und dann in einem Restaurant am Savignyplatz auf Nadeshnas Anruf warten. Sie hatte versprochen, sich zu melden, wenn ihre Transporteure fertig waren und die Schlüsselübergabe stattfinden konnte. Blumen, dachte er, ich brauche einen Blumenstrauß für Nadeshna. Ohne ihre aktive Mithilfe hätte er die Wohnung mit Sicherheit nicht bekommen, das wusste er.

Schumann war die ganze Geschichte ein wenig unangenehm, und in Matthews Gegenwart hatte er in den letzten Tagen nicht den entspanntesten Eindruck gemacht. Mit einem Ruck schloss Matthew den Koffer und stellte ihn zu den vier anderen. Sollte sich doch der Page darum kümmern. Pfeifend stieg er die mit violettem Teppich belegten Treppenstufen hinab, bezahlte und wartete auf die zwei Taxis. Eins sollte seine Koffer in Nikolassee abliefern, das andere sollte ihn in das Restaurant bringen, das direkt neben der *Factory W.* lag. Es war bestimmt nicht das Schlechteste, sich noch einmal kurz mit Falk zu treffen. Jetzt, wo die unschöne Liaison mit Phoebe ausgestanden schien, gab es keinen Grund mehr, ihn bei geschäftlichen Ambitionen außen vor zu lassen. Und wie wichtig er als PR-Maschine war, hatte sich ja schon direkt nach der Vernissage gezeigt. Falk Schumann hatte es geschickt verstanden, Matthew als Londoner Experten für Impressionismus zu verkaufen – mit der Folge, dass bereits gerätselt wurde, ob er bald eine Dependance seiner Galerie in Berlin eröffnen würde. Auch seinen schnellen Zugang zu den Senatskreisen hatte er Schumanns Lobbyarbeit zu verdanken. Ja, es war an der Zeit, ihm ein Stück von dem Erfolgskuchen abzugeben. Er seufzte zufrieden. Und sobald Leon aus Manhattan zurück war, konnte es richtig losgehen.

Der Termin mit Woods verlief, wie nicht anders zu erwarten, sehr angenehm. Der Sammler hatte ein kleines, skurriles Restaurant in TriBeCa ausgesucht, das von einem älteren italienischen Paar geführt wurde. Hauptattraktion war nicht das Essen, sondern die Bedienung. Der Kellner, ebenso betagt wie seine Arbeitgeber, sprühte nur so vor Temperament und machte den Lunch zu einem außerordentlichen Erlebnis. Wenig später beim Espresso, als Leon kurz in die Waschräume verschwunden war, wandte sich Woods direkt an Phoebe. Während des Essens hatte sie alles an Energie und Willenskraft aus sich herausgeholt, um sich ihm gegenüber als kompetente Gesprächspartnerin zu profilieren – anscheinend mit Erfolg. Woods sah sie ernst an.

»Haben Sie schon einmal daran gedacht, Deutschland den Rücken zu kehren, Phoebe?« Als er das Fragezeichen in ihrem Blick sah, hob er beschwichtigend die Hände. »Folgender Gedanke: Dariusz wird den Baufortschritt des Hauses mitverfolgen und daraus – denke ich – auch ein paar Inspirationen für sich und sein Werk ziehen. Wenn das Haus fertig ist, wird er mir eine Installation kreieren, aber das wird erst in vier bis fünf Monaten der Fall sein. Was ich damit sagen will: Ihr Freund muss hierbleiben, darauf bestehe ich als Auftraggeber. Er wird zwischen San Antonio und New York pendeln. Nun zu Ihnen. Ich suche händeringend jemanden, der sich um meine Projekte kümmert. Das Haus in SoHo, das Museum in Berlin – um nur zwei zu nennen. Bis jetzt habe ich alles selbst gemacht, aber der Energiemarkt befindet sich im Umbruch. Mit Öl allein komme ich nicht mehr weiter, also brauche ich meine Zeit, um neue Konzepte zu entwickeln. Verstehen Sie mein Anliegen, Phoebe?« Woods sah sie nachdenklich an. »Natürlich müssen wir noch über die Details und über Ihr Gehalt reden«, setzte er nach, »und es liegt mir fern, Sie jetzt mit irgendetwas zu überrumpeln, aber es wäre schön, wenn Sie mir sagen könnten, ob die Idee grundsätzlich von Interesse für Sie ist. Alles andere findet sich, da bin ich mir sicher.« Er lächelte zaghaft und versuchte, in Phoebes Blick eine Reaktion auszumachen.

Doch Phoebe sah durch ihn hindurch. Tausende Gedanken rasten ihr durch den Kopf. Das Angebot war mehr als eine Alternative, das Angebot war ein gänzlich neuer Weg. Vielleicht war es genau das, was sie jetzt brauchte. Sie nahm ihr Gesicht in beide Hände. Keine Abhängigkeit mehr von Matthew, und Berlin mit all seinen Erinnerungen wäre weit weg. Sie atmete tief durch und sah Woods offen an.

»Grundsätzlich ist es interessant. Sehr sogar.« Sie schluckte. »Aber ich brauche etwas Zeit, um über Ihr Angebot nachzudenken. Es hängt eine ganze Menge dran, wissen Sie?«

Woods nickte Phoebe ernsthaft zu. »Sagen Sie mir einfach, wenn Sie so weit sind. Wenn Sie eine Entscheidung getroffen haben.«

Jetzt war es Phoebe, die ernst nickte.

»Hab ich etwas verpasst?« Leon setzte sich wieder an den Tisch und blickte irritiert von einem zum anderen. Woods nickte zufrieden, Phoebes Augen glänzten, und Dariusz sah aus, als müsse er dringend an die frische Luft.

»Das freut mich sehr, Phoebe. Ich habe mir gewünscht, dass Sie Interesse haben. Wunderbar.« Der Sammler schüttelte Phoebes Hand und schien wirklich erleichtert und entspannt zu sein.

»Eine letzte Frage noch«, setzte Phoebe nach, »nur für das Protokoll: Mein Vater hat damit nichts zu tun, oder?« Ihr Lächeln war etwas unsicher.

Woods reagierte, indem er ihr beruhigend die Hand auf den Arm legte. »Ich habe etwas gegen Protektion, Phoebe. Wenn Sie mich etwas besser kennen – und das wird sich durch unsere Arbeit ergeben –, werden Sie das ganz schnell merken.« Er grinste jungenhaft in die Runde und zwinkerte Leon zu, der zu Boden schaute und sich ein Lächeln nicht verkneifen konnte. Irgendwann würde Phoebe es zwar herausbekommen, dass er den Sammler auf die Idee gebracht hatte, einen Manager für seine Projekte einzustellen, aber darüber würde er sich heute noch nicht den Kopf zerbrechen. Als er wieder aufsah, fing er Phoebes Blick auf. Ihre Augen strahlten. Wird schon alles gut werden, Boss, dachte der Brite und bestellte eine Runde Gin Tonic.

Nach dem Lunch löste sich das Grüppchen schnell auf. Woods wollte einen kleinen Einkaufsbummel machen, Leon war noch immer müde von der vergangenen Nacht und freute sich auf sein Bett, und Dariusz hatte sich ein Taxi bestellt, ohne weitere Erklärungen abzugeben. Es arbeitete in ihm, das war unübersehbar. Phoebe, die gerade anfing zu begreifen, wozu sie vor einer Stunde schon halb zugesagt hatte, gesellte sich zu dem Künstler, der in der Sonne vor dem Restaurant auf sein Cab wartete. Als der Wagen hielt, stieg sie einfach mit ihm ein, ohne auf Dariusz' abweisenden Blick zu reagieren. Der Künstler gab seine Hoteladresse an und sah stur geradeaus. Zwei Blocks weiter schwieg er noch immer.

»Dir passt meine Entscheidung nicht, habe ich recht?«, fragte Phoebe betont unbefangen, aber wahrscheinlich kannte er sie trotzdem gut genug, um ihre innere Anspannung zu bemerken. Dariusz starrte weiter geradeaus. »Ich weiß ganz einfach nicht, was das alles soll, Phoebe.« Jetzt drehte er ihr doch sein Gesicht zu. Seine Züge waren verhärtet. Phoebe sah, wie er mit sich kämpfte, um endlich das auszusprechen, was ihm auf der Seele lag.

»Wir sind in Berlin. Wir haben eine tolle Zeit. Du versprichst mir, bei mir zu bleiben und läufst weg. Ich gehe fort, suche mir ein neues Umfeld – und schon bist du wieder da. Läufst wieder weg, klebst aber immer an meinen Hacken. Phoebe«, er fasste sie hart am Arm, »wenn du mich nicht haben willst, dann verschwinde aus meinem Leben. Hau ab und gib mir so wenigstens den Hauch einer Chance, dich zu vergessen. Wenn du immer in meiner Nähe bist, dann schaffe ich das nicht.« Er sah wieder geradeaus. »Ich kann es einfach nicht«, wiederholte er dann leise. Er machte dem Taxifahrer ein Zeichen zu halten, zahlte und stieg aus. Auch Phoebe kletterte aus den weichen, durchgesessenen Sitzen des alten Pontiac und folgte Dariusz, der mit schnellen Schritten davonzueilen versuchte.

Ihre hohen Absätze entpuppten sich dabei als äußerst hinderlich; kurzentschlossen zog sie ihre Slingpumps aus und lief ihm auf bloßen Füßen nach. Geschickt bahnte sich Dariusz seinen Weg durch die Menge und vergrößerte den Abstand zu Phoebe. Erst als er sie schreien hörte, drehte er sich um. Er sah gerade noch, dass sie die Arme hochriss und hinfiel. Auf der Stelle drehte er um und lief zu ihr. Er war ein solcher Idiot! Er hatte Phoebe mit seiner Arroganz bestrafen wollen, und nun war ihr etwas passiert, weil er sich so dämlich verhalten hatte. Mit wenigen Schritten war er bei ihr, aber es fühlte sich an wie eine Ewigkeit. Als er die kleine Menschentraube erreicht hatte, sah er erleichtert, dass Phoebe bei Bewusstsein war und am Boden saß. Mit beiden Händen hielt sie ihren linken Fuß, unter dem sich eine Blutlache bildete, die immer größer wurde. Ein Passant hatte sich neben sie gesetzt und telefonierte bereits nach der Ambulanz. Dariusz nahm sie in den Arm und zog ihre Hände vom Fuß weg, um ihn besser betrachten zu können. Bei ihrer Aufholjagd war Phoebe in eine Glasscherbe getreten, die nun tief im Fleisch steckte. Schweigend warteten sie auf den Krankenwagen.

Als die Sanitäter wenig später die Tür hinter ihnen geschlossen hatten, fand Dariusz als Erster seine Sprache wieder. »Es tut mir so leid.« Er küsste Phoebe in ihre braunen Locken und strich ihr über die Wange. Phoebe zitterte. Sie war kreideweiß im Gesicht. Dariusz schluckte hart. »Ich hätte nicht weglaufen dürfen.«

»Mir tut es auch leid«, antwortete sie leise. »Du hast ja recht. Ich muss dich in Ruhe lassen.« Sie lächelte ihn zaghaft an. Statt einer Antwort gab er ihr noch einen Kuss, dieses Mal auf den Mund.

»Darüber reden wir später«, sagte er zärtlich und hielt Phoebe im Arm, bis sie im Krankenhaus angekommen waren.

Wenige Stunden später saß Phoebe auf ihrem Hotelbett, die Fernbedienung in der Hand, und zappte sich durch das TV-Programm. Neben ihr lag die Karte vom Room Service. Sie blickte an sich hinunter. Die Wunde war genäht worden, und ihr Fuß steckte nun in einem dicken Verband. Dariusz war auch im Krankenhaus die ganze Zeit bei ihr geblieben und hatte sie dann artig und ohne

Kommentar ins Hotel und auf ihr Zimmer gebracht. Dank der Beruhigungsspritze hatte sie ein wenig geschlafen. Jetzt war es fast neun Uhr abends, und sie bekam langsam Hunger. Als sie nach dem Telefon neben ihrem Bett greifen wollte, um sich einen Salat aufs Zimmer zu bestellen, klopfte es an der Tür. Langsam humpelte sie durch das Zimmer, dachte kurz, dass es schön wäre, wenn Dariusz jetzt vor ihr stünde, und registrierte dann beim Öffnen enttäuscht, dass es nur ein Zimmerkellner war. Mit einem Lächeln schob sich der Mann an ihr vorbei, nahm ihre Anziehsachen von den Stühlen und rückte diese in die Zimmermitte. Dann betrat ein weiterer Kellner grüßend den Raum und baute einen Klapptisch auf. In Windeseile wurden Tischdecken, Servietten und Besteck aufgelegt. Kellner Nummer eins kümmerte sich um die Gläser, während sein Kollege Teller und Schälchen in die richtigen Positionen brachte. Phoebe schmunzelte. Das war zwar keine typische Dariusz-Idee, aber wer sonst sollte sich bei ihr zum Dinner einladen? Nummer eins war gerade mit Weinkühler und Rechaud beschäftigt, als Nummer zwei mit einem großen weißen Karton erschien und ihn Phoebe mit tiefer Verbeugung überreichte. Es war einer der USA-typischen Blumenkartons, und Phoebe öffnete neugierig die dicke violette Schleife. In der Verpackung befand sich eine einzige Rose und ein weiteres Päckchen. Phoebe reichte die Blume an einen der Zimmerkellner weiter und öffnete die Bänder der kostbar eingeschlagenen Kartonage. Ein Laut des Entzückens entfuhr ihr. Zwischen raschelnden Lagen aus Seidenpapier lag ein hauchdünnes champagnerfarbenes Negligé. Als sie es aus dem Karton zog, fiel eine Karte heraus. Es war Dariusz' Handschrift: *Dinner um 9:30 pm? Kuss, Dariusz.*

Halb zehn? Das war in ein paar Minuten. Phoebe

spürte, wie ihr Herz schneller schlug. Sie nahm das Ne-gligé, humpelte langsam ins Bad und kümmerte sich nicht weiter um die beiden Kellner, die immer noch mit den Vorbereitungen beschäftigt waren. Beim Ankleiden dachte sie kurz an Falk und seine Vorliebe für Unterwäsche aus Nichts und Spitze. Gegen das, was sie nun trug, wirkten seine Favoriten irgendwie altmodisch. Aufmerksam betrachtete sich Phoebe im Spiegel. Das Ding war so raffiniert, dass sie es mit einem passenden Unterkleid ohne weiteres auch bei einem Cocktailempfang tragen konnte. Sie schenkte ihrem Spiegelbild ein Lächeln, als es an ihrer Badezimmertür klopfte. Phoebe seufzte und schlüpfte in ihren Bademantel. Wahrscheinlich waren die Kellner fertig und warteten auf ein Trinkgeld. Schwungvoll öffnete sie die Tür und lief Dariusz direkt vor die Brust. Der schien ihr erstauntes Gesicht nicht zu bemerken, zog sie an sich und streifte ihr den Bademantel von den Schultern.

»So ist es besser«, flüsterte er heiser. Mit sichtlichem Gefallen betrachtete er ihren Körper, der sich unter dem Nichts aus hellem Stoff deutlich abzeichnete, und nickte zufrieden. Genauso sollte es sein. Er löschte im Bad das Licht, nahm Phoebes Hand und ging mit ihr langsam zu dem eingedeckten Tisch in der Mitte des Zimmers. Behutsam schob er ihr den Stuhl zurecht, bevor er selbst Platz nahm und ihre Gläser füllte.

»Auf uns«, sagte er ruhig und hob sein Glas. Seine Augen glänzten feucht im matten Schein der Kerzen. Phoebe erwiderte den Toast und spürte, wie ihre Hand vor Aufregung zitterte. Sie sah an sich hinunter; das champagnerfarbene Nichts, das sie trug, ließ ihre Brüste wundervoll aussehen. Ihre Brustwarzen begannen unter der Reibung des hauchdünnen Stoffes bereits hart zu werden.

Sie drückte den Rücken durch und sah, wie es in Dariusz' Augen aufblitzte. Phoebe lächelte wissend. Sie trank langsam, genau wie der Mann, der ihr gegenübersaß. Wie vertraut er ihr war – und doch so fremd. Sie betrachteten sich, lächelten sich an, sagten nichts. Als Dariusz aufstand, um die Gläser wieder zu füllen, streifte er dabei wie unbeabsichtigt ihre Hand. Phoebe stöhnte auf. Seine Berührung, sein Duft ... Sie wollte ihn spüren. Für einen Moment schloss sie die Augen. Aber will ich es wirklich?, fragte sie sich. Wenn sie jetzt ja sagte, dann würde sie nicht mehr davonkommen. Sie öffnete die Augen, betrachtete Dariusz, konnte sich aber nicht sattsehen an seinem markanten Gesicht mit den hohen Wangenknochen, den schwarzen Augen und dem sinnlichen Mund. Phoebe traf ihre Entscheidung: Sie wollte ihn. Lasziv strich sie sich über ihre Brüste. Als sie seinen faszinierten Blick erhaschte, sagte sie leise: »Das Negligé war eine wunderschöne Idee. Ich hoffe, ich gefalle dir so?« Phoebe legte den Kopf etwas schief und lehnte sich im Stuhl zurück. Dariusz stellte sein Glas ab und faltete seine Hände im Schoß. Sie wollte also spielen, okay.

Er nickte und erwiderte heiser: »Du gefällst mir immer, Phoebe, und das weißt du.« Dann stand er auf und ging um den Tisch herum. Phoebe bemerkte noch, dass er keine Schuhe trug, da stand Dariusz schon an ihrer Seite. Als sein Blick sie traf, erschauerte sie. Sie ließ es zu, dass er ihren Stuhl zurückschob und ihr beim Aufstehen half. Der dicke Verband war zwar hinderlich, aber keine allzu große Einschränkung. Dariusz hob sie in der Taille an und trug sie die wenigen Schritte bis zum Bett, wo er sie sanft auf den Kissen ablegte.

»Auch wenn du mir mit High Heels sehr gut gefällst, so kannst du immerhin nicht mehr weglaufen«, murmelte er erregt. Unter Phoebes Nabel begann es zu pochen. Auf einmal wurde ihr bewusst, wie sehr sie seine Leidenschaft und seine Nähe vermisst hatte. Sie beugte sich ihm entgegen und gab ihm einen langen Kuss. Dann griff sie ihm ins Haar und löste das rote Seidenband, mit dem er seine Mähne zurückgebunden hatte, so dass ihr die dunklen Strähnen schwer ins Gesicht fielen, als er sich ihr zuwandte. Sie atmete den Duft aus Dariusz und Haarwachs ein, und in ihren Augen sammelten sich Tränen. Er legte sich neben sie und zeichnete mit seinem Fingernagel die Konturen ihrer Brüste unter dem zarten Stoff nach. Phoebe konnte nicht sprechen, sie konnte nur empfangen. Schwer atmend lag sie da, wartete auf die nächsten Berührungen. Dariusz schien viel Zeit zu haben. Seine Hände wanderten scheinbar ziellos über ihren Körper, berührten ihn sacht, fast zu sanft. Dann setzte er sich auf und zog seine schwarze Tunika aus. Obwohl es im Zimmer recht dunkel war, konnte Phoebe das Spiel seiner Muskeln sehen. Er machte sie an, so wunderschön, wie er war. Wortlos zog sie ihn zu sich, drückte seinen Kopf an ihren Bauch. Dariusz verstand. Er bedeckte die Region um ihren Nabel mit vielen kleinen Küssen, küsste sie durch den Stoff hindurch, der so durchscheinend war, dass er jeden kleinen Leberfleck auf ihrer Haut sehen konnte. Als seine Lippen ihren Venushügel erreicht hatten, gab Phoebe ein leises Wimmern von sich. Ihre Säfte sammelten sich. Auch Dariusz stöhnte auf. Dann küsste er sie weiter, umtanzte ihre Lippen mit seiner Zunge, vermied es aber, sie dort zu berühren, wo sie bereits nass glänzte. Unruhig begann sich Phoebe hin und her zu bewegen. Sie hätte gerne ihre Schenkel gespreizt, doch Dariusz lag so auf ihr, dass sie nur wenig Spielraum hatte. Sie krallte ihm die Hände in die Schultern. Endlich schob er das Negligé hoch und hob ihre Schenkel auf seine Schultern. Langsam öffnete er ihre Lippen, kostete von der Feuchtigkeit, die aus ihr heraustropfte, widmete sich dem Venushügel. Phoebe ließ seine Schultern los und fiel zurück in die Kissen, wobei ihr ein tiefer Seufzer entwich. Langsam machte Dariusz weiter, als sei nichts geschehen. Sein Zeigefinger verschwand in ihrer Vagina, streichelte sie inwendig. Er liebte es, die Feuchtigkeit in den Hautfalten zu erspüren. Phoebes Antwort auf seine Berührungen waren leise spitze Schreie, wenn sein Finger besonders tief in sie eindrang. Seine Bewegungen wurden rhythmisch, dann schnell und schneller, und dann hörten sie auf einmal auf. Phoebe hob die Beine von seinen Schultern und zog sie dicht an ihren Körper. Aus halbgeöffneten Augen sah sie, wie er seine Hose abstreifte. Wenn er jetzt in sie eindringen würde – sie wusste nicht, wann sie sich jemals so stark nach seinen harten Stößen gesehnt hatte. Die Muskeln ihrer Beine zitterten vor Anspannung. Dariusz sah auf sie hinab und küsste ihren Mund, bevor er sich zwischen ihre Schenkel kniete. Erst war sein Mund an ihrem Kitzler, reizte ihn, knabberte daran, dann stieß er seine Zunge in ihre Vagina. Phoebe stöhnte auf. Das war typisch für Dariusz. Er ließ sie gerne warten, und wenn er spürte, wie groß ihr Verlangen war, dann nahm er sich besonders viel Zeit. Phoebe gab ein paar unwillige Laute von sich, aber ihr Geliebter reagierte nur mit leisem Lachen. Dann widmete er sich wieder ihren erregten Zonen und leckte den Nektar auf, der ihre Spalte hinabrann und auf dem Laken kleine Flecke hinterließ. Seine rechte Hand ruhte auf ihrem Bauch, mit der anderen fasste er ihre Pobacken und zog sie auseinander. Schnell und heiß fuhr seine Zunge durch ihre nasse Spalte. Phoebe wand sich. Sie genoss den Gedanken daran, von ihm genommen zu werden, aber sie würde es nicht mehr lange aushalten. Sie wollte Dariusz jetzt in sich haben. Egal wo, aber jetzt und sofort. Dann ... spürte sie Druck auf der Rosette. Phoebe entspannte sich, um ihm das Eindringen zu erleichtern, und stemmte sich voller Wonne seinem harten Schaft entgegen, der sich in sie hineinschob. Dariusz zog sie näher zu sich heran und drückte beide Schenkel weit auseinander. Phoebe wimmerte. Er wusste genau, dass sie so weit war. Lass mich bitte meine Welle reiten, dachte sie, bitte, Dariusz ... Irritiert spürte Phoebe, dass er sich zurückzog. Seine Hand glitt zärtlich an ihrem Kitzler entlang, berührte ihre Vagina.

»Baby.« Dariusz' Stimme war ganz nah. Phoebe konnte die Wärme seines Atems schmecken. »Baby.«

Niemand konnte dieses Wort so aussprechen wie er. Niemand konnte ihr diese Lust machen, ihr so viel geben, und das nicht nur im Bett. Schwer atmend wartete sie ab, was nun kommen würde. Ihr war so heiß, und in ihr zuckte alles vor Verlangen. Nun sah sie ihn. Seine schweren Haarsträhnen fielen in ihr Gesicht, als er sich über sie beugte. Phoebe sah, wie er seinen Schaft erneut in Position brachte, dann war er mit einem einzigen tiefen Stoß in ihr, und sie spürte seinen Schwanz hoch bis zum Nabel. Genau das brauchte sie. Es war so gut. Nicht nur jetzt, nein, immer. Sie wollte ihn für immer, das wusste sie nun, sie würde ihn nicht wieder enttäuschen, nicht wieder vor ihren Gefühlen davonlaufen. Sie liebte ihn. Und sie war bereit, es ihm zu sagen.

»Phoebe ...« Seine Stimme streichelte ihr Ohr, sie spürte seine Bewegungen, seine Lust. Als sie ihren Rücken durchbog, um ihr Becken noch fester an ihn zu pressen, stöhnte er leise auf. Ein Zittern durchlief seinen Körper.

Phoebe wusste, er würde sich nicht mehr lange beherrschen können.

»Lass uns die Welle reiten, Phoebe. Jetzt.« Er bäumte sich in ihr auf, sie spürte, wie er seine Säfte in sie ergoss. Phoebes Antwort war ein tiefes Stöhnen.

»Ich liebe dich«, schluchzte sie.

»Und?« Dariusz bewegte sich weiter in ihr und küsste ihren Mund. Er schmeckt nach Lust, nach meiner Lust, dachte sie. Sie sah in seine Augen. Es lag so viel Gefühl darin. So viel Wärme. Wovor hatte sie eigentlich all die Jahre Angst gehabt?

»Ich will dich.« Phoebe hatte das Gefühl, gleich ohnmächtig zu werden.

»Für immer?« Dariusz saugte hart an ihren Nippeln.

»Für immer«, antwortete Phoebe und ergab sich dem Tosen der Feuerwelle, die sie mit sich forttrug.

Seine Haut war heiß und er hatte einen Hauch von Schweiß wie Tau auf der Stirn. Karen legte die Hände auf seine Lenden ...

Mariah Greene

Karens Männer

Ein erotischer Roman

Während Männer bekanntermaßen nie mehr als eine Aufgabe mit voller Konzentration erledigen können, verfolgt Werbefrau Karen gleich zwei ehrgeizige Ziele: Sie will das Luxuskaufhaus *Hamiltons* um eine besondere Abteilung bereichern, in der nur Frauen Zutritt haben – und sie will ihren Spaß haben, nicht nur im eigenen Bett. Bei beiden Vorhaben sind Karen diverse Männer behilflich ...

Sexy, frech und ganz schön schamlos!

KNAUR TASCHENBUCH VERLAG

Mariah Greene

Stadt der Lüste

Ein erotischer Roman

Emma Fox hat zwei Leidenschaften: viel Geld verdienen – und attraktive Männer im Bett um den Verstand bringen. Allerdings wird das nach einigen Jahren auch ein bisschen langweilig. Es ist also an der Zeit, den einen Traumtypen zu finden, der nicht nur zwischen seidigen Laken, in freier Natur und auf dem ein oder anderen Tisch seinen Mann steht, sondern auch ihr Herz erobern kann.

KNAUR TASCHENBUCH VERLAG